LE NOM DES OMBRES

ARTHUR SARRADIN

LE NOM DES OMBRES

Sortir de l'enfer concentrationnaire syrien

Éditions du Seuil
57, rue Gaston-Tessier, Paris XIXe

ISBN 978-2-02-160464-1

www.seuil.com

Avant-propos

Pour raconter, il a d'abord fallu écouter. Et pourtant, tout paraissait relever de l'indicible. Face à l'immense bâtisse de Sednaya, tout juste ouverte par les rebelles et déjà assiégée par une foule en quête de vérité, les mots semblaient en deçà de tout, incapables d'embrasser le vertige du réel. Pendant des années, des journalistes syriens et internationaux avaient pourtant minutieusement documenté les atrocités perpétrées ici par le clan Assad. Des milliers de témoignages sur l'enfer concentrationnaire avaient déjà résonné, et sur celle, devant nous, surnommée « l'abattoir humain de Bachar al-Assad ». Mais l'apercevoir de ses propres yeux dépassait l'entendement. Autour, pourtant, les rescapés trouvaient tant à dire. Le silence, arme première du régime pour écraser les masses, s'apprêtait à céder sous cet irrépressible besoin, libérant les témoignages avec les corps, comme s'il se fût agi, par la voix, de survivre encore.

Pendant plus de cinquante ans, le régime Assad avait planifié avec méthode un système répressif digne des pires totalitarismes, tissant un réseau tentaculaire de surveillance et de prédation, et se rendant coupable de certains des crimes les plus atroces de son époque. Rien qu'après la révolution syrienne, en 2011, environ 1,2 million de citoyens syriens connurent la détention, plus de cent vingt mille sont encore portés disparus, et la guerre coûta la vie à plus d'un demi-million d'individus, pour la plupart tués par le régime. Après sa chute et face à cette horreur absolue, raconter seulement le système et ses rouages ne suffisait plus. Non parce qu'il n'existait aucun mot pour les décrire, mais parce que ces mots n'avaient de sens désormais que si les victimes parvenaient à se les arracher.

Ce livre s'inscrit précisément dans cette quête. Pour la première fois, un récit citoyen de la barbarie pouvait s'écrire dans une Syrie libérée du tyran. Les témoins ne se sont pas tous livrés de la même manière, ni avec la même facilité. Certains survivants de l'enfer concentrationnaire ont perdu la voix et l'esprit sous les pires tortures. Pour d'autres, l'indicible est un fardeau alourdi par les années : la honte d'avouer aux proches, le traumatisme des morts, la douleur persistante. Mais ces lignes n'auraient pu exister sans ces voix courageuses, recueillies à travers toute la Syrie – à Hama, Homs, Alep, Damas, Sweida, Tadmor, Deir ez-Zor. Elles se sont nourries de nombreux entretiens menés dans les mois qui ont suivi la chute du régime, des paroles collectées parfois sur plusieurs jours. Chaque chapitre s'achève ainsi par un témoignage oral, traduit de l'arabe et livré brut, porté par des survivants qui ont eux-mêmes choisi la forme, le rythme, le ton de leur récit, pour en rester les auteurs. La parole est ici, avant tout, celle des anonymes : ni figures héroïques de la révolution, ni artistes ou militants déjà reconnus pour avoir fait émerger des voix de la tyrannie carcérale.

Cet ouvrage explore les premiers mois de la Syrie post-Assad, et s'appuie sur des données issues des documentations rigoureuses de travaux universitaires et de rapports d'organisations internationales[1]. Il se nourrit aussi de milliers de documents retrouvés dans les archives désertes des administrations syriennes, qu'il a fallu compiler et analyser. Un vaste travail de terrain, qui se traduit avant tout par la mise en récit des voix syriennes, trop souvent noyées sous les chiffres. Dans les décors de ruines, ces paroles surgissent, brisées, chaotiques, torrents de mots devenus éruptions de douleur. À l'image du réel syrien lui-même : fragmenté, désordonné, éclaté. Car c'est ainsi que la mémoire se vit chez les survivants. Le livre souhaite épouser ce morcellement, il donne à entendre ces récits dans leur forme la plus vive, enchâssés, sans chronologie rigide, comme on se souvient : par éclats ou par fulgurances. Les chapitres explorent ainsi les grandes thématiques du ressenti concentrationnaire, interrogeant cette tension souterraine qui traverse la Syrie et la littérature arabe depuis ses origines : ce qui se joue entre le silence, les mots, et la vie.

Ce livre, toutefois, n'a pas pour ambition d'esquisser les contours des barbaries parallèles nées du chaos provoqué par le régime Assad : celles de l'État islamique et des autres groupes islamistes. Ni d'explorer les prisons kurdes ou celles des milices pro-turques de l'ANS – sans qu'il faille d'ailleurs hiérarchiser les souffrances qui en découleront pour les civils syriens. Il se concentre sur le régime Assad, en établissant ses crimes, pour la mémoire et pour la justice. Il y aurait eu à cet égard mille façons de raconter autrement sa

1. Détaillés en notes de bas de page et dans la bibliographie en annexe, principalement produits par Amnesty International, Human Rights Watch, et le Syrian Network For Human Rights, ainsi que par plusieurs associations d'anciens prisonniers des geôles syriennes.

barbarie : les récits d'exil, la destruction méthodique de la Syrie par la dictature et ses alliés russes et iraniens. Mais l'enfer concentrationnaire devenu métaphore du régime constitue encore à ce jour le parfait reflet de l'assadisme.

L'écriture de ces pages a ainsi commencé à Damas, le jour même de la chute de Bachar al-Assad, à un moment où la mémoire de l'enfer concentrationnaire signifiait encore hier. Une mémoire imprégnée de réel, avant que d'éventuelles institutions n'en canalisent les récits, ne domestiquent les paroles pour en faire des objets de réconciliation ou de récit national lissé. Il fallait aussi s'y rendre immédiatement, avant que les nouvelles autorités de transition ne referment les portes de certaines prisons, ce qu'elles firent quelques mois plus tard.

*

Il convient également de prévenir de la dureté de la plupart de ces témoignages. Aucun d'entre eux, par ailleurs, n'a pour vocation de réconforter, ni de démontrer que l'horreur peut être transcendée ou la dignité restaurée. Il ne s'agit pas que la parole devienne une injonction à redevenir humain après l'inhumanité, ni d'évoquer le mal avec un recul apaisé, ni de délivrer des leçons de résilience. Ces témoignages sont les instantanés d'un moment suspendu, celui d'un monde qui vacille, d'un entre-deux où les survivants, pris entre le passé concentrationnaire et un avenir incertain, laissent jaillir une vérité sans filtre.

Qui viendra-t-elle interroger ?

Le théâtre macabre qui s'est déroulé en Syrie s'est nourri autant de la cruauté des bourreaux que du silence des compromissions. Celui de tous ceux qui ont détourné le regard, n'ont jamais osé poser les mots justes sur l'œuvre d'Assad : un crime contre l'humanité. Ces mots que les Syriens ont pourtant criés, inlassablement et pendant des années. Ils se manifestent encore à chaque parole qu'un survivant parvient à libérer d'un esprit écrasé par les années de répression.

En France, aucune famille politique n'a échappé à cette compromission. Aucune. Ni le camp de la gauche, ni celui de la droite, ni parmi ses « modérés », ni parmi ses « extrêmes ». Tandis que certains relativisaient ou niaient la barbarie du dictateur, d'autres partaient lui serrer la main à Damas. Quand les uns tentaient de le réhabiliter, les autres décoraient ses criminels sous les ors de la République.

Aussi, ces voix sont là pour démentir la cohorte de ceux qui chercheront à devenir les faussaires de cette histoire gênante. Combien refuseront encore d'entendre ce que hurlent les chairs ? Combien s'efforceront d'expliquer les agissements du clan Assad ? Combien appelleront à son retour, invoqueront les morts de demain pour effacer celles d'hier ? Combien pondéreront les unes pour mieux manipuler les autres ? Combien réduiront encore le sort des Syriens à des équations géopolitiques pour justifier la pertinence d'un camp ou d'un axe ? Combien, enfin, admettront un jour avoir été trompés, ou avoir sciemment ignoré l'existence d'une des pires – sinon la pire – tyrannies concentrationnaires du XXIe siècle ?

Ce livre, enfin, ne prétend pas écrire l'histoire de l'enfer concentrationnaire syrien. Il n'en dévoile que des fragments, autant de récits d'enfers qui trouvent leur écho dans des milliers d'autres. Ils relatent ce qui a traversé, pendant un demi-siècle, le secret des geôles ; s'inscrivent dans la lutte de ceux, écrasés et niés, qui s'interrogent encore : sur la mort, les disparus, la mémoire, la barbarie, la révolution, et cette survie fragile qui passe par la parole. Ces voix qui cherchent à comprendre où s'est jouée la déshumanisation. Là où s'égare le nom des ombres, et commence la quête des mots.

I

LE SILENCE

الصمت

CHAPITRE 1

Les larmes du silence

Comme si des cendres ne s'étaient pas encore dispersées. Ni vraiment la poussière, ni vraiment la fumée. Il y avait à Damas pourtant ces colonnes noirâtres qui s'élevaient à l'horizon, les bombardements israéliens sur des dépôts d'armes du régime ou les feux que les derniers sbires du pouvoir avaient déclenchés avant leur fuite. L'odeur gagnait parfois les rues du centre-ville, mais autre chose persistait. Une atmosphère entière hésitait encore à se dissiper, elle qui pesait sur ce décor depuis une éternité.

Le 8 décembre 2024, Bachar al-Assad venait de disparaître. Avec lui les siens, évaporés. Son armée n'apparaissait plus au coin des rues, ne gardait plus aucun point de contrôle. Le pouvoir avait subitement déserté et la capitale semblait dénudée. Après plus d'un demi-siècle de règne du clan Assad, une coalition de rebelles menée par les islamistes du groupe Hayat Tahrir al-Sham (HTS) avait eu raison de lui en quelques semaines d'offensive. Face aux combattants descendus du gouvernorat d'Idlib où ils étaient retranchés, Bachar al-Assad ne pouvait plus compter sur personne. Ses précieux alliés russes étaient trop occupés sur le front ukrainien ; ceux du Hezbollah affaiblis par leur défaite contre Israël dans la guerre au Liban. En un soir, Bachar n'existait déjà plus qu'en échos. À travers les derniers étendards flottants de l'ancien régime, dans ces immenses portraits placardés çà et là. Des hommes cagoulés les brûlaient, un à un, ou les arrachaient. L'œil, l'oreille, la bouche du tyran… dernières sentinelles qu'il était urgent de faire tomber. Durant les décennies de tyrannie, les Syriens répétaient comme un adage : « *Al-Judran laha adhan* », « les murs ont des oreilles ». Ce jour-là, les pierres avaient cessé de parler. Peut-être de là venait cette atmosphère – d'une mutation, de cet état étrange où on ne savait déceler ni vraiment la fin ni vraiment l'après, un diagnostic brumeux entre l'aphonie et la mue. Et dans la nuit, la pesanteur d'un silence absolu.

*

Soudain, un cri. Une femme hurle à s'en arracher la voix. Dans une rue parallèle à la place al-Marjeh, elle est la seule à déambuler dehors à cette heure-ci. Khattab tend l'oreille un instant pour saisir quelques mots avalés dans les hurlements : « … Lui ! », mais qui ? « … Prendre ! », mais quoi ?

« C'est confus… elle est dans un état second », avance le jeune homme en treillis.

Sa Kalachnikov est posée contre sa chaise, il est assis depuis une heure déjà dans ce café, le seul ouvert du quartier, avec d'autres combattants venus comme lui fêter leur victoire. Les chants de la révolution résonnent dans la petite salle ; l'inconnue, elle, continue de hurler. « Dans », « Pourquoi ! »… puis, à peine audible : « … Sednaya ».

« Je pense qu'elle était prisonnière là-bas, reprend Khattab.

Sednaya, comment dire… soit la mort t'en délivre, soit tu en sors comme ça. Dans la folie. »

Quelques heures plus tôt, un groupe de rebelles comme lui avait ouvert les portes de la pire prison du régime, libérant des milliers de détenus. « L'abattoir humain de Bachar al-Assad », était-elle surnommée depuis des années. Le lieu où étaient pratiquées les pires tortures, les exécutions de masse, et dont chacun connaissait la sinistre réputation.

« Qui ! », « nuit ! » et « ruines ! » continue de crier l'inconnue. À la même rangée de table, Bassel, un civil habitué du café, tente lui aussi de discerner la signification des hurlements.

« J'ai connu un homme, un ancien camarade de lycée, qui est sorti comme ça de Sednaya, raconte-t-il. Son cerveau avait été lavé, la prison l'avait grignoté, il n'était plus lui-même. »

Durant des années, le régime d'Al-Assad avait utilisé ces vies aliénées comme ambassadrices de sa tyrannie. Des produits mouvants de sa terreur, témoins vivants ou presque, incapables de parler de leurs séquelles mais suffisamment anéantis pour que leurs séquelles parlent d'elles-mêmes.

« J'aurais bien aimé savoir ce qu'elle disait, murmure Bassel alors que les cris de l'inconnue s'estompent. Je n'imagine pas ce qu'ils ont pu lui faire. »

Sur son téléphone, le quadragénaire regarde depuis des heures l'actualité s'enflammer : les cortèges de rebelles entrer dans la capitale, et ceux d'entre eux qui finissaient par débouler dans le petit café ; les vidéos montrant en clair-obscur la libération de Sednaya jusqu'à ce que les hurlements de cette femme s'imposent. Ils sont nombreux ce 8 décembre, comme lui, à redouter l'horreur qui jaillit de ces portes closes depuis des années. Dans le quartier d'ordinaire si animé, la plupart des voisins que connaît Bassel se sont barricadés.

« Eux ont peur que l'armée de Bachar revienne, qu'il ne soit pas tout à fait parti, précise-t-il en se grattant la tempe. Moi je sais qu'il est parti. Mais je crois qu'il habite encore dans nos têtes. »

*

Mazen a une tendance profonde à la dépression. Il ressasse tout, au volant de son taxi le plus souvent. Son retour en Syrie il y a quelques semaines, peu avant que le tyran ne se soit envolé ; ce paysage damascène qui a tant changé, et l'aurore qui dessine en lignes courbes les ruines de la banlieue. Bachar est parti, alors Mazen repense à ces dernières années. Le jour où il aurait dû s'abstenir de crier sur ce nouveau voisin… c'est du moins ce qu'il estime avec le recul.

« Je n'ai jamais raconté mon histoire. Mais maintenant, on peut parler ? Non ? »

À Damas, d'ordinaire, ne sachant qui étaient les informateurs du régime parmi les civils, il n'était pas d'usage d'étaler sa vie auprès de parfaits inconnus. Mais le départ du dictateur a délié les langues, et au lendemain de la libération, nombre de Syriens commencèrent à témoigner. L'histoire que Mazen raconte désormais à tous ceux qui lui prêtent l'oreille débute en 2010. Lui, trentenaire toujours célibataire, désespérait une mère qui aurait bien fiancé son cadet au premier bon parti à portée. Il pacifiait ces relations familiales houleuses en rapportant un peu d'argent dans leur foyer de Mazzeh, en banlieue de la capitale. Mazen connaît sur le bout des doigts chaque avenue damascène. Il se disait à cette époque en Syrie de ne jamais rien confier à un chauffeur de taxi.

« Certains me racontaient leur vie pourtant, comme si j'étais un psychologue à usage unique. Ça ne causait pas trop politique… mais des hommes me parlaient parfois des chabiha[1], ces pillards qui ponctionnaient ce qu'ils voulaient dans les caisses du moindre commerce, jouaient les mafieux dans les quartiers où ils s'implantaient. Ils enlevaient des filles, pillaient des maisons parfois. Je me souviens de ce bijoutier qui m'avait rapporté s'être plaint aux autorités qu'un groupe lui avait cambriolé son magasin une nuit. Ils auraient pu le tuer… ils ont préféré égorger sa femme devant lui un soir pour le faire taire. »

En 2011, un chabih élit domicile dans le quartier de Mazen. La rumeur court les premiers jours, soulève des inquiétudes sans jamais laisser s'exprimer les indignations, car les risques sont toujours trop grands et ces caïds trop forts pour qui voudrait hausser le ton. La nouvelle de l'arrivée du chabih parvient aux oreilles du chauffeur, mais il ne le croise jamais les premiers jours. Un après-midi, quand Mazen voit son neveu accourir en pleurant, hurlant qu'un adulte l'a frappé pour avoir joué au foot dans la courette de l'immeuble, la colère l'emporte. « Je me disais… quel chien avait pu frapper un pauvre gosse qui jouait avec un vieux ballon. Quand j'ai mis la main sur le type, je l'ai saisi par le col et lui ai hurlé dessus. » Il n'aurait pu le reconnaître, s'en douter peut-être, mais c'était bien le mafieux que Mazen était en train de menacer.

1. Les chabiha (chabih au singulier), « spectres » en arabe, sont des gangs mafieux structurés comme des milices armées en civil, opérant au service du parti Baath et du régime Assad. Ils furent les fers de lance de la répression politique en Syrie.

Le lendemain, ils sont cinq hommes armés à le chercher dans le quartier, et c'est toute la famille qui est contrainte de s'en aller. Mazen doit partir un peu plus loin que les autres. Il rejoint la Jordanie, puis l'Égypte, passe quelque temps en Turquie jusqu'à gagner illégalement l'Allemagne au terme d'un dangereux voyage par la route des Balkans. Il vivote de refuges en boulots minables, s'use l'esprit à ressasser son départ précipité, sa solitude, sa famille qui lui manque, et ces secondes qui lui ont tant coûté. Il retournera quelques semaines en Syrie en 2018, de manière clandestine.

« Les risques étaient grands, mais ma mère m'avait averti que mon père était dans un piteux état… Il s'était fait arrêter par des soldats du régime. Lors d'un contrôle d'identité à un checkpoint, ils l'ont confondu avec un homonyme, un autre Ahmad al-Zein, recherché pour terrorisme contre l'État. Mon père était un homme simple, il n'avait pas les armes pour négocier ce genre de choses ni se défendre face à ces hommes. Il a été envoyé dans les geôles de la Sûreté politique de Damas. Il a été torturé là-bas, pour lui faire avouer les crimes de son homonyme. Ceux qui le torturaient savaient qu'il était trop vieux pour avoir commis ce dont on l'accusait. Il avait 60 ans, ils étaient prêts à le relâcher mais ils ont continué à le torturer jusqu'à ce qu'on paie tout ce qu'on avait pour le récupérer. »

Quand il raconte, Mazen gratte le volant de son taxi, mutile le plastique sous les coutures. Tout autour de lui paraît rongé, comme le cuir qu'il porte, presque aussi suranné que les sièges.

« Ils nous l'ont rendu, on a déménagé de nouveau. On a vécu en essayant de rester invisibles jusqu'à aujourd'hui, dans la peur que l'un d'entre nous soit arrêté. Moi je commence seulement à parler. Mais papa... Il leur a fallu huit mois pour déchirer son cœur. Et depuis sept ans qu'on l'a récupéré... il est figé. Il ne bouge pas. Il n'a même plus les mots pour raconter les sévices qu'il a subis, on les lui a arrachés. Il a été cassé au point de ne plus rien avouer, de ne plus rien dire. Il ne raconte plus rien. Il vit allongé. Il n'a que son regard, et ses mains qu'il crispe sur ses reins. »

*

« Des non-hommes en qui l'étincelle divine s'est éteinte, et qui marchent et peinent en silence, trop vides déjà pour souffrir vraiment. On hésite à les appeler des vivants : on hésite à appeler mort une mort qu'ils ne craignent pas parce qu'ils sont trop épuisés pour la comprendre[1]. » C'est ainsi que Primo Levi décrivait ceux qui à Auschwitz étaient péjorativement surnommés les « Muselmänner » (forme vieillie de l'allemand signifiant « musulmans ») par les SS. Des hommes que l'enfer concentrationnaire avait privés de raison, rendus aphones. La littérature carcérale fourmille de ces surnoms donnés à ceux amputés d'un morceau d'humanité par la tyrannie. Au Chili ou en Uruguay, les détenus devenus fous étaient surnommés les « cabossés » ou les « silenciés ». En Syrie, on les appelle parfois les « déconnectés[2] ».

1. Primo Levi, *Si c'est un homme*, traduit de l'italien par Martine Schruffeneger, Paris, Julliard, 1987.

2. Terme popularisé dans le champ universitaire par l'avocat Abdulhay Sayed, dans son rapport « In the Syrian Prison : Disconnected and Desubjectified » publié dans le *Global Dialogue* le 17 mai 2014.

Ce sont eux qui erraient dans les rues les premiers soirs de la libération. À l'hôpital central de Damas, ils avaient été amenés dans des états extrêmes de dénutrition, souvent incapables de se souvenir de leur prénom. Dans les prisons du régime, ces « déconnectés » étaient déjà considérés comme des dépouilles. Quand ils atteignaient la léthargie, leurs corps finissaient entassés vivants dans les salles de dépôt des cadavres pour terminer lentement leur chemin vers la mort, ou ils étaient directement envoyés à la fosse commune. Dans la déshumanisation absolue, le régime ne voyait du demi-vivant que la moitié morte, que le corps, que l'objet. À l'inverse, ceux qui, au lendemain de la libération, se sont rués sur les hôpitaux, retrouvant parfois leurs proches *déconnectés*, cherchaient une conscience, même étouffée sous le poids de la torture. Une respiration à défaut d'une parole… Comme Mazen essayait de faire parler son père depuis sept ans, comme les hommes du café d'al-Marjeh cherchaient un sens aux mots qu'une survivante avait pu hurler. C'est la moitié vivante qu'ils tentaient de discerner.

*

« Le jour de sa libération, je me souviens qu'il a commencé par me dire qu'il avait souffert du froid. Moi je n'avais pas les mots pour lui parler. Mon cœur de mère était brisé par la peine, j'essayais seulement de rester calme. Il m'a dit ensuite qu'il était blessé, me répétait qu'il avait souffert. Cette idée m'était insupportable. Pendant des années je l'avais cherché partout, demandé partout, entre les angoisses et les nuits longues. Jusqu'à admettre que je n'avais aucune prise sur ce qu'il vivait, que j'ignorais même s'il vivait, et qu'il n'était finalement nulle part. Quand il est réapparu, ce fut comme une lumière dans ma vie. Pourtant la joie n'a balayé aucune de mes souffrances. J'ai essayé de comprendre ce qu'il traversait, mais je me rendais compte qu'il y avait certaines choses qu'il ne me dirait jamais. Car ce qu'il a vécu à Sednaya ne peut pas s'expliquer. Malgré son retour, dans le grand silence de ce qu'il avait enduré, mon vide à moi est resté. »

Neema Kabalan a attendu dix ans avant de revoir Imad. Il est revenu à pied à la maison, sans un mot, simplement, comme on rentre d'un long voyage. Le foyer qu'il avait connu était encore debout, ce qui était loin d'être le cas de tous les immeubles de sa banlieue de Daraya. D'autres prisonniers comme lui n'ont retrouvé ce soir-là qu'un tas de décombres dans ce qui fut autrefois le cœur battant de la révolution. Beaucoup n'avaient pas revu Daraya depuis le début du soulèvement, lorsque les services de renseignement avaient multiplié les arrestations.

Imad n'est pas un « déconnecté », il parle, rit parfois. Mais il lui est impossible de vraiment raconter. Le Daraya dans lequel il vient d'atterrir est effondré, tout comme sa vie qu'il résume en « années d'enfer inimaginable ». De son propre aveu, il a oublié quel temps vient de s'écouler en prison. « Les journées se ressemblaient toutes dans la souffrance. Je me souviens seulement qu'un de mes frères est mort sous mes yeux de la torture, d'un coup violent sur la tête. Et que mon fils est mort également... un jour. » Le reste semble noyé dans un abîme.

À quelques encablures de chez Imad, Amar Nouh est rentré lui aussi la nuit du 8 décembre 2024. De chez lui, on entrevoit le monochrome ocre d'un terrain où quelques fondations mal aplanies trahissent ce qu'on devine être un lotissement bombardé. L'enchevêtrement de pierres donne aux décombres de Daraya l'air d'une toile impressionniste aux reliefs bosselés. Le régime et sa guerre avaient grignoté Amar comme Daraya : revenu ici treize ans après son arrestation, ses parents l'ont à peine reconnu, tout comme le jeune homme peinait à reconnaître ce nouveau décor. La banlieue amputée de milliers d'habitations et ceinte de décombres ; Amar au visage émacié et livide, sa carrure courbée épousant les lignes de son amaigrissement. Il y a aussi son œil crevé, sous une paupière à jamais close où perle parfois une larme épaisse. Amar n'avait que 18 ans lors de son arrestation, et l'adulte qui revenait à la maison restait muet sur la décennie écoulée. Pour nombre d'anciens détenus, ce lourd silence ne sera sans doute jamais rompu. Mais celui d'Amar Nouh n'a duré que trois jours. Il aurait pu dire, distiller les mots par bribes le reste de sa vie, mais ce soir-là, le courage lui est venu de tout raconter, d'une traite, à son père et ses frères.

Amar Nouh, de Daraya

Récit sur la culpabilité et les années perdues

– Il est où, il est où, il est où ?

Autour de nous, deux chabiha et un adjudant de l'armée de l'air posaient tout un tas de questions. En fait, je crois qu'ils me cherchaient. Ce 23 janvier 2012, ma mère venait de m'accompagner à l'hôpital Al-Mouwasat de Damas pour un soin, j'avais chopé une infection à l'œil droit. Quand les gars ont fini par me mettre la main dessus, ils ont mal agi avec elle, l'ont insultée avant de m'arrêter. Je ne savais pas vraiment ce qu'ils me voulaient, et je me foutais bien de ce qu'ils pourraient faire de moi. Le plus important, c'était qu'ils ne la violentent pas, elle, qu'ils ne la frappent pas.

J'ai été traîné de force à l'hôpital militaire de Tichrine sous les coups et les insultes. Arrivé là-bas, on m'a planté face à un militaire, visiblement blessé.

– C'est celui-là qui t'a tiré dessus ? lui a demandé un officier.

– Non, leur a-t-il répondu.

Je m'en rendais compte, la seule raison finalement pour laquelle ils m'avaient arrêté, c'était que j'étais originaire de Daraya[1]. L'un des officiers, qui me scrutait, m'a alors ordonné :

– Vas-y, baise sa chaussure.

Je ne réalisais pas vraiment la raison ni le sens de sa demande. Je lui ai fait répéter :

– Que j'embrasse sa botte ?

Il a simplement répondu : « Oui. » Là, je me suis dit que c'était fini, comme l'impression que la vie allait s'arrêter… comme si j'allais respirer pour la toute dernière fois.

Car j'ai refusé d'embrasser sa botte. Je me disais qu'on ne m'avait jamais appris qu'il était légitime de rabaisser les autres ainsi, qu'on ne m'avait pas élevé comme ça. Il a eu beau me hurler dessus… J'ai refusé. Un premier coup de pied violent dans l'estomac m'a alors fait me recroqueviller. L'officier a ensuite écrasé sa semelle sur mon cou, m'a traîné de force vers les bottes du militaire. La soumission était totale… J'ai essayé de le repousser, me disant qu'ils me tueraient d'une balle et que je mourrais avec ma dignité. Les coups de pied ont continué à pleuvoir et l'officier a finalement appuyé un canon sur ma tête. Je m'apprêtais à prononcer la Chahada[2]. Dans mon esprit, j'implorais Dieu, j'espérais qu'il s'agisse de mon dernier souffle… Tant pis, ce ne serait

1. Lors de la révolution syrienne, Daraya, en banlieue de Damas, est l'une des premières villes à se soulever. Les manifestations pacifiques y sont réprimées dans le sang et de nombreux opposants blessés sont alors traqués dans les hôpitaux de la capitale. On estime à deux mille le nombre d'habitants arrêtés par le régime depuis 2011 et portés disparus. Plus de la moitié ont été exécutés ou sont morts sous la torture.

2. Profession de foi dans l'islam prononcée lors de l'accompagnement d'un croyant à sa mort.

pas grave tant que je n'étais pas souillé et que j'échappais aux humiliations.

– Attends, attends, il a encore beaucoup de choses à dire !

L'adjudant qui m'avait arrêté à l'hôpital arrivait en courant vers l'autre bien décidé à presser la détente. La fin n'était pas encore là, et après tout, j'en étais soulagé.

J'ai été transféré dans la section ophtalmologie de l'hôpital, le sang qui avait envahi mon œil m'empêchait presque de voir le militaire qui m'auscultait.

– Comment cela t'est-il arrivé ? a-t-il demandé.

– Le coup de botte d'un militaire, ai-je déclaré.

– Comment ?

– Quoi, comment ?

Je lui expliquais pourtant la vérité. Que j'avais une simple infection à l'œil, et que quand j'étais arrivé à l'hôpital des hommes m'avaient roué de coups de pied au visage. Je ne voulais que me défendre. Il m'a reposé la question en m'insultant, et j'ai fini par lui lâcher, contraint, que je m'étais blessé avec un disque de coupe pour carrelage.

On m'a tiré de là sous les insultes et les coups. Deux personnes m'agrippaient l'épaule, dont un type qui s'appelait Azraël : l'ange de la mort dans la tradition musulmane.

– Si ce qu'il raconte est vrai, on doit interroger son père, sa mère, sa famille…

Je les entendais insister sur ma mère :

– Ta mère est avec toi dans le coup, hein ?

Je n'avais aucune idée de quel « coup » ils parlaient. De toute manière, même si ma mère était avec moi, je n'avais rien commis. Ils me juraient qu'elle avait avoué que j'étais armé. Je leur ai dit de me confronter à elle.

– Oui, pas de problème, on va le faire.

En disant ça, ils m'ont jeté dans une voiture. Une forte odeur s'en dégageait, une odeur de mort. J'étais au-dessus d'un corps, très gonflé… un cadavre. Je ne m'en étais même pas rendu compte au début car ils nous avaient mis dos à dos. À l'intérieur, je perdais la raison. Je ne comprenais rien, ne voyais rien, mais j'essayais de distinguer un visage sur le corps. Il y avait des prisonniers dans mon entourage, j'aurais pu le reconnaître.

Ils m'ont amené à l'hôpital 601[1], les coups d'Azraël m'y ont accueilli. Les lieux étaient divisés en deux dortoirs distincts : un pour les détenus civils et un pour les détenus militaires. Dans la pièce où on m'a traîné, il n'y avait qu'un seul lit, qui n'avait rien d'un lit de soin, du fait que quatre ou cinq personnes l'occupaient déjà. Je m'y suis assis, je pensais à ma mère.

– *Amar…*

Quelqu'un murmurait mon prénom. Là-bas, on me l'avait fait comprendre, nous n'étions que le numéro qu'on nous attribuait à notre arrivée. Prononcer nos prénoms était strictement interdit et des taupes parmi les prisonniers pouvaient nous dénoncer aux gardiens si on désobéissait. J'avais peur. L'envie de réagir, mais d'abord peur.

– Amar… C'est moi, Amer Matar, je suis ton voisin au quartier.

1. Durant la guerre, l'hôpital militaire 601 de Mazzeh, en banlieue de Damas, servait de quartier général au renseignement de l'armée de l'air syrienne. Y étaient pratiquées les pires tortures contre les opposants au régime de Bachar al-Assad, qui y menait une politique d'extermination des prisonniers politiques.

– … *Amer Matar* ? C'est vraiment toi ?

Je n'arrivais pas à reconnaître son visage tant il était tuméfié. Il a fait un signe de la tête et repris aussitôt :

– Écoute, si tu parviens à survivre ici, ils vont t'emmener quelque part… ça s'appelle les Dirassat[1]. C'est un lieu de punition et d'interrogatoire tenu par les militaires… ton séjour peut y durer trois jours, six jours, dix jours… Amar, s'ils te demandent là-bas quelque chose comme : « Comment trouves-tu la situation dans le pays ? », ne leur répond surtout pas en faisant mine que tout va bien, que le peuple est comblé. Ces militaires essaient de savoir si tu es avec ou contre le gouvernement. Et s'ils jugent que tu bluffes, que tu es un opposant, c'est une catastrophe que tu ne pourras jamais réparer.

J'ai seulement acquiescé.

C'était mon premier soir, il était minuit, et j'entendais des cris terribles sans trop savoir de qui ou de quoi il s'agissait. Je ne connaissais pas encore cette autre règle, mais ici, si on pose des questions ou si on est témoin de quelque chose qui ne nous concerne pas, direction la mort. Je me suis quand même essayé à interroger mes codétenus sur l'origine de ces hurlements.

– Ceux dont ils veulent se débarrasser dans les prisons, ils les déportent ici à l'unité 601, comme ça ils disent qu'ils sont morts à l'hôpital, m'a-t-on assuré.

Les gardiens de l'hôpital restaient éveillés et se relayaient. Il y avait parmi eux Azraël, l'ange de la mort. Un autre, Kamal, surnommé Abou Chakouch (« l'homme au marteau ») et

1. Dirassat, « là où on mène les études », en arabe. Lieu où étaient instruits les cas de chaque prisonnier avant de définir quelles charges seraient retenues contre eux.

Abou Hadideh (« l'homme au fer »). Les autres prisonniers semblaient se repérer dans le temps en fonction de ces sessions de torture qu'ils entendaient. Elles duraient toujours de minuit à 6 heures du matin, heure où certains étaient réquisitionnés pour déplacer les cadavres des tués. Chaque jour. Il y en a eu sept la nuit de mon arrivée. J'ai demandé :

– Est-ce que ça va être notre tour ?

On m'a répondu :

– On ne sait pas. Peut-être que oui ou peut-être que non… Il faut espérer qu'on puisse sortir avant que cela n'arrive.

Abou Chakouch était de garde ce soir-là quand un supérieur est entré dans le dortoir et nous a ordonné de le regarder dans les yeux. Ni moi ni personne ne s'exécutait. Cette règle aussi je l'avais apprise : si on ose regarder un gardien dans les yeux, on est supprimé.

– Celui qui garde les paupières fermées est un homme mort ! a-t-il menacé.

Bien… quelle que soit l'issue on était foutus, alors on a tous ouvert les yeux.

– Avez-vous besoin de quelque chose ? a poliment demandé le commandant.

Il n'arrivait jamais ici qu'on nous offre quelque chose. Un monsieur d'une soixantaine d'années a quand même répondu qu'il avait faim. Enfin, il gémissait, il pleurait :

– J'ai faim.

– Apporte-lui à manger, a ordonné l'homme à Abou Chakouch.

Moi je retenais mon souffle, mais on a vu le gardien arriver quelques minutes plus tard avec deux miches de pain, une boîte de conserve de maïs, un concombre et une tomate.

Tout le monde était bouche bée. Il s'est avancé :

– Qui a dit qu'il avait faim ?

Le vieux monsieur a levé de nouveau le bras, et a tendu les mains pour saisir la nourriture. Mais Abou Chakouch l'a jetée à terre.

– T'as dit que tu avais faim, n'est-ce pas ?

En disant ça, il a empoigné le marteau à sa taille, assénant d'abord un coup sur le corps du vieil homme avec le côté pointu qu'on utilise pour arracher les clous. Au début, il ne le frappait pas pour le tuer, juste suffisamment pour détacher la chair de l'os. Le pauvre monsieur n'avait même plus la force de hurler. Nous à côté on était obligés d'observer, ça aussi c'était la règle, ils nous imposaient de regarder ces moments atroces. Il a continué de le molester et d'arracher la chair, puis il a finalement tourné l'autre face du marteau, celle de la tête de frappe. Il l'a écrasée sur son crâne qu'on a entendu se briser, achevant son acte criminel. Le vieux monsieur était mort.

– Qui a faim, maintenant ? Qui a faim ? !

On mourait de faim mais personne n'osait plus répondre.

– Parce que vous ne m'avez pas répondu alors que je sais que vous êtes affamés, vous serez privés de nourriture pendant trois jours, a-t-il repris.

Puis il est parti. Nous étions prêts à mourir affamés, mais pas dans de telles souffrances comme ce vieil homme. C'est un autre prisonnier, Sukhra[1], qui a été chargé de ramasser le cadavre. Il l'a mis dehors, sans même le soulever dignement…

1. « Sukhra », littéralement « Chargé de corvée », était un surnom attribué à certains prisonniers du régime. Dans les geôles, des gardiens déléguaient une partie de leur travail à ces détenus, souvent les plus anciens, pour enregistrer et déplacer les cadavres des autres prisonniers.

Il l'a seulement tiré par les pieds pour le traîner à l'extérieur. Les autres trouvaient ça normal.

– On s'est habitués, m'a dit l'un d'eux.

– Ce sera comme ça tous les jours ? avais-je répondu.

– Si ce n'est pas chaque jour, ce sera deux fois par jour.

Le lendemain de mon arrivée, j'ai fait la connaissance du troisième gardien que l'on surnommait Abou Hadideh, parce qu'il possédait une chaîne en fer[1]. Son truc, c'était de demander qui étaient les nouveaux, puis de les frapper pour les briser. Deux hommes étaient en train de se faire tabasser devant moi. Je récitais la sourate Yassin et je priais Dieu.

– Nous avons mis une barrière devant eux et une barrière derrière eux. Nous les avons couverts d'un voile et voilà qu'ils ne peuvent plus rien voir. *Subhanallah… Subhanallah…*

Il y avait encore deux nouveaux avant de passer à moi. Mais je ne sais ce qui l'a distrait, il ne m'a pas approché. Heureusement, car la chaîne était si grosse, chaque maillon faisait douze centimètres. Ici on m'avait conseillé d'être invisible, car s'ils nous remarquaient, ils ne nous lâchaient jamais. La règle, c'était de rester là où on t'avait posé.

Deux jours, trois jours… La torture et les exécutions étaient déjà devenues routine. Nos gardiens nous visitaient parfois juste pour s'amuser. Deux d'entre eux se mettaient dans des coins opposés de la pièce, et un prisonnier avait pour ordre de se placer au milieu. C'était Sukhra, ce soir-là.

1. En arabe, Hadideh est issu du mot *hadid*, qui signifie « fer ». Abou Hadideh est donc un surnom pouvant se traduire en français par « l'homme au fer »,

– Sukhra, Sukhra, Sukhra !

Ils l'appelaient. S'il allait vers l'un, c'est l'autre dans son dos qui le tabassait. C'était le jeu préféré d'Azraël et Abou Chakouch.

– Sukhra, Sukhra ! Si tu choisis ta mort, tu choisis qui ? lui ont-ils demandé.

Sukhra s'est alors avancé vers Abou Chakouch. Et Azraël l'a rattrapé.

– Bah alors… je t'appelle et tu ne me choisis pas ?

Azraël, si grand, un mètre quatre-vingt-dix, presque deux mètres, en disant ça a enlevé son écharpe et l'a enroulée autour du cou de Sukhra, l'a soulevé jusqu'à l'étouffer. C'était sa manière d'exécuter les prisonniers, et la mort la plus douce qu'on pouvait recevoir ici. Mais pourquoi l'ont-ils tué ce jour-là ? Simplement pour s'amuser.

Au bout de quatre jours, j'essayais de voir comment sortir pour aller aux toilettes. Quelqu'un m'a donné une bouteille, un autre un sac.

– Petite ou grosse commission ?

J'ai bafouillé que je ne savais pas, que finalement je ne voulais plus…

– Si tu en as besoin, ils sont là.

C'est à ce moment-là que j'ai remarqué que l'on mangeait dans la même gamelle où on pissait. Je riais, mes émotions commençaient à se confondre. Au final, j'ai espéré mourir chaque jour, ne plus revoir la lumière. Mais ce qui me pesait le plus, c'était de ne pas savoir où était ma mère.

Pendant quinze jours, il y a eu des morts chaque soir et les visites des gardiens. On savait que dans l'autre dortoir, celui des militaires, il y avait plus de tués. Chez nous, c'était une personne par nuit qui mourait. Chez les militaires, c'était cinq minimum. Des types qui démissionnaient ou qui désertaient le front. Certains n'avaient tenté ni l'un ni l'autre, mais le régime incriminait même la pensée de démissionner. J'ai souvenir encore de l'un d'entre eux qui hurlait, horrifié, avant de mourir : « Qui a bien pu te dire que j'avais déjà envisagé la démission ? »

Arrivé le quinzième jour, j'ai été amené aux Dirassat, comme m'avait prévenu Amer Matar. Je ne comprenais pas tout à fait où on était. Une sorte de maison arabe, où dans chacune des trois cellules se trouvait une salle de bains à laquelle nous avions accès. À l'entrée, les soldats m'ont accueilli avec des phrases telle que : « Dieu bénisse les gens de Daraya. » Je me suis rappelé le conseil d'Amer, j'ai rétorqué : « Quoi Daraya ? Que Dieu protège plutôt Al-Assad ! Ne me parlez pas de ces révolutionnaires qui ont détruit nos vies. » Je voulais à tout prix qu'ils se disent que je n'étais pas un terroriste.

Dans la geôle où on m'a conduit, pas même la place de s'asseoir, des gouttes perlaient au plafond : c'était la respiration de tous les détenus qui créait de la condensation.

– Qu'il reste à l'entrée, près de la porte, car il n'a pas insulté l'armée, a ordonné un gardien.

Près de l'entrebâillement, je pouvais un peu respirer. Quelqu'un à côté de moi a répondu au geôlier :

– Mais est-ce que je le bute ou pas ?

C'était un prisonnier parmi nous qui parlait, mais il semblait leur allié.

– Non, attends un peu, a repris le geôlier.

Le détenu s'est alors tourné vers moi :

– D'où tu viens ?

Par peur, quand je le pouvais, je ne répondais plus Daraya, je disais : « Jdaideh. » Il m'a sommé de m'asseoir, mais il n'y avait pas assez de place.

– Bah, reste debout contre le mur ! m'a-t-il ordonné, se tournant de nouveau vers le gardien. Je te bute ceux dont je t'ai parlé, alors ?

Le gardien a acquiescé. Et l'homme a brisé la nuque d'une première personne. De six personnes, en tout. Il a pris une respiration.

– Ah, c'est mieux, ça fait plus d'espace… Je t'en ferai monter d'autres d'ici demain matin.

Le jour s'est levé, j'étais encore en vie. Avant d'ouvrir la porte, le gardien a demandé combien de personnes étaient mortes cette nuit.

– Six autres de plus, a répondu le prisonnier-assassin parmi nous.

Leurs corps furent jetés dehors alors que nous étions en train de déjeuner. En fait, nous mangions au-dessus de leurs cadavres. Pour moi c'était insoutenable, mais les gens ici avaient l'habitude. Le soir, quelqu'un m'a reconnu, un vieux monsieur de mon quartier.

– Pourquoi es-tu ici ? lui ai-je demandé.

– Parce que mon fils a déserté, je ne sais pas où il se trouve. Ils le cherchaient mais ils ne l'ont pas trouvé, donc c'est moi qu'ils ont pris.

Chaque jour la routine était la même, le prisonnier-assassin parmi nous tuait, faisait même des sortes d'expériences en assassinant des codétenus. Les sortait. Faisait de la place.

Je suis sorti des Dirassat après quinze jours de détention pour être transféré à Amn al-Tayaran[1]. C'était encore pire, là-bas. On était parqués dans une grande salle, à peu près deux cent trente-cinq personnes y étaient entassées. Dès l'instant où quelqu'un pénètre dans ces lieux, il est dépossédé de tout et mis nu. Là-bas aussi des prisonniers sont de mèche avec les gardiens, là-bas aussi le même accueil sous les coups. Dans le dortoir, notre place se résumait à un carreau de carrelage et demi, et on s'asseyait en rang, alignés un peu comme dans un train. Moi, ce qui me surprenait, c'était le nombre de jeunes incarcérés. Il y en avait un de 14 ans que je pensais avoir reconnu.

– T'es pas le fils de Mohammad ?

Il était avec un de ses copains du même âge, les deux m'ont expliqué avoir été arrêtés alors qu'ils faisaient de la bicyclette entre Jdaideh et Daraya. Ils ont été accusés de fomenter « quelque chose ». J'ai même pu lui demander son nom de famille car ici il était possible de parler dans le brouhaha des allées et venues.

– Je suis de la famille Ghazal, m'a-t-il confié.

Je me souviens encore de ces membres de la famille Hanna, des Haw… Que des ados, des gosses qui disaient fièrement qu'ils venaient de Daraya.

La porte s'est ouverte. On nous apportait à manger, toujours en jetant la nourriture par terre. Ceux qui étaient proches de là où le repas tombait prenaient des coups, la routine des

1. Zone d'incarcération tenue par les renseignements de l'armée de l'air du régime dans la région de Mazzeh en banlieue de Damas. Zone contrôlée en majorité par la 4e division, unité de sinistre réputation pilotée par Maher al-Assad, frère de Bachar al-Assad.

lieux. L'un des gardiens[1] avait pris l'habitude de choisir de jeunes hommes, qu'il faisait monter avec lui à l'étage. S'ils n'acceptaient pas, ils se voyaient interdits de manger. Les anciens d'ici comprenaient de quoi il s'agissait, quand le gardien les emmenait... Ce soir-là, il souhaitait prendre avec lui les deux gosses de Daraya. Ils ont refusé et ont été privés de repas.

La même scène s'est répétée ainsi plusieurs jours. Un soir, l'un des deux ados n'en pouvait plus, il avait tellement faim. Il était prêt à faire ce que lui demandait le gardien pourvu qu'on lui donne à manger. Nous, on lui jurait de lui offrir notre ration pour l'en dissuader. Dans le même temps, le gardien avait jeté son dévolu sur un autre prisonnier originaire de Hama, Abou Raad. Lui acceptait de le suivre à l'étage, et s'était vu promettre qu'à terme il gagnerait le droit de sortir, qu'il pourrait revoir ses parents. Nous, on lui disait : « Mieux vaut sortir avec dignité que de cette manière », on lui rappelait son frère mort en martyr : « Crois-tu vraiment que ton frère serait content d'apprendre cela ? » Abou Raad savait qu'il pourrait obtenir ce qu'il voulait, mais une peur subsistait s'il faisait le choix de suivre le gardien : que quelqu'un puisse un jour tout révéler au commandant. C'est moi qui ai finalement réussi à le convaincre de refuser, toujours en lui promettant notre ration.

Mais après avoir fait ça, la colère de Dieu s'est abattue sur nous. Des coups, des coups, des coups... jusqu'à ne plus rien

1. Dans son témoignage initial, Amar fait état d'*une gardienne*, ne souhaitant pas préciser par la suite le genre de la personne qu'il décrit. Les témoignages d'abus sexuels de femmes gardiennes ou de gardiens sur de jeunes hommes sont encore très tabous en Syrie.

sentir. Tout le dortoir a été sanctionné : quatre jours sans nourriture à cause de nous. Pendant quatre jours, plus le droit de s'asseoir, et si on essayait de dormir le prisonnier-taupe caftait. Un des deux gamins de Daraya est devenu fou à cause du manque de sommeil. Il a commencé à avoir des hallucinations. Un soir, sa tête s'est couchée sur son épaule, il hurlait. Et nous ne pensions qu'à ce bruit qui allait attirer les gardiens. L'un d'eux, Abou Hafez, a ouvert le guichet qui ajourait la porte de la cellule.

– Qui a crié ?

Le deuxième gosse de Daraya a levé la main pour couvrir son camarade.

– Non, c'est moi ! a hurlé l'autre.

– Vous me faites une révolution, hein ? a répondu le gardien. Amenez-moi les deux !

Ils ont été torturés devant nous. Le geôlier a fait bouillir de l'eau en y ajoutant du sucre, puis a jeté le tout sur leur tête et leur dos. Toujours sous les coups.

C'est un prisonnier de la famille Rajeh qui est venu les aider ensuite. Lui était d'ordinaire chargé de nous retirer nos sous-vêtements quand on arrivait dans la prison. En réalité il les gardait, et les cousait en cachette pour en faire des bandages et nous soigner. Il a mis de l'eau froide sur les plaies des deux adolescents dans la petite salle de bains à laquelle nous avions accès derrière la cellule. Bien sûr, il aurait pu se faire tuer pour les avoir soignés. Mais si les deux ados attrapaient une quelconque infection, on savait très bien ce qui allait leur arriver. Car ce n'est que la mort qui nous délivrait de cet endroit.

On m'a renvoyé me faire interroger aux Dirassat. On était cette fois-ci dans un nouveau bâtiment, tous en file indienne et certains détenus recevaient du paracétamol. J'ai été surpris d'y recroiser les deux ados de Daraya. Là-bas, des hommes nous demandaient : « Qui a une maladie ? » Et bien sûr, on n'osait rien dire. Celui qui avoue avoir une maladie est tué dans la foulée. Il ne faut jamais montrer que l'on souffre, ici. Les deux gosses étaient là, debout malgré leurs tortures, et je les entendais tenir tête.

– Nous on est malades !

– Ah oui, tu es malade ? répond le gardien. Déjà, rappelle-moi pourquoi tu es ici ?

– Bah, déjà, demande à ton pote pourquoi il nous a embarqués.

Après tout ça, toutes les tortures... ils avaient gardé ce culot, on était tous surpris par la force de ces enfants qui ne se préoccupaient même pas de leur mort. Le soldat les a fait sortir. Nous n'avons jamais su ce qui leur est arrivé.

Déjà deux mois de tortures et d'interrogatoires. J'ai été transféré dans une section des Jawiyeh[1]. Il neigeait, on savait à peu près qu'on était au mois de mars sans vraiment connaître le jour précis. On sentait surtout le froid. Nos couvertures étaient trempées, nous passions notre temps à essayer de les essorer. Il y avait si peu de nourriture... Si par hasard on recevait une orange, on s'arrangeait pour la manger sur plusieurs jours. D'abord les épluchures, ensuite les petits filaments blancs... on disait qu'ils étaient bons pour la santé. Puis l'orange elle-même, on rationnait chaque quartier. Même les

1. Autre section d'interrogatoire sous l'égide du renseignement de l'armée de l'air.

pépins, on ne les jetait pas. On les avalait en imaginant que c'était des médicaments pour les boutons et les infections.

Mon œil était infecté, seul un bandage le couvrait. Les gardiens me surnommaient Silver le Borgne ou Dajjal[1]. Ici les interrogatoires n'étaient pas les mêmes, c'était le seul endroit où nos prénoms étaient prononcés, et il n'était plus seulement question de nous torturer pour s'amuser ou nous accueillir. Ces jours d'interrogatoire, les gars me questionnaient encore en m'insultant, me frappant, me menaçant.

– Comment tu t'es fait ça à l'œil ?

– Un disque de coupe pour carrelage, ai-je répété.

– Mais ta mère a dit autre chose.

Toujours le même scénario pour insinuer ensuite qu'elle était « dans le coup ». Je répétais que ma mère n'était pas là, et que si elle avait dit quelque chose ils n'avaient qu'à me confronter à elle, parce qu'elle avait dû l'avouer sous la torture.

Un type m'a répondu :

– OK, je te l'amène.

J'entendais des voix de femmes au loin qui criaient et pleuraient… mais je ne reconnaissais pas le timbre de ma mère. J'en étais réduit à espérer qu'elle soit morte plutôt que parmi ces voix. C'était plus facile pour moi de l'imaginer ainsi que dans un tel endroit. Dieu soit loué, elle n'était pas là. Il avait dit ça pour bluffer.

L'interrogatoire a continué jusqu'à ce que quelqu'un de Daraya, un prisonnier qui s'appelait Kamal Khouloud – une

1. Désigné comme un Antéchrist dans la tradition islamique. Il est généralement décrit comme aveugle de l'œil droit. Dans ce cas précis, il s'agit aussi pour les gardiens de moquer l'islam en plus de l'infirmité d'Amar.

autre taupe alliée des gardiens –, entre dans la pièce en essayant de me convaincre.

– Allez Amar, avoue-lui ce qu'il a envie d'entendre ! Que tu avais des armes et tout… Tu vas continuer à souffrir sinon, et à la fin tu vas quand même finir par avouer.

– Mais Kamal, comment avouer quelque chose qu'on n'a pas commis ? Et si je leur dis tout ça, c'est sûr qu'ils vont me tuer.

Chaque choix me menait à la mort.

Entre prisonniers, lorsqu'on revenait d'un interrogatoire on se consolait, on essayait de panser les blessures des autres, de réciter le Coran en implorant la protection d'Allah. Mais au final c'était du vent, nous savions que ça ne servait à rien, et que rien ne changerait. Les interrogatoires absurdes se sont enchaînés jusqu'à ce qu'un jour je n'en puisse plus.

– Qu'est-ce qui me permettrait de mettre fin à tout ça ? ai-je demandé à Kamal.

– Dis-leur seulement que tu avais des armes et que tu as combattu l'armée.

À cet instant, j'étais décidé à avouer ce mensonge. Mais un autre détenu est venu et m'a dit :

– Amar, si tu avoues, tu vas mourir. Si tu ne dis rien, tu vas peut-être t'en sortir. Supporte la douleur pour ta mère, peut-être que tu pourras la revoir.

Il m'a répété son conseil à l'oreille toute la nuit. Me l'a murmuré encore et encore au point de me convaincre.

Le lendemain, à l'interrogatoire, la même torture. Je répétais au gardien : « Fais donc ce que tu veux de moi », pourvu qu'il soit écrit dans le PV que j'étais innocent. Kamal était là. Les gardiens le chargeaient d'écrire les PV des autres prisonniers.

– Je vais conclure cette histoire, a-t-il annoncé.

Il s'est tourné vers moi.

– Vas-y, mets ton empreinte sur ces deux feuilles.

Je ne savais pas ce que je signais. Kamal est retourné à la cellule avec moi, puis m'a lancé :

– Voilà, je t'ai fait signer deux papiers indiquant que tu avouais avoir attaqué des checkpoints, et que tu avais collaboré avec l'Armée libre pour tuer des soldats.

Je ne comprenais plus rien. À cet instant, il n'y a qu'une prière qui m'occupait l'esprit, une que mon père m'avait apprise petit. Jusqu'à 6 heures du matin, c'était tout ce que j'étais capable de réciter. J'étais devenu coupable.

Le lendemain, vers 6 heures du matin, la porte de la cellule s'est ouverte et on a appelé mon nom.

– Habillez-le ! a hurlé un gardien.

Je ne savais pas ce qui m'attendait, à ce moment-là je pensais même qu'ils voulaient me tuer parce que je priais, qu'on avait dû m'entendre psalmodier.

– Tu es sorti ! me disaient les autres prisonniers.

– Impossible, leur répondait Kamal. Je lui ai fait signer des papiers l'incriminant, ils vont sûrement le transférer à Sednaya.

Le mot « Sednaya », c'était synonyme de mort, ici. Je suis sorti de la détention sous les tabassages classiques des gardiens qui voulaient célébrer mon dernier jour. Pour cette dernière fois, ils m'ont fait monter en haut d'un escalier d'une vingtaine de marches. Deux d'entre eux s'étaient lancé un défi :

– Est-ce que tu peux lui donner un coup de pied si fort qu'il tombe direct sans toucher aucune marche ?

Ils m'avaient bandé les yeux, j'arrivais seulement à distinguer que l'un était maigre et l'autre plutôt gros. C'est le gros qui s'est mis à reculer, puis à courir à toute vitesse… Il s'est arrêté net devant moi puis m'a pété dessus. De peur, je suis moi-même tombé des vingt-cinq marches. Ils rigolaient de leur blague. Il ne me l'avait même pas donné, son coup de pied. C'était mon dernier jour à Jawiyeh.

On m'a transféré à la Shurta Askari (la police militaire) le 22 avril. Je savais que là il y avait deux options : soit j'étais transféré dans une prison civile, soit à Sednaya. À l'aube, une liste de trente prénoms a été établie, j'étais dans les derniers appelés. J'avais l'impression d'assister au jugement dernier. Il y avait ceux qui étaient heureux, voire soulagés, d'entendre leurs prénoms, et ceux pétris par la peur car ne sachant pas ce qui allait leur arriver là où ils étaient envoyés. J'étais dans la seconde catégorie. Kamal m'avait dit que je serais envoyé à Sednaya… Mais j'ai finalement été transféré dans la prison de Adra. Là-bas, c'était la même routine de torture, mais une routine communautaire. Être un détenu sunnite, comme moi, c'était mal vu. Et être alaouite ça t'avantageait, peu importe ton crime. J'ai été incarcéré deux ans là-bas. La prison a été encerclée à l'époque par Zahran Allouche, un chef rebelle, et ils nous ont transférés à Sweida. C'est là-bas que j'ai reçu ma sentence : condamné à mort pour ce qui était écrit sur mon PV, « homicide de militaires ». Comme j'étais jeune, ma peine a été réduite à la perpétuité. Là-bas, on y vivait le même cercle de violence et d'humiliations, mais ceux qui le dirigeaient étaient des policiers et non des militaires. Je suis resté six ans à Sweida, jusqu'au 9 novembre 2021. Puis j'ai été transféré à Homs. À Homs j'y ai passé trois ans, c'était tellement différent de toutes les autres prisons. Le communautarisme était exacerbé… Et c'était bourré de chabiha, la violence était absolue.

Je suis allé comme ça de prison en prison. Jusqu'à ce jour de l'automne 2024. Un jour différent des autres. Le premier où je n'implorais pas la mort dans un bus de transfert. Je me sentais l'esprit libre, quelque chose avait changé. Les gardiens… ils étaient perdus.

– Ils vont progresser jusqu'où ? disaient-ils.

Je les entendais, je lisais la peur dans leurs yeux.

– Il est passé où, l'autre ? Il a mis sa femme et ses enfants à l'abri, ils sont tranquilles pépères, et nous on n'a même pas mis en sécurité nos proches. Pour quel type on est en train de se sacrifier ?

Le commandant et l'adjudant se regardaient. On nous transférait vers Damas, mais je disais aux autres détenus : « Si votre foi en Dieu est grande, nous serons bientôt libres, je le crois profondément. » À Damas, ils nous ont enregistrés, pris en photo, on était répartis dans les cellules vers 1 heure du matin. On était cinquante-quatre hommes et une femme transférés de Homs. On savait pourquoi on nous avait emmenés ici. En fait, dans la prison de Homs d'où nous venions, les trois quarts des types étaient des chabiha. Ils avaient peur que si l'Armée libre entrait, on puisse les dénoncer. Si on avait été envoyés à Damas, nous qui avions été incarcérés pour terrorisme, c'est pour qu'eux puissent s'habiller en civils et qu'il n'y ait plus de prisonnier d'opinion pour les reconnaître.

À minuit, nous apprenions que la prison de Homs venait d'être libérée. À 1 h 50, des gens disaient que l'armée d'Al-Assad avait repris Hama… Mon cerveau bouillonnait. J'étais incapable de parler, sous une pression absolue. J'étais submergé par une émotion, mais dehors, j'en sentais une autre qui vibrait… Puis il y a eu ces instants où des gens ont commencé à ouvrir les portes, il était 2 heures du matin. J'ai vu des images qui m'ont fait oublier toutes ces années de souffrance. Je partais. J'allais retourner à la maison à pied, porté par une sensation indescriptible, celle de vivre un jour inoubliable. Un jour de gloire. Un jour de victoire.

Ce soir-là, je me souviens de ces chabiha parmi nous qui s'enfuyaient de Damas en courant. Certains n'avaient même pas de voiture. Ils cavalaient. Je ne me lassais pas de cette vision. Leur président Bachar al-Assad les avait laissés pour s'enfuir lui aussi. Je me suis souvenu du temps de la révolution où l'on scandait « L'armée et le peuple sont frères » : ces types-là nous canardaient au fusil. J'ai repensé à toutes ces images de manifestations, de nous qui devions prendre la fuite à peine les avait-on aperçus. Ce soir-là, j'ai comme voulu faire l'inverse. Je voyais ces chabiha déguerpir… et instinctivement je me suis mis à les poursuivre.

Cette fois, c'est moi qui courais après eux.

« Nous constatons que la critique constructive est une arme efficace dans tout processus de construction [démocratique], elle permet d'identifier ses défauts, car elle permet de découvrir le bien et le mal qui la ronge. »

Hafez al-Asṣad

CHAPITRE 2

La fabrique de la terreur

Là où les ruines enfantent d'autres ruines, et où ce qui tombe paraît nourrir ce qui reste. À Tadmor[1], c'est comme si elles ne cessaient de se répéter, strates superposées d'un palimpseste de mémoires et de poussière ; la ville moderne, démantelée ici par l'État islamique, là par les frappes des alliés d'Assad ou de l'armée israélienne. Entre les décombres subsistent les graffitis cyrilliques des troupes russes, les entrées murées des sous-sols creusés par les milices iraniennes ou afghanes. Rares sont les maisons encore intactes, isolées dans ce fragment de désert où les empires viennent d'ordinaire se battre ou mourir. Celui des Palmyréniens repose toujours dans la majestueuse cité antique qui domine la ville. Trône ancien de la reine Zénobie devenu conquête romaine, il subsiste dans une beauté monochrome de chapiteaux et de rangées de colonnades inquantifiables d'un regard… Aux pouvoirs qui leur ont succédé, ces ruines n'ont cessé de renvoyer un reflet. Le régime d'Assad y projetait le

1. Souvent appelée « Palmyre » en français, Tadmor est en réalité la ville moderne construite autour de la cité antique de Palmyre.

sien. Quand il ne pillait pas les artefacts des lieux, il s'en servait de vitrine, prétendant à la même éternité. L'État islamique, lorsqu'il s'empara de la ville en 2015, y vit au contraire le reflet insupportable d'une histoire qui s'était faite sans lui, et en fit la cible de sa barbarie. Gisent encore, épars dans l'enceinte de la cité, les entablements pulvérisés, mêlés aux fûts et aux tronçons des colonnades.

Dominant Tadmor, au plus haut de la cité, se dresse le temple de Bêl, dynamité, dont il ne reste plus que le linteau et le jambage d'une porte esseulée. C'est là, sur ce parvis de pierre, qu'était venu méditer plus de deux siècles auparavant le révolutionnaire français et arabisant Volney. Lui qui dans ses voyages à travers l'Égypte et la Syrie s'adressait aux ruines, voyait en Palmyre le symbole des empires défaits par les révolutions ou par leur propre corruption[1]. Contemplant le temple, il s'imaginait converser avec un génie apparu des pierres, et qui l'aidait à en percer le sens : tirer ce qu'il appelait les « leçons des ruines ». Le génie lui conta comment fut l'esclavage, l'art de la *tyrannie* née de la *cupidité*… Et comment, expliquait-il, « les oppresseurs étant moins nombreux que les opprimés, il fallut, pour soutenir ce faux équilibre, perfectionner la science de l'oppression. L'art de gouverner ne fut plus que celui d'assujettir le plus grand nombre au plus petit. Pour obtenir une obéissance si contraire à l'instinct, il fallut établir des peines plus sévères ; et la cruauté des lois rendit les mœurs atroces ».

1. Volney, *Les Ruines, ou Méditations sur les révolutions des empires*, Baudouin frères, 1826 (*Œuvres complètes*, tome 1, p. xxii-241).

Quelles leçons aurait-il tirées de cette autre ruine au nord-ouest de la ville moderne ? Cet édifice, symbole contemporain de l'atrocité et de la cruauté qui martyrisèrent la ville, dépouillé de tout ornement, sinon des apparats de la barbarie : barbelés, torsades de fer, barreaux... et sentinelles qui écrasent l'enceinte de la prison de Tadmor. Elle aussi, l'État islamique a tenté de la faire disparaître à la dynamite. Elle, la plaie la plus fraîche dans l'enchevêtrement des cicatrices de la ville, a longtemps été la prison la plus emblématique de la tyrannie des Assad. Certains diront même qu'elle fut le laboratoire d'une horreur destinée à s'étendre à toute la Syrie, augurant le champ de ruines que le pays entier allait devenir.

*

« Cet endroit... oui, c'était un laboratoire de la souffrance humaine. Nous arrivions ici le premier jour mis à nus, dépossédés de tout sous les cris et les coups. Nos dortoirs se faisaient face au milieu d'une cour construite comme une scène de théâtre. Tous les jours nous y étions tirés, affamés et épuisés par les nuits que nous passions entassés dans notre propre sang. Et sur cette scène se jouaient nos supplices et nos humiliations. »

Au cœur de la prison, Mahmoud fixe la pointe de ses chaussures. Son air habituellement débonnaire et son large sourire rieur ont cédé la place à un inconfort silencieux. Il n'est pas revenu ici depuis son incarcération il y a dix-huit ans. Un mois depuis la chute du régime ; il fait partie des rares habitants à être retournés à Tadmor ; ce malgré l'État islamique qui rôde autour de la ville, égorge chaque semaine des civils sur les routes qui y mènent. Mahmoud tire machinalement sur la fermeture éclair d'un vieux blouson maculé, accentuant encore sa posture voûtée. Tout autour, les murs paraissent malades, comme recouverts d'une membrane sclérosée, squameuse. Sur les pylônes de la cour où il déambule, les couches successives de peinture – jaune, blanche, brune – se fissurent en taches vives et éclatées, pareilles à un paysage de salins. La plus profonde, rouge ocre, dévoile les briques de ce que furent les fondations ; celles des premiers murs élevés en 1920 pour ce qui servirait d'écuries aux garnisons françaises du mandat. La deuxième couche, jaune argileuse, date des années 1960, lorsque, bien après l'indépendance, le pouvoir baathiste[1] transforma les écuries en centre de détention militaire.

« Mais c'est Hafez al-Assad qui va faire de cette prison un enfer, raconte Mahmoud en grattant un morceau de la troisième couche détachée du mur décrépit. Cette prison est devenue le symbole de son pouvoir, un lieu où on envoyait les intellectuels et les opposants loin des villes pour les faire disparaître… »

Ces civils, Assad les désignait comme « ennemis de la révolution », et dès le début de ces années 1970, ils furent envoyés ici par des tribunaux d'exception.

Sur la partie sud de la prison, le soleil projette l'ombre d'un toit de barbelés tressés, rouillés, qui clôture la cour et les cellules. Le sol est ajouré de crevasses grillagées, coiffant de sombres geôles souterraines.

« Plusieurs dizaines d'hommes se trouvaient en bas, sans jamais voir le jour. Il y avait à peine un filet de lumière qui

1. « Le Parti Baath (Parti de la renaissance arabe socialiste), est un parti panarabe dont la branche syrienne sert le pouvoir des Assad depuis 1963. Il domine sans partage la vie politique syrienne, malgré l'existence de partis satellites intégrés au "Front national progressiste". »

traversait les barreaux au plafond, les gardiens nous surveillaient par là. »

En surface, Mahmoud explique que les autres détenus étaient enfermés dans de minuscules placards gris, où il était impossible de s'allonger. D'un mètre de large, à peine deux de long, l'espace – qu'on peine à appeler une « pièce » – est tranché par un parapet et percé d'un trou qui servait de toilettes.

« On les appelait les "cercueils", ajoute-t-il. Nous étions plusieurs à étouffer à l'intérieur. »

Ahmad, Abou Jaafar, Tripoli, Deir ez-Zor… Des mots ont survécu sur leurs murs, protégés des intempéries comme de fragiles vestiges. Inscrits par les prisonniers, ces noms et ces villes se superposent et s'effacent, voilés sous les couches successives de peinture. De l'autre côté des barreaux, sur les murs des couloirs, les gardiens eux aussi ont apposé leurs noms, au nez des détenus, comme une provocation. Et à la place des prières que les désespérés des geôles pouvaient graver, ils ont écrit des slogans à la gloire du clan Assad. L'un d'eux, en lettres profondes, proclame « الأسد للأبد وبعد الأبد » : « Assad jusqu'à l'éternité, et au-delà. » Nul ne sait tout à fait quand ces mots ont été gravés. Mais de mémoire d'anciens prisonniers, cette dernière couche de peinture – blanche, lisse, presque intacte – remonterait aux années 1980. Un aplat que de nombreux survivants de Tadmor reconnaissent, car il scelle l'une des mémoires les plus glaçantes de l'enfer concentrationnaire syrien.

*

26 juin 1980. Tout est calme sur le perron du palais des Hôtes, modeste bâtisse damascène où logent les chefs d'État

étrangers de passage, nichée dans le quartier d'Abou Rummana. Le mercure avoisine les trente-sept degrés, ce qui ne semble pourtant pas déranger le président Seyni Kountché. Son agenda est chargé, un avion l'attend dans quelques heures pour le conduire à Bahreïn, dernière étape d'une tournée diplomatique dans le monde arabe entamée quelques jours plus tôt à Bagdad. Jusqu'ici, le voyage n'aurait pu mieux se dérouler. Le président nigérien a reçu à Damas un accueil chaleureux, ponctué d'un geste d'honneur : la possibilité de se recueillir sur la tombe de Bilal al-Habachi[1]. Les discussions furent fructueuses avec son homologue syrien, avec qui il partage la carrière de militaire, de même qu'un penchant pour les coups d'État et les prisons politiques. D'un tyran à l'autre, l'Histoire ne change jamais que de visage.

Il est 13 heures quand l'escorte de son hôte apparaît : trois voitures de gardes du corps, sirènes hurlantes dans la rue qui jouxte l'entrée. Depuis son arrivée, Kountché n'a cessé d'exprimer auprès de ses conseillers sa surprise devant l'ampleur du dispositif de sécurité entourant le président syrien[2]. Ces derniers l'avaient averti : le pays est instable, secoué depuis plusieurs mois par un soulèvement des Frères musulmans qui contestent le pouvoir du président. Des attaques ont lieu régulièrement, visant les dignitaires du parti Baath, et parfois même les représentants de leurs alliés soviétiques stationnés dans la capitale. Sans trop l'ébruiter, le président Assad a pris

1. Premier muezzin de l'islam et compagnon du prophète, il est considéré comme le premier musulman d'ascendance africaine.

2. Élément parmi les nombreux rapportés dans les mémoires de Mallam Oubandawaki, *J'étais l'aide de camp du Président Kountché*, Niger, N.I.N., 1995. Avec l'aimable mise à disposition de la Bibliothèque royale de Belgique.

la décision de remplir les geôles de Tadmor de ces opposants islamistes, durcissant à l'extrême leurs conditions de détention en espérant mater la contestation.

Le voilà justement, Hafez al-Assad, sorti de l'un des véhicules. Sous ses sourcils, deux arcs épais et rigides, percent des yeux d'une fixité troublante. Ses lèvres minces, presque effacées, ajoutent à la rigueur d'un visage austère ; il approche des marches du palais, sous bonne escorte de son garde du corps personnel, un Palestinien du nom de Khaled al-Hussein.

Sur le parvis de la bâtisse, trois agents du service de sécurité scrutent attentivement les mouvements d'Assad, prêts à exécuter un plan qu'ils préparaient de longue date. L'un d'eux, Abd al-Hamid al-Damour, jeune recrue originaire du nord syrien, lance la première grenade, puis la seconde, en direction d'Assad. Ce dernier peine à réaliser ce qu'il se passe, alors qu'un officier de la branche intérieure se précipite sur le premier projectile. Le garde du corps, Khaled al-Hussein, se jette sur Assad. La seconde grenade a à peine explosé que les trois assaillants se sont déjà enfuis dans les ruelles adjacentes de la place al-Najma[1]. Le président Kountché a tout juste entrevu la scène, cerné par sa propre garde qui, arme au poing, observe Assad traîné au salon le plus proche pour y recevoir les premiers soins. Les grenades, apprend-on bientôt, n'étaient que de simples dispositifs d'entraînement. Assad ne souffre que de blessures légères aux jambes et au

1. Éléments rapportés par Farouk al-Sharaa dans ses Mémoires, الرواية المفقودة [*The Missing Account*], Arab Center for Research and Policy Studies, 2015, p. 63. Le texte original donne le crédit à Hafez al-Assad d'avoir dévié l'une des grenades, et à son garde du corps de s'être jeté seul sur la seconde. Élément non corroboré par les autres témoins et acteurs de la scène.

thorax. Mais le tyran peine à se remettre du choc. Il vient de frôler la mort et d'échapper à une tentative d'assassinat sans précédent.

*

« Les Frères musulmans ne font aucune différence entre les Alaouites, les sunnites et les chrétiens ; ils tuent des gens et ils ont tenté d'assassiner hier le président… »

Devant une centaine d'hommes, un gradé aux traits sévères, crâne dégarni, yeux fins et noirs, s'exprime d'un ton dur. Dans l'assistance, le sergent Issa Fayad[1] écoute le discours de son supérieur avec attention, sans trop savoir à quoi s'attendre. Il est 3 heures du matin mais la rumeur de la tentative d'assassinat du président a déjà fait le tour des Brigades de défense. Depuis dix ans, ces brigades sont sous le commandement du frère du président, Rifaat al-Assad. Ayant pris part à la conquête du pouvoir aux côtés de son aîné, Rifaat s'est vu confier le contrôle de cette force de quarante mille hommes, presque équivalente à l'armée elle-même. Dehors il fait nuit noire. En armes et en tenue de combat, Fayad et quelques dizaines d'hommes de la 40e division où il opère ont été convoqués d'urgence dans la salle de cinéma de la base. Celui qui s'adresse à eux n'est autre que le brigadier Mouieen Nassif, gendre de Rifaat al-Assad.

1. Informations issues des dépositions aux autorités jordaniennes du sergent Issa Fayad et du caporal Akram Bichani, suite à leurs arrestations en février 1981 pour avoir voulu assassiner le Premier ministre jordanien Mudhar Badran. Dépositions en annexes d'une note verbale datée du 4 mars 1981, adressée au président de la Commission des droits de l'homme de l'ONU par la Mission permanente du Royaume hachémite de Jordanie, E/CN.4/1469.

« … C'est pourquoi aujourd'hui vous allez attaquer le principal centre de ces islamistes, reprend le brigadier Nassif. Il s'agit de la prison de Tadmor. Qui ne souhaite pas prendre part à la bataille ? »

Évidemment, personne ici n'oserait contester un ordre militaire, et aucune main ne se lève. Beaucoup le savent, les ordres viennent d'en haut. Ce sont les brigades du frère du président qui seront chargées de le venger.

Le temps des derniers préparatifs s'écoule ; il est 5 heures du matin et huit hélicoptères décollent de la banlieue de Damas pour se rendre à la prison de Tadmor, à une heure de vol environ. En route, un second détachement, issu de la 138e brigade, rejoint l'escadron, portant l'effectif à plus de deux cents soldats. Arrivés sur la base aérienne de Tadmor, plusieurs groupes sont formés. Le gros des troupes sera chargé d'envahir la prison par petites unités, tandis qu'un tiers des hommes resteront en renfort. Leur cible, pourtant, ne possède aucune arme, ne représente aucune menace – sinon celle du nombre – et n'aura aucune chance de se défendre. Les prisonniers de Tadmor sont affamés, épuisés par les tortures quotidiennes.

L'organisation de ce jour est minutieuse. Pour éviter toute interférence, les gardiens sunnites de la prison ont été congédiés, renvoyés dans leurs villages respectifs. Les équipes débarquées des hélicoptères sont transportées en camion jusqu'à la prison, réparties en petites unités, tandis que le directeur de l'établissement salue leurs officiers. À l'intérieur, environ trente-quatre dortoirs, chacun capable de contenir plus d'une soixantaine de détenus. La plupart sont tirés de leur cellule sous la menace par les hommes des Brigades de défense, alignés ensuite dans les trois cours de la prison.

À midi, l'ordre tombe, et le massacre commence. Les hommes, un à un, sont abattus par les soldats d'Assad.

« *Allah Akbar*... Pour l'amour de Dieu et de son prophète, épargnez-nous ! » hurlent les détenus.

Mais tout le monde doit disparaître, les ordres ont été clairs. Les soldats ignorent les lamentations de leurs victimes, tuent froidement. Le sang coule à flots. L'un des prisonniers qui était dans une cour parvient à fuir et à se cacher derrière une porte des toilettes. Voyant des soldats arriver, il bondit et arrache l'arme d'un membre des Brigades de défense, le sergent Iskandar Ahmad. Il appuie frénétiquement sur la détente, blesse deux soldats et abat le sergent ; mais le reste du groupe le crible de balles aussitôt. Le sergent Ahmad sera le seul tué dans les rangs du régime ce jour-là, alors que plus d'un millier de détenus seront exécutés. Pour éviter d'autres débordements, des prisonniers sont fusillés directement dans leurs cellules, par la grille desquelles des soldats jettent également des grenades. Un membre par unité est chargé d'achever les éventuels survivants, d'un tir de fusil semi-automatique dans la tête, ou en plantant mécaniquement un tisonnier de fer dans le ventre de chaque corps étendu. Le massacre n'a duré qu'une demi-heure.

Il n'y eut qu'une poignée de survivants qui, deux jours plus tard, durent, avec les nouveaux détenus transférés pour repeupler ce camp de la mort, nettoyer le sol et les murs incrustés de chair et de sang. L'administration de la prison, plus tard, repeindra la plupart des cellules pour effacer son crime. Les corps des morts furent entassés dans des camions, puis enterrés dans des fosses creusées au préalable dans une zone inhabitée du Wadi Aweida, à l'est de Tadmor. Ce 27 juin 1980, la ville connut ce qui demeure le plus grand massacre de l'univers concentrationnaire syrien – le premier pourtant d'une longue série sous l'ère des Assad.

Il serait tentant de réduire la tuerie de Tadmor à la seule colère d'un tyran, blessé qu'on ait tenté un jour de l'assassiner et désireux de semer la mort dans un soudain élan de vengeance. En réalité, plusieurs signes avant-coureurs laissaient entendre que le massacre figurait déjà dans les projets du régime.

Rifaat al-Assad lui-même, lors d'un discours prononcé au congrès du parti Baath quelques mois avant la tuerie, avait évoqué son ambition de « verdir le désert[1] » – comprendre : y envoyer les musulmans pratiquants dans des camps de rééducation où ils seraient contraints de cultiver les terres arides. Il y détaillait son souhait d'une élimination systématique des religieux, déclarant lors de sa prise de parole : « Staline a sacrifié dix millions de personnes pour préserver la révolution bolchevique. La Syrie doit faire de même pour préserver la révolution baathiste[2]. » Le ministre de la Défense de l'époque et camarade de Hafez al-Assad à l'académie militaire, Mustapha Tlass, ira plus loin encore dans ses mémoires[3]. Pour protéger le « leader bien-aimé, le président combattant Hafez al-Assad », il évoquera la nécessité d'une « décision historique : exterminer ces bandes – une extermination définitive ». C'est dans le creuset de ces années décisives pour la survie du régime d'Assad que s'est imposée l'idée que le peuple n'était

1. Propos rapportés dans les mémoires d'Abdel Halim Khaddam, ancien vice-président de la Syrie exilé à Paris en 2005.

2. Discours de Rifaat al-Assad prononcé lors du septième congrès du parti Baath entre le 22 décembre 1979 et le 6 janvier 1980.

3. مرآة حياتي [Miroir de ma vie], par le général Mustapha Tlass.

plus seulement un sujet à gouverner par la force, mais un corps à assujettir, sinon à amputer de ses membres insoumis.

Le 7 juillet 1980, dix jours à peine après le massacre, Hafez al-Assad promulgua une loi condamnant à mort toute personne ayant un lien avec les Frères musulmans[1]. Fin 1981, une importante purge des éléments jugés « fréristes » de l'armée et du parti conduisit à l'incarcération et à l'exécution de centaines d'hommes. Les auteurs du massacre de Tadmor, quant à eux, reçurent une prime de 200 livres syriennes – environ 38 euros – et la consigne de ne pas ébruiter l'affaire. Le brigadier Mouieen Nassif, de retour du carnage, alors que les uns après les autres se vantaient des exécutions qu'ils avaient commises, félicita ses troupes : « Aujourd'hui vous vous êtes tous conduits avec honneur, accomplissant un acte de virilité. »

*

« Les corps, eux, ont été jetés à la mer… ou mis dans des fosses communes », explique Mahmoud quarante ans plus tard, debout dans la cour où s'est joué le massacre. Il dit connaître l'emplacement de certaines de ces fosses, notamment une sur laquelle une station-service fut construite ultérieurement. Bien après les événements de 1980, il se souvient comme la cour principale de Tadmor continua d'accueillir les exécutions :

« Dix personnes entraient en même temps. Ils les faisaient monter sur une estrade et les attachaient. Ils les plaçaient

1. Loi 49/1980 datée du 7 juillet 1980.

sous les projecteurs pour une mise en scène de torture ou une séance de passage à tabac. Parfois, on entendait des cris résonner dans toute la prison. En moyenne, ici, entre quatre et cinq prisonniers mouraient chaque jour. »

Mahmoud est moins familier des annexes de la prison. Celles qui, quelques années avant la chute du régime, servaient de dortoirs aux combattants afghans ou aux Gardiens de la révolution iraniens, et où gisent encore leurs effets personnels. Sur les murs, des dessins ont été peints au-dessus de cette même couche d'un blanc nacré. Des portraits récents, figurant le clan Assad : Hafez ; Bachar, le fils ; Bassel, l'aîné. Rifaat n'y est plus. Effacé du portrait de famille. Lui qui avait marqué de sang l'histoire de la prison, est tombé dans la disgrâce du parti Baath à la fin des années 1980. Après avoir mené le massacre de Tadmor et plus tard celui de la ville de Hama, tuant plus de quarante mille civils, Rifaat nourrissait l'ambition du pouvoir. Une ambition qui motiva le massacre de Tadmor et les nombreuses exécutions l'ayant suivi, Rifaat souhaitant tuer tous ceux qu'il voyait comme ses futurs opposants[1]. Enorgueilli par l'influence de ses Brigades de défense, il essaiera un coup d'État en 1984, tentative avortée qui se solda par son exil en France, accueilli sous les ors de la République par le président de l'époque François Mitterrand qui lui remettra la Légion d'honneur.

Dans les années 2000, à la mort de Hafez al-Assad, son fils Bachar promet à l'Occident une série de réformes et laisse naître en Syrie l'espoir d'une transition vers plus de

1. Analyse rapportée par de nombreux survivants de Tadmor, comme Mohammed Salim Hammad dans son livre *Tadmor, témoin et martyr*, تدمر شاهد و مشهود.

démocratie. La prison de Tadmor est officiellement fermée, offrant aux Syriens la fin d'un des lieux de terreur de l'ancien régime.

Mahmoud s'interrompt :

« Mais c'était un mensonge, moi-même j'y ai été enfermé en 2006. Encore à cette époque, un officier affecté à Tadmor, l'officier Naaman, y supervisait les détentions et était en contact direct avec Bachar al-Assad. C'était l'un des pires criminels de ces lieux, il assistait personnellement aux tortures et aux exécutions. Lui-même tuait parfois les détenus de sang-froid. Il aimait les abattre d'une balle, pour son plaisir, sur le toit de la prison et face à la ville. Leur corps tombait dans la cour. »

Dans les salles des archives, la poussière charge l'air, forçant les rayons du zénith à une projection diffuse. Au sol, vingt centimètres d'une cendre grise et fine, où pointent quelques coins de pages qui ont survécu à un incendie volontaire. En creusant, il se trouve une poignée de documents ensevelis : des procès-verbaux, parfois manuscrits, qui prouvent la présence de prisonniers envoyés ici pour des peines de plusieurs années entamées entre 2006 et 2007, la plupart des militaires ayant déserté.

« Au moment de la révolution en 2011, Bachar a voulu réveiller le traumatisme des Syriens, et a officialisé la réouverture de la prison de Tadmor, explique Mahmoud. Puis en 2015, les lieux ont été conquis par l'État islamique. Quand ils ont pris la ville, les combattants du régime et les forces iraniennes se sont retirés avant leur arrivée. Ils ont laissé la place à Daech sans le moindre combat. Eux ont dynamité la prison et les preuves qu'elle contenait, comme ils l'ont fait avec la cité antique de Palmyre. Puis ils ont installé une autre terreur. La leur. Ils ont ouvert leurs propres geôles et leurs propres centres de torture qui se sont multipliés à Tadmor. On ne sait toujours pas où sont passés tous les prisonniers du régime en 2015, juste avant leur venue. On se souvient seulement que des camions les ont transportés ailleurs. Peut-être eux aussi ont-ils été jetés à la mer ? Ou alors, comme lors de la fausse fermeture en 2000, ont-ils été transférés près de Damas, dans une prison qui a hérité de toutes les méthodes de torture expérimentées sous Hafez al-Assad, et où les tortionnaires ont aussi été transférés pour poursuivre leurs exactions… Je veux parler de Sednaya. »

*

Deux siècles après le passage de Volney, la leçon des ruines ne semble pas avoir changé. Les édifices, confondus par l'Histoire dans la poussière, racontent la même tyrannie, cette obstination à inscrire son règne dans la pierre pour prétendre à l'éternité. La carcasse sans vie du vaste camp de Tadmor témoigne à son tour du fait que les édifices des despotes finissent par servir de métaphore à leur chute. Mais ces ruines, pourtant, murmurent des mots qui ne figurent pas dans les chapitres de Volney. À Tadmor, elles dessinent aussi des ombres, quelque chose de plus lent à mourir que le régime lui-même… La leçon plus contemporaine sans doute, que les décombres sont la preuve que les vaincus n'ont pas été totalement anéantis. Que s'il existe des ruines, c'est que quelque chose persiste.

« Je ne sais pas pourquoi, mais j'ai encore peur, avoue Mahmoud, plus grave, retenant une larme, dans un aveu qui semble lui coûter. Je ne sais pas pourquoi j'ai peur… je ne sais pas comment le dire. Je suis né à Tadmor, j'ai grandi en connaissant l'existence de cette prison sans savoir ce qu'il s'y passait. Nous n'osions jamais nous approcher de ces murs. On nous faisait croire que ceux qui y étaient enfermés étaient des terroristes, alors que c'était un immense camp de torture et d'extermination. Certains ont osé parler… mais moi en sortant je n'ai jamais rien dit. J'avais peur que l'on m'entende, de le dire même à ma propre femme car ce que j'avais vécu était si dur. Pas parce que j'avais peur d'elle et qu'elle me dénonce… ou si, peut-être. J'ai vécu dans une paralysie de dire. J'avais l'espoir que les choses changent, mais même le régime tombé je ressens la même peur viscérale. Je ne sais ni comment la tordre, ni comment la briser. Je ne sais même pas comment la nommer… en fait si. Je le sais. Je crois… oui… Ma peur, c'est celle d'une seule chose. J'ai peur qu'ils reviennent. »

Bayan Al-Hanawi, de Sweida

Récit sur la vermine, et de vieilles terreurs

J'ai souvent eu ce poème qui me revenait en mémoire… « Ô ténèbres de la prison, étendez-vous, car nous sommes amoureux de l'obscurité » « يا ظلام السِجن خيِّم, اننا نَهوى الظلام ». Un poète syrien avait écrit ces vers alors qu'il était emprisonné sur l'île d'Arwad. Je ne saurais pas dire pourquoi ces mots me sont restés.

Au temps où j'étais encore jeune homme, il m'a fallu rejoindre l'académie militaire, je dois l'avouer pour la seule raison de mes difficultés financières. Nous étions dans le courant des années 1960, et comme beaucoup de jeunes du Jabal al-Arab je ne possédais que quelques terres et mes moyens de subsistance étaient maigres. Deux années de formation m'ont suffi à obtenir le grade de sous-lieutenant dans l'armée syrienne, dans cette période étrange où nous prenions nos marques au milieu des bouleversements. La nation que je servais était jeune, moi-même j'étais né juste après la révolution menée par Sultan al-Atrash et la fin du mandat français. L'indépendance avait été acquise, mais l'instabilité l'avait suivie. Chacun en Syrie se pensait capable d'arracher le pouvoir, et il suffisait – pour peu d'en avoir l'orgueil – de se lever un matin et de se dire : « Je suis grand, je suis fort… si je faisais un coup d'État ? » Alors il y en eut d'abord un premier en 1963, quand j'avais environ 15 ans, portant le parti Baath au pouvoir. Le premier putschiste fut chassé par un deuxième… et ainsi de suite. Le parti Baath survivait en se recomposant, lui qui se voulait le principal mouvement d'influence socialiste et panarabe de la région fonctionnait comme la succursale de tous les petits complots. Son arrivée au pouvoir marque sans doute le début de ma douleur. Un petit groupe d'officiers et de civils émergeant de l'organisation entraînèrent la Syrie sous le régime de la loi martiale, une loi brutale qui resta en vigueur pendant des décennies et consacra l'ère de l'arbitraire et des prisons. Parmi les trois principaux officiers à la manœuvre, un homme que je craignais par-dessus tout et qui ambitionnait de dominer la nation entière : Hafez al-Assad.

Nous le connaissions tous, à cette époque, dans les rangs de l'académie militaire où j'étudiais : ses origines, sa communauté alaouite, honorable, certes minoritaire mais respectée en Syrie. Lui et les autres officiers putschistes composaient le « comité militaire » du parti Baath. Il y régnait comme dans le parti cette même vanité du pouvoir, et un instinct pour le complot et la trahison comme s'il s'était agi, chez ces officiers, d'une seconde nature. Je ne doute pas que, très tôt, Hafez al-Assad ait planifié de trahir tous ses compagnons : le 16 novembre 1970, il a ainsi utilisé l'armée de l'air sous son commandement pour tous les faire emprisonner et a arraché un pouvoir absolu en Syrie. Dès lors, tout a été sacrifié pour Hafez al-Assad. Tout a été donné à Hafez al-Assad. Et moi comme les autres, simple observateur de ces métamorphoses, sans trop les comprendre j'ai sans doute cru naïvement aux discours de libération qu'on nous avait servis.

Avant de vous raconter le prix qu'il m'a fallu payer, je dois m'attarder sur cet homme. Sa nature, qu'il m'est encore si difficile de définir, et qu'il faut tenter de comprendre pour saisir mon histoire. Est-il un humain, déjà ? Moi, je ne peux même pas l'appeler ainsi. Non. Je pense que l'histoire de l'humanité n'a jamais connu pareil dictateur. Assad fut pour la Syrie un venin. Avant lui, les relations que nous entretenions entre Syriens tissaient une forme d'harmonie. Mais Hafez a vite compris que son pouvoir ne pourrait s'ériger que sur les haines, et que la survie de son trône dépendrait des divisions qu'il saurait créer. Et il était un maître en la matière. Il possédait une aptitude terrifiante à semer la division, et l'arme centrale de ce pouvoir, c'était l'information. Il en avait grandement conscience. Un haut gradé du renseignement militaire de l'époque m'avait raconté que lorsque le président convoquait une personne, tout le monde était au courant avant même qu'elle ne se présente. Ce n'est pas anodin… Hafez al-Assad a laissé s'installer une culture de la rumeur, circulant à toute vitesse sous son joug, et nourrissant les dénonciations d'un vaste réseau de délateurs au service de sa tyrannie. L'information était plus qu'un levier de pouvoir : c'était un bien avec sa valeur, un système, et donc un moyen de gravir les échelons. Même ses plus proches collaborateurs se dénonçaient mutuellement. Assad observait ce spectacle avec plaisir. À vrai dire, il jouait même à attiser les tensions et exacerbait chaque rivalité, incitant chacun autour de lui à surpasser l'autre en le poussant à devenir la pire version de lui-même. S'il avait deux militaires devant lui, il disait à l'un : « Tu dois arrêter plus de gens. Ton collègue travaille mieux que toi. Tu veux que je pense que tu es un paresseux ? » À l'autre, il disait : « Des délateurs m'informent de certaines choses sur toi, mais je ne les crois pas pour l'instant… Alors prouve-moi ta loyauté en travaillant plus dur. » Il a créé des hommes prêts à tout pour produire du renseignement, et nourrir sa fabrique de la terreur.

Durant ma vingtaine, j'ai été promu de sous-lieutenant à capitaine. J'étais bien noté, et les officiers faisaient l'éloge de mes compétences. Au début de l'année 1975, j'ai reçu l'ordre de préparer les chars.

– Pourquoi ? Que se passe-t-il ? ai-je alors demandé.

– Il pourrait y avoir une guerre, a répondu mon supérieur.

– Une guerre ? Où ?

– À la frontière irakienne.

C'était la première fois que j'entendais parler de ce scénario. L'Irak avait été notre allié pendant des années, la guerre faisait rage au Liban, et l'invasion israélienne menaçait… Les motivations de cet ordre m'échappaient, je ne pouvais me faire à l'idée d'envoyer des chars vers un pays ami.

– Mon général, pouvons-nous nous permettre cette guerre ? Moi, je n'en suis pas. Depuis mon enfance, on m'a enseigné que notre ennemi venait de l'ouest, pas de l'est.

Je ne m'en rendais pas compte, mais ces quelques mots, cette banale question, venaient de me coûter les dix-sept prochaines années de ma vie.

Ils n'ont pas pu trouver un seul article de loi qui justifierait de me priver de liberté ne serait-ce qu'une heure. Pourtant, sur dénonciation de mon supérieur, mon envoi en prison s'est fait dès le lendemain. J'étais sous le coup d'un simple « ordre martial », un ordre arbitraire. Des hommes sont venus m'arrêter et il me fut demandé d'avouer et de donner d'autres informations. Lesquelles ? Je n'en ai aucune idée puisque je n'avais rien d'autre à leur offrir que les quelques mots qui m'avaient fait atterrir ici, dans cette geôle de la « Branche Palestine[1] ». Dès mon arrivée j'ai été torturé, laissé à l'isolement... Ma cellule était celle d'un ancien bâtiment français, traversée d'une fissure à peine plus épaisse qu'une lame de rasoir, et à travers laquelle il m'était possible d'écouter l'univers nouveau dans lequel je tombais. Pour tromper la peur ou l'ennui, j'essayais d'y tendre l'oreille. *Klik... Shlak...* des bruits passants, des voix humaines... Et soudain une adolescente :

– Je vous en supplie, monsieur !

Elle devait avoir 12 ou 14 ans et poussait des hurlements de terreur. Des cris qui couvraient à peine ceux d'une autre femme, plus âgée.

– Je vous en supplie, ne frappez pas maman ! Elle ne sait pas où sont mon père ni mon oncle !

J'aurais souhaité que toute ma vie se perde sous ces cris. Devenir sourd. Ne pas entendre le bourreau qui hurlait à la fille : « Ferme-la ! », avant de reprendre ses coups. Même les monstres ne font pas ça. Au bout d'un certain temps, j'ai cessé d'entendre sa voix. Cette adolescente, où est-elle partie ? Tendant l'oreille, je discernais d'autres cris de douleur à peine audibles sous la colère de l'interrogateur vociférant :

– Crache la vérité ! Donne-nous cette information !

Ces hurlements étaient le bruit que faisait cette masse du renseignement destinée à satisfaire l'appétit de Hafez al-Assad.

1. Aussi nommée « Branche 235 », il s'agit d'une des plus importantes prisons de Damas, tenue par les services de renseignement syriens.

Trois hommes que je connaissais travaillaient dans cette branche : Mustapha Tlass[1], Naji Jamil[2], et son frère qui supervisait les interrogatoires. C'étaient ceux qui cherchaient le plus ardemment à obtenir des aveux, même inventés, pour grossir leurs dossiers. J'ai pu les reconnaître à travers la minuscule fissure qui me servait à écouter par-delà-les-murs, où un filet de lumière parvenait à se faufiler. La brèche m'apparaissait alors comme une lucarne, à demi obstruée, donnant directement sur les parloirs, découpés en rangées d'épais grillages. C'est par là que j'ai assisté pour la première fois à une exécution, avant de comprendre qu'il s'en produirait une à deux par semaine. Au même endroit des parloirs, une barre métallique suspendue au plafond était marquée en amont par un gardien, donnant l'indice du nombre de condamnés : deux, quatre, parfois dix. Des cordes y étaient attachées, sous chacune d'elles une petite chaise en bois. Le prisonnier y était placé, corde au cou, et une fois alignés, le directeur de la prison faisait un signe de tête, un bourreau donnait un coup de pied brusque dans chaque chaise. Ma fissure laissait filtrer un bruit sec, celui des dents qui grinçaient sous l'effet de la pendaison, précédant les convulsions, puis le silence.

1. Ancien ministre de la Défense et ami proche de Hafez al-Assad, théoricien antisémite accusé de nombreux crimes de guerre, notamment d'avoir participé activement au massacre de Hama. Il sera accueilli en France en 2012, fort des réseaux construits là-bas par ses enfants, dont sa fille Nahed, ex-compagne de Franz-Olivier Giesbert et maîtresse du ministre socialiste Roland Dumas.

2. Ancien chef de l'armée de l'air syrienne et proche de Hafez al-Assad, il est limogé en 1978 et rejoint la direction nationale du parti Baath syrien.

Alors que trois exécutions étaient prévues ce jour-là, j'ai entendu une voix féminine supplier les bourreaux :

– Laissez-moi en vie, juste trois mois, je vous en supplie !

Mustapha Tlass, l'un des tortionnaires de la prison, avait ordonné l'arrestation de cette femme à la place de son mari, un fugitif dont il avait exigé la condamnation à mort. À peine eut-elle supplié qu'on commença à la frapper violemment, vociférant un tas d'insultes à son égard.

– Tais-toi, salope ! Sale pute !

Elle s'en tenait à ses supplications :

– Accordez-moi trois mois, puis tuez-moi si vous le voulez. Je ne connais personne parmi ceux que vous recherchez.

Moi, dans ma cellule, je m'interrogeais. Pourquoi demandait-elle précisément trois mois de sursis ? Les coups continuaient de pleuvoir sur la pauvre femme, avant qu'elle ne sanglote :

– Je suis enceinte de six mois... laissez-moi vivre jusqu'à la naissance de mon enfant, je vous en supplie.

Les deux autres tortionnaires, les frères Jamil, arrivèrent à cet instant pour observer l'exécution. Sa chaise fut renversée, et elle mourut sous leurs yeux, et sous les miens. J'aurais donné ma vie pour savoir ce que ce fœtus de six mois, à travers le lien qui le liait à sa maman, avait pu lui murmurer avant de mourir en elle... mais je ne le saurai jamais.

Je me souviens que Naji Jamil, lui, a souri.

La prison n'était pas seulement un lieu d'horreur, elle était un lieu où la terreur était édifiée pour qu'elle irradie. Ayant passé le plus long de ma détention dans la prison de Mazzeh, avant un transfert dans la terrible prison de Tadmor, mes dernières années je les ai passées dans celle de Sednaya. J'étais parmi les premiers à découvrir ce nouvel enfer qui venait d'être érigé sous le règne de Hafez al-Assad. Cette prison, c'était un autre univers, ce qui s'y est passé n'existe nulle part ailleurs en ce bas monde. Rien, absolument rien ne lui était comparable… Des tortures inimaginables. Dissolution, brûlures… L'acide. L'acide ! À Sednaya, j'ai vu des corps dissous dans l'acide. Un homme sur lequel on le versait comme on y verserait de l'eau et que j'ai vu se consumer. Son crime ? Rien. Rien du tout. Juste un soupçon, une crainte pour l'avenir, une paranoïa pour un trône qui se croyait menacé.

Même s'il me faut vous raconter ma terreur, je vais avoir du mal à vous restituer ces années… car dans ces lieux qui ont été édifiés pour faire disparaître, certaines choses m'ont été effacées. Dès mon premier jour a commencé une vie d'obscurité, où on a d'abord effacé mon nom. À la porte de ma cellule, un officier qui me l'avait demandé et à qui j'avais répondu « Bayan al-Hanawi » m'avait frappé et projeté contre un mur :

– Si tu oses encore répondre avec ce nom, tu es mort. Ici, tu t'appelles 01-interne, et c'est tout.

Je me souviens de ce froid qui nous gelait les os, et de l'humanité qui nous perdait… Les jours passaient, et même notre accent se mettait à changer. Même notre accent ! Je n'ai jamais su pourquoi, mais lui aussi disparaissait… Et la torture là-bas, elle n'était plus seulement là pour soutirer des informations, elle devenait plutôt un jeu, élevé au rang de compétition entre les différentes branches de la sécurité, où chacun cherchait à prouver qu'il était le plus brutal. Une manière pour nos tortionnaires de s'affirmer par leur domination. On en voyait, devant leurs supérieurs, torturer jusqu'à la mort. Puis s'excuser, presque déçus : « Désolé chef, c'est un lâche, un bâtard. Il a crevé avant d'avoir avoué. »

La torture était pour eux un langage, et un moyen de tromper le temps. Quand un bourreau s'ennuyait, il nous envoyait dans la « cellule de la mort », une annexe de la prison, faite de structures métalliques servant à attacher les prisonniers aux pieds, les empêchant de s'enfuir comme des chevaux retenus par des entraves. Le jour où j'ai découvert ce lieu, on m'y avait traîné de force et contraint à monter sur une chaise. Des anneaux me chevillaient et mes mains avaient été enchaînées en hauteur. J'étais debout uniquement sur la pointe des pieds, complètement endoloris. Quelques minutes plus tard, des hommes ont apporté une boîte de confiture d'abricot de cinq kilos, l'ont suspendue au-dessus de ma tête, et l'ont percée, laissant la substance couler sur mon visage et mon corps nu. Attaché, je ne pouvais rien faire, ni m'en extraire. Très vite, le liquide a commencé à me démanger, à brûler ma peau. J'essayais seulement de souffler pour atténuer l'irritation que le sucre provoquait. La « cellule de la mort » était infestée d'insectes, car en plein été la porte était laissée entrouverte. Les mouches, les guêpes et tout le reste de vermines de ce bas monde ont été attirées par la confiture sucrée et ont envahi mon corps. Ces bestioles rampaient sur moi, grouillaient sur ma peau, me mordaient, me piquaient. J'ai perdu connaissance pendant près de quatre heures.

– Tu n'es pas encore mort ?

L'officier, un certain Hamid, venait de me réveiller d'une voix sarcastique. Puis il a demandé aux soldats de lui donner une autre boîte de confiture, l'a percée d'un trou plus large que le premier, me donnant l'ordre de « mourir cette fois-ci », à moins que je ne confesse quelque chose. Je me suis réveillé dans ma cellule, sans aucun souvenir de comment ni quand j'y étais retourné, ni comment j'avais survécu.

Des vides comme cela ont alors commencé à s'installer dans mon esprit, des flous, des absences. Je flirtais avec cette frontière indicible qui me séparait à peine de la folie. Les tortures les plus atroces se succédaient, et le silence que les gardiens nous imposaient nous condamnait à l'univers de bruit et de cris qui pesait sur nos esprits affaiblis. Je me sentais étouffer, habité par le besoin absolu d'entendre une parole, de parler à quelqu'un. Un soir, alors que l'un de nos bourreaux apportait le repas, projetant comme il était d'usage dans notre cellule une écuelle d'un coup de pied, j'ai répondu :

– Merci.

C'était une erreur fatale. Il m'a saisi, battu évidemment, et m'a ordonné en beuglant :

– Tu dois apprendre à manger en silence ! Si jamais je t'entends parler à nouveau, tu es mort.

Cela peut sembler bizarre, mais dans ces conditions de mutisme absolu, l'être humain a un besoin extrême d'être en colère, de hurler, de confronter. Pour ne pas devenir fou, je me disputais avec un compagnon de cellule au hasard, nous nous insultions, simplement parce que nous devions évacuer cette colère, même si rompre le silence nous conduisait à la torture des gardiens. Le reste du temps, pour échapper à l'enfermement, nous nous inventions un monde absurde pour nous évader. Avec les ongles, je dessinais sur les murs une pomme, une banane, une grappe de raisin… car ça me donnait l'impression d'en manger.

Peu après que le bourreau m'a battu pour l'avoir remercié, j'ai remarqué un petit cafard qui claudiquait dans ma cellule. J'ai eu l'instinct de le saisir, de commencer à jouer avec lui, m'arrêtant dès qu'un surveillant approchait. Je ressentais quelque chose à le toucher, le prendre dans mes mains, et finalement lui parler. Il était une vie, que je tenais dans ma paume et que j'accompagnais. Je lui ai fait une petite place dans de vieilles groles, et à l'intérieur j'ai commencé à lui glisser quelques miettes de pain à l'abri des regards. Peu à peu, les semaines ont passé, notre relation s'est tissée, et ce cafard est devenu mon ami. Il grimpait sur mon épaule, nous parlions, nous nous amusions. Je jurerais même un jour l'avoir entendu rire à l'une de mes blagues.

Les autres dans la cellule m'ont accusé d'avoir perdu la tête, mais je leur ai répondu que je n'étais pas fou. Je savais ce que je ressentais. J'avais développé avec ce cafard une véritable relation, une camaraderie sincère. Quand, après une séance de torture, je revenais blessé et meurtri, c'est à lui que je montrais mes bleus. Je voyais en lui qu'il était capable de ressentir ma souffrance, il parvenait à lire que j'avais mal. Et nous avons continué de rire ensemble après tout ça.

Un jour, le gardien nous a ordonné de nous diriger vers les lavabos pour faire notre toilette. Quand je suis retourné à la cellule, mon ami le cafard avait disparu, cela m'a rendu malade. Je l'avais pourtant laissé là, dans ma chaussure. Paniqué, j'ai fini par le voir, se faufilant juste au-dessus de la porte où je me suis précipité pour le récupérer dans le creux de ma main. C'est là qu'un bourreau m'a surpris :

– Qu'est-ce que tu tiens ? a-t-il hurlé avec la même colère à mon égard.

– C'est un bouton, chef, ai-je répondu.

– Pour quoi faire ? Donne-le-moi !

Lentement, j'ai ouvert ma main. Et lui a sursauté.

– Qu'est-ce que c'est ? a-t-il dit, l'air dégoûté de voir ce qui, il faut l'avouer, ne ressemblait visiblement pas à un bouton.

– Comme tu le vois, chef, c'est un cafard.

Il l'a attrapé, en furie, pour l'écraser entre ses doigts.

– Ouvre la bouche.

J'étais sous le choc, mais son ordre était clair. J'ai essayé de résister. En vain. L'homme m'a saisi par le cou et me l'a introduit de force dans la gorge. Et je l'ai avalé. J'ai mangé mon ami. Je le jure, et comprenez-moi, mais même à la mort de mon père je n'ai pas autant pleuré que ce jour-là. Car le cafard incarnait tout le sens de ma vie, et tout ce qu'il me restait. Dieu me l'avait offert, et ils me l'ont arraché. Lui aussi avait été effacé.

J'ai été libéré le 21 décembre 1991. Après dix-sept années d'enfer, j'ai pris la route de mon village, peinant à reconnaître les rues englouties dans la nuit noire et le brouillard. J'ai seulement remarqué une ampoule qui se balançait au balcon d'une habitation où je décidai de demander mon chemin. J'ai poussé la porte d'un baraquement où résidait une vieille femme, m'excusant ainsi de l'importuner.

– Entre, entre, me disait la vieille dame.

– Excusez-moi, madame… savez-vous où se trouve la maison de Bayan al-Hanawi ?

La vieille femme s'est avancée vers moi, m'a saisi par le col et m'a secoué violemment.

– Tu es Bayan ? Tu es Bayan ?

Elle me serrait dans ses bras, s'étouffant entre les pleurs et les rires. Cette vieille femme, c'était ma mère, et aucun de nous n'avait reconnu l'autre. Dix-sept ans plus tôt, elle avait décidé de toujours laisser la lumière du balcon allumée la nuit, espérant que je puisse retrouver mon chemin si l'on me libérait.

Libre eût toutefois été un trop grand mot, car la prison et sa terreur m'ont poursuivi.

– Hanawi, pourquoi j'ai l'impression que tu nous détestes ? Pourquoi sembles-tu si écœuré par nous ?

Hafez al-Sultan, un chef de département militaire, me posait toujours cette question quand, après ma libération, j'étais convoqué dans son bureau. Ordre m'avait été donné de m'y rendre régulièrement. Les militaires là-bas savaient tout de ma vie au village. Ils m'interrogeaient sur chaque conversation que j'avais avec qui que ce soit, qu'il soit ami ou illustre inconnu. Je voulais lui dire, à ce militaire, à quel point ils m'étouffaient, qu'il était temps de me laisser en paix, que je me rendais dans ce bureau toujours empli de dégoût. Oui, ils m'écœuraient, mais je prenais garde à ne jamais répondre à sa question, sauf un jour où je me suis permis de lui dire :

– Non, je ne vous déteste pas, mais j'ai une question à mon tour. Existe-t-il un homme pour affirmer qu'il vous aime ?

Lui a seulement tendu sa main, je n'oublierai jamais ce moment, et a jeté une liasse de papiers sur la table. C'étaient des rapports rédigés par des informateurs civils contre moi, et je reconnaissais les noms et les signatures de tous ceux qui les avaient écrits, ou avaient rapporté mes faits et gestes.

– Vous savez tout sur moi, j'en ai bien conscience. Personne, même au village, n'en sait autant que vous, ai-je ajouté.

Il a souri.

– Ni une ni quatre-vingts personnes ne pourraient en savoir plus que ce que nous savons sur toi. Bayan, nous sommes un peuple qui ne refuse pas une information sur quelqu'un. Mais regarde ta chance : ces informations sur toi ne te condamnent pas encore.

Alors je ne disais plus rien à mes proches. J'avais de toute manière honte de raconter tout ce qui m'avait été infligé. Une fois, j'ai exceptionnellement reçu au village un invité originaire de Damas, un ancien camarade de prison avec qui nous reprenions contact et qu'il me tardait de revoir. Aux aurores, ma femme nous avait préparé le petit-déjeuner avant qu'elle ne file au travail. Nous nous sommes assis tous ensemble et avons longuement évoqué avec cet homme nos anecdotes de prison. Nos douleurs, nos quotidiens, nos souvenirs.

Quand je l'ai raccompagné sur le pas de la porte, et après l'avoir salué, je me suis retourné, et ma femme se trouvait livide, presque en colère.

– Bayan, suis-je ton ennemie ? m'a-t-elle demandé.

– Non, au contraire, tu es ma bien-aimée. Que se passe-t-il ?

– Pendant des nuits entières, nous étions assis dans ce coin du salon, à nous parler de tes années en prison. De longues discussions sans jamais fermer l'œil.

– Oui, c'est vrai, ai-je répondu.

– Pourquoi ne m'as-tu jamais raconté toutes les horreurs que tu as dites à cet homme aujourd'hui ?

– M'aurais-tu cru si je t'avais raconté ce que tu viens d'entendre ?

– Tu ne mens jamais, mais cela dépasse l'entendement.

– Alors voilà pourquoi je n'ai rien dit.

Ce matin-là, ma nièce l'avait aidée à préparer le petit-déjeuner, et avait rapporté de la confiture d'abricot, placée en évidence au centre de la table. J'en avais eu la nausée. Mais je voulais leur montrer quelque chose plutôt que leur expliquer. J'ai pris une assiette et j'y ai mélangé un œuf coupé en deux, quatre olives, du yaourt et deux cuillères de cette confiture. J'ai attrapé le tout avec un morceau de pain, puis je l'ai avalé. Ma nièce me regardait avec dégoût et m'a demandé comment je pouvais manger un mélange aussi étrange. Je lui ai répondu :

– Pour que vous imaginiez la somme des petits-déjeuners d'une semaine entière.

Il m'a fallu des années de mots et de ces gestes pour tromper la terreur, sinon l'atténuer. Sans la chute d'Assad, je ne vous aurais jamais raconté tout cela. J'ai longtemps cru que je ne le pourrais jamais. Et vous savez… malgré tout ce que j'ai vu, tout ce que j'ai vécu, les tortures, la perte de mes amis, de mes camarades, de mes frères… Brûlés, dissous, massacrés… Malgré tout cela, je ne réclame pas vengeance. Je ne veux pas me souiller de la haine.

Débarrassés d'elle, nous parviendrons peut-être à reconstruire ce pays, nos enfants, nos espoirs. Cet homme, cet être méprisable… Hafez al-Assad et après lui Bachar al-Assad… Nous ne lui aurions pas survécu s'il n'avait pas été chassé. En tout cas, pas moi, pas plus longtemps. Parce que vivre sous son règne, ce n'était plus vivre. Pour dire vrai, je m'étais fait à l'idée que mourir aurait été plus doux que survivre sous son pouvoir. Parce que sous ce pouvoir, l'Homme n'en était plus un.

« Le Guide Assad a posé les fondements les plus importants de la démocratie, et nous pouvons affirmer sans équivoque qu'il est l'un des plus grands dirigeants démocratiques du monde. »

« Voici le leader Assad : Grand combattant contre la tyrannie et l'esclavage, il a mis son intelligence et son génie au service de la grande cause de la nation et des masses arabes, œuvrant avec zèle et persévérance pour la victoire de la démocratie, le progrès et la prospérité du peuple. Il est ainsi devenu un leader historique unique, symbole de libération et de victoire. »

Extraits de l'ouvrage de propagande Hafez al-Assad,
leader pensant, écrit par des universitaires
sur la pensée de Hafez al-Assad.
Ouvrage d'exposition retrouvé dans les restes saccagés
du musée de la guerre d'Octobre, Damas.

CHAPITRE 3

Le marché de la prédation

« Sa fille était en troisième année d'études à l'université. Le vieil homme a dépensé autant de livres syriennes qu'il avait posé de questions pour qu'on lui dise où elle se trouvait. Il a tant dépensé… jusqu'à ce qu'il ne lui reste plus que Dieu. Peut-être 50 000 dollars en tout. Seulement pour savoir où ils l'avaient prise, pour pouvoir lui rendre visite. De corruption en pots-de-vin, il a fini par arriver dans le bureau d'un officier de la Branche Palestine. On lui a dit de ne pas s'inquiéter, qu'il pourrait la voir, qu'il n'avait qu'à s'asseoir et se détendre. "Tu préfères boire du thé ou du café ?" lui a demandé l'officier. L'homme a répondu qu'il ne buvait rien, qu'il voulait seulement voir sa fille. "Thé ou café ?" a insisté le militaire, l'air menaçant. Il a choisi le café. Les gardiens de la prison ont alors fait rentrer quelques minutes plus tard sa fille, entièrement nue, pour lui apporter le plateau avec la tasse. "Tu as vu, on prend bien soin de ta fille ici." Le père est revenu en larmes au village. Petit à petit, il a arrêté de parler. Puis de manger. Il est mort deux mois plus tard, de chagrin. »

*

Certains y auront sincèrement cru. Après tout, Bachar n'était pas le successeur désigné de son dictateur de père. Bassel, l'aîné promis au pouvoir, prompt à faire montre du même goût pour la brutalité, avait été tué dans un accident de voiture quelques années plus tôt. Quand survient la mort de Hafez d'une crise cardiaque au milieu de l'année 2000, la succession est déjà toute arrangée. Des funérailles sont organisées en grande pompe dans la capitale, sous des cris de lamentations qui confinent à l'hystérie. Dans le rang des invités venus rendre hommage au dictateur, on retrouve Yasser Arafat, Hassan Nasrallah, déjà secrétaire général du Hezbollah, et Jacques Chirac, seul chef d'État occidental présent ce jour-là. Tous veulent rencontrer le nouveau maître de la Syrie, Bachar al-Assad qui, grâce à un arrangement avec la Constitution, accède au pouvoir à l'âge de 34 ans. Lui était décrit par les médias comme un personnage consensuel et moderne ; son élocution médiocre et ses postures mal assurées lui donnaient un air réservé. Le jeune interne en ophtalmologie avait été rapatrié de Londres où il étudiait aux côtés de son épouse Asma pour reprendre le flambeau du pouvoir. Dans les bagages, une promesse, celle qu'un vent nouveau soufflera sur la Syrie. En conséquence, peu après la mort de Hafez al-Assad, les événements du « printemps de Damas » mobilisent des élites intellectuelles prêtes à tout repenser. Bachar leur promet l'ouverture : la presse à l'opposition, la fermeture de prisons emblématiques – à commencer par Tadmor. Pour l'Occident, il offre le visage d'une nation de nouveau fréquentable, à l'élite bienséante et proprette. Lui et Asma enchaînent volontiers les entretiens télévisés vantant dans un anglais soigné la singularité de leur amour pour l'opéra, la culture, le patrimoine, le progrès et le bien-être social. Les palais, les monuments, la communication du couple… Tout concourt à construire l'illusion de cette respectabilité, ointe à l'onction d'une démocratie nouvellement promise.

Il fut pourtant clair en quelques mois qu'elle n'était qu'un mirage. Dès mars 2001, le régime fait arrêter plusieurs figures de la société civile, les prisonniers de Tadmor retrouvent les mêmes conditions de détention, transférés à Sednaya, et l'espoir meurt rapidement sous le venin de la même terreur. C'est que Bachar ne venait pas d'hériter seulement du pouvoir, il avait hérité d'une affaire. L'empire bâti par son père, celui d'une économie syrienne entière phagocytée par le régime. Occupant même le Liban voisin, les grands pontes du clan Assad possèdent de vastes secteurs de la finance et de l'industrie régionale : télécommunications, hydrocarbures, compagnies aériennes… Dans l'ombre, trafic de drogue, d'artefacts, ou détournement d'aides humanitaires. Le clan a amassé une fortune en milliards pendant des décennies, vivant dans des villas et palais au faste absolu. Et aux yeux de tous.

Surplombant Damas, au plus haut de la colline Qassioun, là où tous les chefs d'État rendirent hommage à la dépouille de Hafez al-Assad, s'étend le palais présidentiel, édifice labyrinthique de marbres et de marqueterie, aux ornements d'or, aux salons pleins à ras bord de porcelaines françaises et aux centaines de pièces pourtant vides… Il y a aussi ce bureau présidentiel, tel un balcon plongeant sur toute la capitale, comme scrutant le peuple pillé pour nourrir le décorum… Parmi les affaires les plus rentables de toutes celles qui se jouaient en contrebas, les prisons faisaient partie des plus juteuses.

Comme en miroir du palais, à l'autre bout de la ville, se dresse la Branche Palestine. Elle aussi labyrinthique, faite de couloirs étroits et de sous-sols humides ; elle aussi construite pour dominer en lignes brutes et en hauteurs grises ; elle aussi devenue coquille vide au lendemain de la libération. Édifiée dans les années 1970 pour assurer la surveillance des groupes palestiniens réfugiés en Syrie, elle était devenue l'un des centres de détention les plus meurtriers de toute la Syrie. Et l'un des plus rentables.

*

« Arrête de dire ça… c'est con.

– T'y connais rien toi, moi je l'ai vécu. »

Depuis plusieurs minutes, Abou Ahmad et Abou Faris haussent le ton. C'est peut-être le froid qui les échauffe, ou bien l'ennui d'être assis là, depuis des heures, sur ces deux vieilles chaises en similicuir rongées par l'usure devant les portes de la Branche Palestine. L'euphorie s'est dissipée. Il y a un mois à peine, ils entraient pour la première fois à Damas, SUV vrombissant, jouant à qui pétaraderait le plus, du moteur ou du calibre brandi par les vitres arrière. Ils célébraient en liesse la capitale qu'ils venaient de libérer après tant d'années de rébellion, cloîtrés dans les poches assiégées d'Idlib. Les premiers jours, tous deux affectés par les nouveaux libérateurs à la surveillance du portail derrière eux, ils avaient trompé l'attente en rêvassant ces souvenirs, les vidéos de leur victoire tournées sur le vif… Et puis, la rengaine s'étirant, les deux hommes se sont mis à parler d'eux, et aussi de politique. Ce matin, Abou Faris s'est lancé sur ce qu'il pense des factions pro-turques de l'ANS qui contrôlent l'extrême nord de la Syrie, près de la frontière.

« Je te dis qu'ils m'ont arrêté presque un an ! Ils m'ont enlevé pour demander une rançon à ma famille… ils sont pareils que Bachar, ces types.

– Arrête, c'est pas eux nos ennemis. Ils sont pas aussi diaboliques que le régime, il faut savoir contre qui on se bat. »

Abou Ahmad est d'un gabarit plus frêle, il doit faire la moitié du poids d'Abou Faris. Il avait à peine 18 ans quand il a connu les prisons du régime, enfermé dans celle dont il garde aujourd'hui la grille. Il en porte encore les marques sur son dos : une constellation de fines cicatrices blanches tavelle les reliefs de sa colonne. Il les montre souvent aux autres quand il ne sait pas les expliquer, et glisse déjà une main au bas de son tee-shirt, prêt à le soulever à nouveau pour appuyer son propos.

« Arrête, moi aussi j'ai été torturé, coupe court Abou Faris qui le voit faire. Et je t'assure que les Turcs utilisent les mêmes méthodes. Franchement, plié en deux dans un pneu, la douleur est la même, peu importe quelle main tient le fouet, c'est tout ce que je voulais dire. »

Abou Ahmad marque une pause, absorbé, l'air de peser le pour et le contre avant de reprendre :

« De toute façon, tout le monde torture… C'est devenu une culture, non ?

– Non, c'est un business. »

*

La Branche Palestine partage avec toutes les geôles syriennes cette même odeur rémanente, pénétrant par à-coups la gorge en percées âpres. Une odeur qui semble s'épaissir d'elle-même ; celle de la moisissure dans la poussière, de la poussière dans la plaie, de la plaie dans la moisissure… une odeur de condensation des corps infectés, comme dans une étuve, qui charge l'air. Ni vraiment l'odeur de la mort, ni seulement celle de la peur. Elle imprègne un air qui emprisonne l'urine, la maladie, la fibre surannée de couvertures toujours humides, la vieille pierre des murs tapissée de moiteur comme un suint… toutes sortes d'effluves confuses dont la somme s'ajoute à celles de l'hydrocarbure, de la naphtaline, sans doute le fait des générateurs au mazout visibles au sous-sol.

« Elle me dégoûte… je n'imagine même pas ce qu'elle avait pu être quand tous les corps étaient là, vivant ou morts. »

Abou Mhammad fait partie des combattants détachés à la garde de la Branche Palestine depuis la libération. Il n'est pas très grand, et pourtant tout à l'air trop étroit quand il visite ce qu'il reste des lieux. Le sol est couvert par endroits d'un liquide turbide et épais, les cueillies de plafond abondent de cafards et d'autres bestioles. Elles grouillent dans les rares habits laissés suspendus au mur par des ficelles. La crasse a envahi les creux des mots gravés, des prières aux calendriers où s'accumulent encore les croix de jours passés.

« Ça, au sol, c'est un tunnel… enfin, je pense que des types ont essayé d'en creuser un dans le fond de leur cellule. On voit qu'ils ont réussi à faire un mètre, à peu près. S'ils n'ont pas réussi, c'est qu'ils se sont fait attraper. Et s'ils se sont fait attraper, c'est qu'ils sont sans doute morts. »

Au cœur de la prison, une petite supérette a été pillée. Autrefois, elle permettait aux détenus d'acheter un peu de nourriture ou de lessive, à trois fois le prix du marché syrien.

« C'est surtout leurs familles qui payaient, explique Abou Mhammad. En fait, la prison était une sorte d'appareil où plus il y avait de détenus, plus il y avait de profit à faire.

Tout était négociable… on pense souvent qu'il s'agissait seulement de monnayer leur libération, mais les familles n'en avaient pas les moyens et à vrai dire c'est plutôt les juges qu'il fallait corrompre pour ça. Les gardiens, eux, vendaient des infos : savoir si les détenus allaient bien, dans quelle prison ils se trouvaient. Ils obtenaient une rente en négociant aussi les conditions de détention. Ici, par exemple, il y a trois cellules collectives qui pouvaient contenir deux cents personnes entassées. Seulement, la troisième possède une ventilation. »

Il marque un silence pour mieux entendre le crissement d'une vieille hélice qui peine à se mouvoir.

« Des familles étaient prêtes à payer des fortunes pour que leur enfant soit dans la cellule où ils pourraient respirer. »

Dans la Branche, il y a maintenant cette odeur de cendres. Peu avant de fuir les lieux, les gardiens ont incendié certains bureaux et les salles d'archives. Des traces de suie encore fraîches courent au plafond des couloirs et des premiers escaliers, guidant à mesure qu'elles s'épaississent vers l'épicentre des feux. Abou Mhammad blêmit en les suivant.

« Je n'aime pas cet endroit. Je le déteste, en fait. »

Ses sourcils sont froncés. Il est pourtant à l'étage, là où la lumière filtre un peu mieux à travers les fenêtres étroites, où l'humidité est moins dense. Les cellules ont même l'air plus propres. Elles sont encore pleines d'effets personnels, de pots de nourriture, de vieux chiffons et d'habits d'enfants.

« Il y en a plein. Ils étaient là avec leurs mères. Des nourrissons. Qui emprisonne un nourrisson là-dedans ? Quel nourrisson représente une menace pour qui que ce soit ? *Subhanallah*… *Subhanallah*… Je ne peux pas voir ces habits. Ils sont tout petits. Si petits. »

*

« Les gardiens nous demandaient si l'on préférait le "service de jour" ou le "service de nuit". De notre réponse dépendait l'heure de nos viols. »

Rabah le dit froidement, assise seule sur le canapé de son salon à Alep. Son histoire ressemble à beaucoup de celles que les autres ont vécue avec elle dans la cellule partagée de l'étage de la Branche Palestine. Un frère introuvable car ayant choisi de déserter l'armée, elle est arrêtée pour servir d'otage aux autorités. Elle, incarcérée loin de sa ville pour que personne ne puisse la retrouver, et les gardiens qui demandaient des sommes astronomiques à sa famille en promesse de la liberté.

« Dans les cellules, il y avait de nombreuses femmes alaouites qui étaient là pour de tout autres raisons. Des filles qui avaient refusé les avances d'hommes du régime, et qui avaient été arrêtées par vengeance, ou pour être violées. Le viol, c'était quelque chose de quotidien. Je veux dire, c'était plus qu'une habitude pour les gardiens : c'était une pratique fondamentale. Ils savaient quel créneau de leurs agendas leur laissait du temps pour nos viols, et nos cellules étaient juste à côté de leurs dortoirs pour qu'ils puissent se servir des filles quand ils le voulaient. La norme était les viols collectifs, et les gardiens nous voulaient complètement nues pour s'amuser, même sans le hijab. J'ai… Ils n'avaient aucune limite. Ni dans ce qu'ils faisaient. Ni sur qui. Oui, ils violaient les femmes qui avaient l'âge de leurs mères, ou bien celui de leurs filles. Des petites parfois, même si d'autres femmes les suppliaient de ne pas les toucher. Chacune était torturée comme les hommes.

« J'ai connu les salles d'interrogatoire, le Shabeh[1], les coups de botte ou d'objets. Je n'avais pas d'enfants, et grâce à Dieu aucun membre de ma famille ne m'a vue ainsi, car c'était la norme de traîner un père ou une mère voir la torture de son enfant. C'était un plaisir sadique pour les gardiens, et puis un bon argument pour que les familles donnent tout ce qu'ils avaient pour les libérer. Le répit n'existait pas, tout était pensé pour qu'il n'y ait aucune échappatoire. Par exemple, quand nous étions torturés, les gardiens nous jetaient de l'eau froide sur le corps et nous forçaient à faire des mouvements d'exercice, à courir sur place pour mieux oxygéner notre corps, faire circuler le sang et mieux ressentir la douleur.

« Ces hommes... comment dire. Il devait y avoir quelque chose dans leur esprit que je ne m'explique pas. Ils étaient des monstres, et dans leurs dortoirs, quand ils violaient, ils le faisaient sous les portraits de leurs femmes et de leurs enfants accrochés au mur. Sous leurs yeux, ça ne les dérangeait pas. Je ne sais même pas s'ils les voyaient.

« Les femmes tombaient enceintes des gardiens, et ils continuaient à les violer même le ventre rond. Aucune de celles de ma cellule n'a avorté mais je sais que ces choses arrivaient... on avait entendu parler de femmes qui avaient essayé de le faire avec des objets, ou des morceaux de piments marinés. Quant à moi, j'ai assisté à trois accouchements au cours de

1. Nom d'une position de torture dont le nom est popularisé dans le monde arabe car fréquemment utilisée par le Shin Bet israélien sur les prisonniers palestiniens et le régime Assad dans ses prisons. Elle consiste en la suspension dans le vide et par des membres (souvent les mains) d'un prisonnier pendant plusieurs heures, voire plusieurs jours, entraînant la dislocation des épaules et la rupture des muscles.

ma détention, rien que des enfants de gardiens. Nous aidions les femmes à donner la vie, tandis qu'eux leur demandaient de faire moins de bruit quand elles hurlaient. Les gardiens autorisaient les jeunes mères à allaiter, puis leur arrachaient leurs bébés dont ils se sentaient les propriétaires. Certains terminaient à l'orphelinat, ou vendus quand les gardiens en avaient la possibilité. On le voyait à la manière dont ils les arrachaient à leur mère, s'ils allaient se faire un peu d'argent avec ou se faire bien voir en l'offrant à un supérieur qui voulait un bébé.

« Toutefois, il arrivait que l'enfant meure peu après sa naissance. Il y avait si peu à manger, et les vies fragiles ne trouvent pas leur voie dans de tels lieux. J'en ai vu un, inerte dans les bras d'une mère inconsolable. Elle pleurait, je le jure… comme si sa vie s'échappait dans ses sanglots. Une détenue, cheffe de cellule, a averti le gardien qu'un bébé était mort. Lui paraissait occupé à autre chose, a réagi comme si on l'avait dérangé. Il n'eut pas un regard pour le nourrisson et sa réponse fut brève : "Va le jeter avec les adultes." »

*

Peu de choses, en Syrie, séparent la prison de l'industrie. Dans la Branche Palestine comme dans tous les autres centres de détention ou du renseignement, on retrouve les mêmes stocks manufacturés : savons bleu-vert empilés dans des cartons, masques kaki grossièrement tissés utilisés pour bander les yeux des prisonniers lors de leurs transferts. Les mêmes couvertures rêches, grises, gorgées d'humidité, noyées dans la même odeur, trempant dans les déchets de nourritures semblables. Comme si mondialisée, la prison a même reçu des détenus états-uniens, envoyés après le 11 septembre 2001 suite à des *extraordinary acts* servant à externaliser la torture américaine. La Branche Palestine était le morceau d'un archipel, identifié par son nom parce qu'elle était l'une des rares à en porter un – en plus de son numéro : 235. Mais qu'est-ce qui, en vérité, la distinguait réellement des autres célèbres branches damascènes dont les numéros étaient devenus synonymes de mort ? La 251, la 215, la 227, la 285… Ces autres enfers où l'on torturait aussi, les détenus enserrés dans les pneus, les chaises à trou, les chaînes suspendues. Où les témoignages des survivants se reflètent, essaimant à l'infini le récit des mêmes peines ; confondant les mêmes horreurs devenues normes standardisées d'une nécro-économie. Les familles extorquées, la délégation du travail aux porteurs de cadavres, la mise à disposition des femmes, les opposants rendus rentables par la torture une fois transformés en capitaux monnayables. La fabrique de la terreur sous Hafez al-Assad s'est doublée peu à peu en marché de la prédation, cannibale, ne produisant à la chaîne plus que de l'agonie et des corps.

Abou Al-Bara, de Damas

Récit devant et derrière les barreaux

En 2005, je me suis porté volontaire pour intégrer l'armée syrienne. Originaire de la province d'Idlib, au nord de la Syrie, je rejoignais à Damas les services de renseignement, plus particulièrement ceux de la Branche Palestine. J'étais jeune, sans doute un peu porté par le rêve de devenir une sorte d'enquêteur ou je ne sais quoi. Les bureaux où je me suis retrouvé parachuté faisaient partie d'une base militaire attenante à la prison. J'avais conscience que de nombreux détenus derrière ces murs étaient des islamistes, partisans de la pensée salafiste ou membres de groupes comme Jound al-Cham[1]. Des hommes qui pouvaient être arrêtés parce qu'ils étaient en possession d'un livre écrit par des figures de la pensée salafiste comme Ibn Outhaymine, Muhammad ibn Abd al-Wahhab, Ibn Baz, Sayyid Qutb. Des livres qui les conduisaient à six ans de prison ferme. Tous les ouvrages islamiques de manière générale,

1. Mouvement djihadiste palestinien installé au Liban et gagnant en influence au milieu des années 2000.

mais en particulier ceux qui encourageaient au djihad ou à la confrontation avec le parti Baath et les partis nationalistes, étaient prohibés.

C'est à cette période que la bataille de Nahr al-Bared a éclaté au Liban et que le nom de Jound al-Cham, qui y participait, s'est répandu dans toute la région. La Branche Palestine et tous les services de sécurité syriens ont commencé à organiser des raids, resserrant l'étau autour des mouvements salafistes qui menaçaient de prendre de l'ampleur, faisant déborder la répression sur tout ce qui finissait par se rapprocher de près ou de loin du sunnisme. Quiconque s'engageait dans les services de renseignement et était surpris en train de prier était incarcéré. Toute personne avec une barbe jugée trop longue pouvait être arrêtée, qu'elle soit imam ou simple fidèle. Elle était torturée jusqu'à ce qu'elle avoue, qu'elle ait ou non quelque chose à avouer. La plupart des détenus venaient de Hama, Idlib et Deir ez-Zor, des régions très poreuses aux idées salafistes. Mais le degré de cette répression ne s'ébruitait guère, ceux qui en connaissaient la réalité n'en parlaient qu'à leurs proches et aux amis de confiance.

Je vais être honnête, la torture ici existait bien avant la révolution. Je pense que je ne voulais pas la voir, ou que je n'en avais pas tout à fait conscience. Il y avait déjà du temps de mes premières années un département pour les « terroristes », qui était une branche spécifique de sécurité où tout le monde n'était pas autorisé à accéder. Seuls les officiers alaouites ou les plus proches du pouvoir en étaient responsables et avaient le droit de pénétrer dans les « cellules spéciales ». Nous savions que des gens accusés de terrorisme étaient torturés ici, que certains en mouraient… mais nous ne voyions rien. L'idée nous était floue. Dans le système syrien, la torture n'est pas enseignée aux petits enquêteurs comme moi quand ils passent leurs classes. Elle se faisait par mimétisme, pour se distinguer, se faire un nom dans la violence chez les officiers les plus gradés.

Dès 2011, les manifestations ont commencé à fleurir dans tout le pays, avec ces cohortes de gens qui revendiquaient des droits civiques, dénonçaient une injustice qui frappait le peuple syrien... Au départ, il ne s'agissait que de manifestations pacifiques, comme partout ailleurs alors que bien d'autres nations arabes connaissaient le même genre de soulèvement. À Damas, de nombreux quartiers s'étaient soulevés, Bustan al-Dour, Sinaa, Zahira. Le principal point de rassemblement se trouvait dans le quartier d'Al-Midan, d'où partait l'un des plus importants cortèges. Dès le début du mouvement, le responsable sécuritaire de ce quartier a commencé à faire appel à des groupes issus de la branche du renseignement à laquelle j'appartenais. Des équipes d'hommes étaient dépêchées dans de grands bus utilisés d'ordinaire pour les transports publics. Lors du premier vendredi de manifestations, alors que celles-ci étaient encore clairsemées, ils étaient armés de bâtons et de matraques, et leur mission était uniquement de disperser. Mais dès le deuxième vendredi, alors que les services de renseignement syriens avaient laissé entendre qu'une manifestation encore plus massive allait avoir lieu, ils ont décidé de passer à une répression plus brutale.

Ce jour-là, le chef du service de renseignement a pris la décision d'augmenter la pression. Chaque bus transporterait des groupes où se glisseraient désormais un à deux hommes armés. Aux yeux du grand public, la masse était toujours munie de boucliers et de matraques. Mais en réalité chaque brigade abritait un agent armé prêt à ouvrir le feu si l'ordre lui était donné. Après le deuxième vendredi, des tirs de sommation ont commencé à être utilisés. La pression ne faisait que croître, il n'y avait pas encore de meurtres, mais les arrestations se multipliaient. Toute personne arrêtée dans la rue était immédiatement traînée à la branche du renseignement. Chaque vendredi, je les voyais, entre soixante-dix et cent personnes arrêtées. La société entière était en ébullition, tiraillée dans un va-et-vient d'inquiétude, de familles cherchant à libérer leurs proches, à mettre la main sur un contact au sein de la prison pour les aider. Ceux que je voyais arriver étaient libérés après avoir été sévèrement battus. D'autres, environ vingt-cinq à trente personnes par vague, étaient retenus en détention pour un temps indéfini.

Moi je ne disais rien, au début du moins. Mais quelque chose avait changé en moi. Sans doute du fait de voir ces forces de sécurité tenir les armes, de vraies armes, alors que les gens en face n'avaient que des pensées et des mots. Ils criaient « liberté » et on leur opposait les balles. Je les voyais tabassés et traînés dans la prison… je commençais à comprendre ce que voulait dire alors l'arbitraire. L'état d'urgence décrété à l'époque donnait tout pouvoir aux forces de sécurité du pays. N'importe qui pouvait recevoir n'importe quelle peine, sans passer devant un tribunal ou un juge. Pour arriver à comprendre qu'il s'agissait d'une injustice, il ne fallait pas plus qu'une once de conscience. La mienne s'éveillait.

Le troisième vendredi, les tirs à balles réelles ont commencé. Des agents armés infiltrés dans les groupes de sécurité ont ouvert le feu directement sur les manifestants. Nombreux furent les morts et les blessés. Et avec la montée des violences, les arrestations arbitraires ont explosé. Dès qu'il y avait des tirs dans la rue, les forces de sécurité se déployaient immédiatement pour arrêter les passants, parfois au hasard, sans distinction. Mon frère m'avait confié participer aux manifestations, avec un cousin et ses amis… je ne comptais pas les dénoncer bien sûr, j'avais plutôt peur de voir l'un d'eux atterrir à la Branche Palestine. Il m'avait expliqué les raisons de sa colère et je ne pouvais que les comprendre… Car désormais il s'agissait de quarante à cinquante personnes que nous retenions chaque vendredi. Une fois emmenés au centre de détention, certains étaient relâchés après un interrogatoire et contre la promesse de ne pas manifester de nouveau. D'autres, dont les officiers jugeaient qu'ils avaient été assez sévèrement battus avant leur arrivée, étaient directement jetés en cellule. Je les voyais tirés de force, couverts de blessures profondes, du sang coulant sur leur visage, peut-être conduits à mourir sous la torture. Mais je ne disais rien.

Et là encore, la répression est montée d'un cran. Désormais, le matin de chaque vendredi, avant même la prière et les rassemblements, les arrestations débutaient. Les manifestants, eux, ne lâchaient rien, poursuivaient leur lutte jusqu'à 8 ou 9 heures du soir, alors que les cellules de détention se remplissaient. La prison avait été divisée en deux parties : une section réservée aux nouveaux détenus et une autre pour les prisonniers en cours d'interrogatoire près de nos bureaux. Je me souviens lorsqu'on passait devant cette dernière, son sol était souvent recouvert de sang. Vers 10 ou 11 heures du soir, je voyais passer les équipes de nettoyage laver et effacer toutes les traces. C'en était trop pour moi. Rester aveugle à ce que faisait ce régime était devenu impossible. Ce qui coulait sous mes yeux, c'était le sang de ceux avec qui je partageais la même foi, sinon la même nation. J'ai commencé à changer. Le système dans lequel j'étais provoquait chez moi une sorte de lassitude dans le dégoût. J'ai du mal à me rendre compte de ce qu'il s'est passé dans ma tête à cet instant, il y a plus de dix ans, mais j'ai décidé d'agir.

Lors de ces premières manifestations, il n'y avait encore ni Armée libre ni groupes rebelles. Seulement ce que l'on appelait des « comités de coordination ». Ils étaient constitués d'universitaires, de médecins, d'avocats et d'intellectuels agissant dans la clandestinité. Ce sont eux qui organisaient les cortèges et les actions de protestation, ce qui en faisait des cibles privilégiées pour mon service de renseignement. Les connaissant, j'ai décidé de les rejoindre. D'abord j'ai travaillé avec le comité de Midan, puis celui de Douma. Mon rôle consistait à fournir secrètement des informations aux manifestants : les prévenir des patrouilles qui allaient sortir, leur donner la liste des personnes recherchées, et leur indiquer les points de contrôle qu'il fallait éviter. Parfois ces mêmes comités de coordination recevaient des demandes de la part des familles des détenus. Je leur signalais que telle ou telle personne était emprisonnée dans une branche du renseignement, et je cherchais des moyens d'obtenir leur libération. J'interceptais aussi les rapports qui étaient transmis aux services de sécurité de l'État, ou j'effaçais les dossiers des personnes recherchées... Les risques étaient gigantesques, car si le renseignement identifiait des membres des comités, ils les exécutaient sur-le-champ. Certains étaient tués directement dans les mosquées, sur le pas de leur porte, ou dans la rue là où ils auraient dû être arrêtés.

Une manifestation s'est un jour tenue dans le quartier de Boustane al-Dour. Mon cousin, qui aimait se faire appeler Ibrahim, était à la tête du rassemblement. Il était bien connu dans le quartier, une petite figure rassembleuse. Un adjudant-chef des services de sécurité faisant partie d'un groupe venu réprimer les manifestants a sorti son pistolet pour tuer mon cousin et ceux qui étaient avec lui. Ibrahim l'a vu, s'est jeté sur lui, lui a arraché son pistolet et a abattu l'adjudant-chef sur place avant de prendre la fuite avec ses compagnons.

Le lendemain, un ami d'Ibrahim qui résidait aussi à Boustane al-Dour a été arrêté. Il a été emmené dans la Branche Palestine, je l'ai vu de mes yeux, suspendu par les poignets dans la pièce des nouveaux arrivants près de nos bureaux, et ils ont commencé à le torturer… Ils se sont acharnés jusqu'à ce qu'il avoue avoir lui-même pris le pistolet et tué l'adjudant. L'ami de mon cousin savait que je travaillais ici. Il était suspendu, les yeux bandés, et moi, je tournais en rond dans la pièce d'à côté, ne pouvant que l'entendre hurler. Il savait sans doute que je me trouvais là, et moi je savais que s'il parlait, j'étais mort. Il avait été suspendu vers midi, et les tortures se sont succédé sans relâche jusqu'à 3 heures du matin. À force de coups, l'ami était mort, sans même avoir vu le lever du jour. Ils avaient frappé du plus violent qu'ils aient pu… plus que bien d'autres détenus n'avaient été battus par ces officiers, parce que c'était l'un des leurs qui s'était fait désarmer et tuer, et cela leur était insupportable. À ce moment-là, je ne pouvais pas le sauver. Je n'étais qu'un informateur, je ne faisais que transmettre des renseignements. Mais après ce meurtre, je suis passé à l'action armée.

Peu à peu, les comités de coordination ont fini par être remplacés par des groupes de combat. Le nom de l'Armée syrienne libre commençait à se répandre à travers toute la Syrie. Mon frère aîné, Younes, et mon autre cousin Mustafa avaient rejoint la résistance armée. C'est eux qui m'avaient traîné aux premières manifestations et ouvert les yeux, alors j'ai commencé à les accompagner dans leurs opérations. J'étais chargé du volet sécurité, et comme j'avais une carte du renseignement et que je portais une arme, je pouvais circuler librement partout dans la capitale. Mon rôle consistait principalement à identifier les agents responsables des exécutions extrajudiciaires dans les prisons et des tirs sur les manifestants. Ces personnes, nous nous arrangions pour savoir où elles se trouvaient, et nous sortions les arrêter nous-mêmes, en dehors du travail à la branche de sécurité, en allant directement à leurs domiciles pour les capturer. On peut dire que nous étions comme des cellules dormantes derrière les lignes ennemies. J'ai aidé à capturer des agents et des informateurs du régime dans la clandestinité, participant parfois aux attaques contre les checkpoints, toujours en jouant mon rôle de bon soldat en parallèle. Un jour, au tout début de l'année 2012, nous avions prévu d'enlever le capitaine Mohammad Ali, le directeur de la Branche Palestine où je me trouvais. Tout était prévu, le plan était d'exécuter l'opération le samedi, et de nous réunir la veille pour le peaufiner. Mais le vendredi, un autre ami de mon cousin a été arrêté aux aurores, vers 6 heures du matin. Il était au courant de tout ce que nous faisions, et lui a fini par avouer sous la torture.

Peu après l'heure de la prière, alors que je sortais de la douche, prêt à me rendre à Deir al-Asafir où se trouvait notre quartier général informel, ils m'ont attrapé. Une vingtaine d'agents se sont jetés sur moi au moment où je sortais de la salle de bains, ils m'ont plaqué au sol, menotté et bandé les yeux avant de me traîner vers un endroit inconnu. Ils m'ont conduit dans un bureau. Je ne pouvais rien voir, mais j'ai reconnu la voix de l'officier qui s'adressait à moi : c'était le capitaine Mohammad Ali.

– Alors, toi, le petit salafiste, tu voulais m'enlever ? !

Puis violemment, il m'a frappé le crâne avec la crosse de son fusil. À ce moment-là, j'ai compris que j'étais dans l'enceinte de la prison, comme coupable cette fois, et qu'ils savaient tout de notre plan. J'étais en état de choc. Ils ont réussi à arrêter Mustafa et, dix jours plus tard, ils l'ont exécuté. Deux jours après, ce fut le tour de mon frère. Moi je n'ai rien su de tout ça, j'ai été envoyé directement en cellule. Moins parce qu'ils souhaitaient me garder en vie que pour me torturer et obtenir plus d'informations sur mes camarades. Tous les jours, je subissais des sévices. Ceux qui avaient été arrêtés le même jour que moi avaient déjà tout avoué : nos plans pour enlever des officiers et les désertions que j'avais facilitées les semaines passées… mais il leur fallait mes aveux pour être certain que c'était bien moi au centre de tout ça, et pas un bouc émissaire. Après environ vingt jours, ils m'ont confronté à l'homme qui m'avait dénoncé. Je le reconnaissais, et devant lui ils m'ont montré des preuves. Puis ils m'ont annoncé la mort de mon cousin… celle de mon frère Younes.

– Allez avoue, il ne te reste plus rien à protéger, me disaient-ils.

Malgré tout, je n'ai pas avoué. Je savais que si je le faisais, ce serait la mort assurée. Oui, il y avait des témoins contre moi, mais ils avaient tous été exécutés. Il ne restait plus que mon délateur, là, face à moi. Mais aucune preuve matérielle :

ni enregistrements, ni photos, ni vidéos, rien d'autre que ses aveux. Par chance, j'avais toujours utilisé un téléphone anonyme et un numéro inconnu pour mener mes opérations. Il n'y avait aucune preuve tangible contre moi. J'ai donc tenu bon et refusé de signer des aveux. J'ai tout de même subi un simulacre de procès face à un tribunal militaire, avant d'être renvoyé dans la Branche Palestine, plus précisément dans cette section de sécurité que je n'avais jamais pu pénétrer. J'avais une cellule d'isolement, et j'ai été mis là pendant un an et demi. Les tortures se sont poursuivies, quotidiennes. Ils ont d'abord commencé à me casser les deux mains pour me punir de ma traîtrise. Mon quotidien se déclinait entre les jours de simples coups et d'insultes… et ceux où je devais rester suspendu par les poignets. Dans les geôles, il y avait un ou deux décès chaque jour, de la torture, la folie, la fatigue, de la gangrène, des gelures. Les geôliers nous traitaient d'animaux et nous considéraient comme tels, les cadavres des hommes étaient jetés comme ceux des bêtes. Ceux qui ne mouraient pas sombraient dans la folie, surtout ceux qui avaient été torturés à l'électricité. Leurs liaisons cérébrales étaient si affectées qu'ils ne semblaient pas savoir s'ils étaient vivants ou s'ils avaient été tués. Ils existaient, respiraient, sans sentiment ni émotion, comme étrangers à eux-mêmes.

Ma femme m'attendait dehors. Nous étions mariés, et elle avait donné naissance à ma fille après mon arrestation. Je ne l'avais encore jamais vue. Après un an et demi de détention, j'ai demandé au chef de la branche :

– Tu n'as aucune preuve contre moi et tu me détiens sans inculpation. Donne-moi seulement deux ou trois jours pour voir ma femme et ma fille, car elles ont essayé de me rendre visite mais il ne m'a jamais été permis de les voir.

Je ne sais pas par quel miracle il m'a été accordé d'aller la voir, deux jours seulement, tout en étant suivi pour s'assurer que je reviendrais bien en prison. Alors le premier et le deuxième jour, je suis en effet resté au même endroit avec ma famille, puis le troisième je suis parvenu à semer ceux qui me suivaient pour me cacher au quartier d'Al-Zahira, où je suis resté avant de partir à Idlib dans la clandestinité. Quand mon frère avait été tué, lui et mon cousin, toute ma famille, à l'exception de ma femme et ma fille, avait fui vers la frontière. Je les ai rejoints à Idlib, accueilli comme lors d'une célébration de mariage pour avoir réussi à échapper aux forces de sécurité. Tout le monde me connaissait. Nous étions une famille de la province d'Idlib, reconnue pour son engagement dans la révolution. Nous avions des martyrs, des prisonniers et des disparus dès les débuts du soulèvement. Mes mains étaient encore brisées, j'ai mis du temps à récupérer. Ensuite, j'ai rejoint Ahrar al-Cham[1] et participé à ma première bataille à Kassab. Et puis toutes les autres… jusqu'à celle qui a permis de faire tomber Assad.

Je suis de ceux qui ont libéré le premier soir la Branche Palestine, cette bâtisse de l'injustice et de la terreur. Je me rappelle tous les noms de ceux qui y ont commis le pire quand je m'y trouvais, ce sont eux qui ont fui ou se terrent à travers le pays désormais. Quand j'y ai remis le pied pour la première fois, je me suis souvenu de ces jours terribles que j'avais endurés, du chagrin, de la souffrance… et en même temps, sans dire que c'était elle que je souhaitais revoir, c'est

1. Groupe rebelle salafiste apparu en 2011, opposé au régime de Bachar al-Assad et aujourd'hui dissous. Il a été accusé d'exactions et de crimes de guerre par Amnesty International dans un rapport publié en 2016.

cette prison qui avait fait naître toute cette motivation de me battre et de poursuivre la lutte contre Bachar al-Assad. Je la contemple, vide désormais, comme une victoire où se lisent les preuves de ses innombrables crimes.

Le centre de détention de la Branche Palestine n'a pas été rouvert après sa libération. Mais nous avons conservé les documents et les armes qu'elle renfermait. Depuis, de nombreux officiers et membres de la Branche ont été arrêtés, dont le major Abdullah Karaf, un très proche de Mohammed Ali que je projetais d'enlever à l'époque. J'ai été chargé de réunir des preuves contre eux, ou sur les attentats que ces hommes ont pu organiser, notamment à Reyhanli en Turquie et dans les zones kurdes pour attiser les tensions avec les populations arabes, ainsi que dans les régions sous contrôle de l'opposition syrienne.

Assez ironiquement, c'est moi désormais qui suis chargé de leurs interrogatoires.

« Nous conduirons à un monde exempt de conflits, où la paix, la justice, et la démocratie prévaudront dans les relations entre les États et où le dialogue entre les différentes communautés du monde sera la norme. Cela exige que les pays riches du Nord assument leurs responsabilités humanitaires envers les pays du Sud, afin de parvenir à un monde plus sûr et plus rassurant, et donc plus stable. Nous souhaitons établir des liens plus étroits avec les peuples et les organisations internationales sur la base du respect mutuel, de la coopération constructive et du maintien de la paix et de la sécurité internationale, fondés sur le droit des peuples à l'autodétermination d'une manière qui assure avant tout leur dignité. »

Extrait du discours de Bachar al-Assad
à l'occasion de la prestation de serment constitutionnel,
le 17 juillet 2000. Retrouvé à Alep
dans un manuel d'éducation des Jeunesses baathistes.

CHAPITRE 4

Le silence des cyprès

Le mythe antique prêtait au mortel Cyparisse deux amours : celui du dieu Apollon, et celui du cerf qu'il lui offrit en présent. Un animal apprivoisé, aux bois d'or, que Cyparisse orna de bijoux ; compagnon qu'il perdit le jour où, pensant chasser une autre bête, il le transperça par mégarde d'un javelot. Cyparisse pleura dans les bras d'Apollon, implorant de l'aider à figer à jamais son chagrin. C'est pour satisfaire le désir de son amant que le dieu le transforma en cyprès, l'arbre des morts et des maux, offrant à Cyparisse, pourtant mortel, l'éternité hors des Enfers.

Une rangée de cyprès borde l'enfer de la prison de Sednaya. Mince alignement vertical, chaque tronc dressé comme les barreaux d'une cage, en fines gouttelettes dont la pointe plie au moindre vent, silencieux face à l'horreur absolue. Au loin, des bombardements israéliens résonnent, font frémir le paysage vallonné. Une file de Syriens, hommes et femmes, avance à pied en procession anarchique vers les rangées de cyprès. Un bâtiment se dessine derrière les cimes, sorte d'étoile à trois branches, gigantesque, qui aurait pu être confondue avec un centre administratif. Chacun affiche des traits sévères, la mine éteinte, et au terme de l'ascension à travers ce chemin de terre, le silence des cyprès s'impose, et les conversations deviennent murmures. La procession croise le chemin de Syriens sortis des lieux, l'air brisé, le visage livide, les larmes aux yeux. « Mon Dieu, mon Dieu… », psalmodient des femmes en se couvrant le nez. Et soudain, un cri :

« Ils sont libérés ! »

Puis d'autres :

« Qui ? Qui ? »

La procession se met à courir. En voyant la foule s'agiter au loin, chacun s'imagine l'un des siens. Des combattants en treillis avancent et tirent vers le ciel. Des centaines d'hommes se tiennent sur le toit, se bousculent dans la cour, cherchent partout autour d'eux, en quête de traits familiers, de proches à reconnaître. Nous sommes le 9 décembre 2024, moins de vingt-quatre heures après la chute d'Assad, et la prison de Sednaya vient d'ouvrir ses portes.

*

« *Kanaaj ?* » murmure un jeune homme en déchiffrant des lettres gravées sur le mur d'une minuscule geôle.

À la lumière de son téléphone, il éclaire les deux mètres carrés où, il y a encore quelques heures, plusieurs hommes étaient entassés, nus et affamés.

« C'est le nom d'un de ceux qui devaient être enfermés », déduit-il.

D'autres inscriptions au ras du sol sont rendues illisibles par ce qui ressemble à des griffures d'ongles.

« *La Ilaha Illa Allah* », murmure en arabe le jeune homme en déchiffrant une gravure plus profonde que les autres.

« C'est ce qu'on dit à quelqu'un qui est mort pour qu'il rejoigne le paradis. L'un des prisonniers ici a dû être tué. »

Un membre des Casques blancs, la défense civile syrienne, promène un chien renifleur à la recherche de corps. L'animal marche dans cinq centimètres de boue qui recouvrent les sous-sols. Les rebelles suspectent la présence de tunnels ou d'entrées inconnues qui mèneraient vers des geôles de torture et des cellules souterraines. Des détenus libérés tentent de les guider dans ce labyrinthe, pointent du doigt des murs et des portes. Un peu plus loin, un autre groupe vient d'abattre une cloison : derrière, un couloir qu'ils n'avaient pas encore exploré. Des hommes en treillis s'y engouffrent, arme au poing, suivis par quelques civils ayant franchi le barrage menant à la zone des recherches. Une trentaine de marches s'enfoncent dans la terre. En bas, un sous-sol sans lumière, envahi par une odeur insupportable : mélange d'urine, de sang et de charogne. De part et d'autre, une demi-douzaine de cellules avalées entre un plafond et des murs décrépits, des portes en fer aux imposants verrous rongées par le temps.

Dans l'un des innombrables couloirs étroits, un homme armé s'écrie :

« C'est une table d'exécution ! »

D'autres avec lui tirent un immense plateau de ferraille dont on ne sait si la rouille est vraiment la seule à l'avoir bruni. Les civils sont priés de sortir. Les membres du groupe islamiste Hayat Tahrir al-Sham craignent de tomber sur les corps de prisonniers exécutés. Des femmes supplient de rester, veulent savoir si leur enfant ne se trouve pas à l'intérieur, mais elles sont tirées dehors par les hommes dans la cohue. L'air de la cour est un peu plus respirable. La nuit tombe, le hurlement des sirènes d'ambulance couvre toujours celui des familles, maintenues à distance devant les grilles des geôles.

« Je vous en supplie, par pitié… laissez-moi entrer. Mon fils est là. Il est grand, maigre, bon garçon, brun… Il s'appelle Fayssal al-Ali ! Aidez-moi à le retrouver, s'il vous plaît ! »

Les hommes armés promettent à la mère qu'ils demanderont. Mais elles sont des milliers comme elle à hurler des noms, à décrire les mêmes traits. La femme sanglote, retourne s'asseoir sur un contrefort de la cour. Autour d'elle, des hommes désespérés ont mis front à terre pour prier, tournant le dos à l'enfer de Sednaya.

*

« Bachar al-Assad n'est pas un parfait exemple en matière de respect des droits de l'homme… mais il a fait des efforts. » En soufflant ces quelques mots à la presse, l'Élysée tente de faire passer la pilule. L'information a été rendue publique : cette année 2008, Bachar al-Assad sera bien invité au défilé du 14 juillet à Paris. Les dents grincent jusque dans les rangs proches du président Sarkozy. Ce Assad avait été mis au ban des relations diplomatiques. Jacques Chirac, lors du quinquennat précédent, avait consommé la rupture après l'assassinat, en 2005, de son ami Rafiq Hariri, Premier ministre libanais. Nombreux sont également ceux à garder en mémoire l'implication du clan Assad dans des attentats visant des militaires français alors que la guerre civile faisait rage au pays du Cèdre. Sarkozy, de son côté, choisit de renouer avec le régime, de se rendre à deux reprises en Syrie, et de faire d'Assad un acteur clé de la nouvelle Union pour la Méditerranée qu'il appelle de ses vœux.

Bachar jubile. Jamais depuis son arrivée au pouvoir une telle honorabilité leur avait été offerte, à lui et sa femme, aujourd'hui invités si dignement auprès de quarante autres chefs d'État. Et pourtant, le régime est en crise. Depuis 2005, sous pression internationale après l'assassinat de Hariri, la Syrie a été contrainte de quitter le Liban qu'elle occupait depuis des décennies, faisant perdre à Assad l'un des plus précieux héritages de son paternel. À l'est, la guerre en Irak menace de s'étendre, et le dictateur a publiquement été désigné comme membre de l'« axe du Mal » que les États-Unis entendent faire tomber. Pour s'en sortir, Assad joue sur les deux tableaux : financer et faciliter le développement de groupes terroristes islamistes pour les envoyer occuper les Américains en Irak, et promettre dans le même temps à Washington de durcir la lutte contre les fondamentalistes en Syrie. Le double jeu fonctionne, et pour faire bonne figure, le régime syrien emprisonne à la chaîne quelques djihadistes noyés dans une masse de conservateurs musulmans arrêtés au hasard pour gonfler les statistiques. Pour parfaire le visage qu'il offre à l'Occident, Assad a engagé trois compagnies de conseil en image. Le couple qu'il forme avec Asma est plus que jamais mis en avant, posant dans les magazines en parents modèles et modernes, la paire d'acteurs-séducteurs est prête à arracher à Paris ce qui lui manquait de respectabilité. Pourtant, contemplant l'orchestre de la Garde républicaine dans la tribune des chefs d'État, Bachar al-Assad sait qu'à trois mille kilomètres de là, un massacre en cours pourrait faire voler toute cette communication en éclats.

Depuis plusieurs mois, la prison de Sednaya est en ébullition. En mars, des prisonniers ont commencé à conduire des émeutes pour protester contre la dégradation de leurs conditions de détention[1]. Si rien dans les geôles syriennes ne se fait sans l'aval de la présidence, les directeurs d'établissement ont toujours un rôle prépondérant dans le durcissement ou l'assouplissement du quotidien carcéral. Le dernier directeur de Sednaya, Louay Youssef, et son successeur, le colonel Ali Kheir Beik, avaient choisi d'imposer des pratiques de plus en plus brutales, commençant par réduire progressivement les rations de nourriture. Leurs cibles favorites : les éléments islamistes relégués dans le bâtiment sud du complexe. Contrairement à ceux enfermés dans l'obscurité des sous-sols, ces prisonniers des étages, entassés dans des cellules collectives, conservent encore quelques privilèges : posséder des effets personnels, ou bénéficier de quelques heures d'eau chaude par jour. À la fin du mois de mars, des actes de rébellion isolés rapportés à la direction poussent Ali Kheir Beik à imposer des sanctions collectives. Un jour, le directeur organise et supervise une séance de lourdes tortures perpétrées cellule après cellule, incitant les gardiens à frapper au plus fort, jusqu'à la fracture. Mais face à leur faible nombre, des prisonniers mutinés parviennent à capturer plusieurs gardiens, faisant craindre un soulèvement généralisé. Après d'âpres négociations – et sur ordre de la présidence, soucieuse d'éviter tout débordement susceptible de contrarier le retour diplomatique

1. Chaque détail retranscrit de cette séquence (mars-décembre 2008) a pu être reconstitué grâce aux éléments corroborés par plusieurs sources : les nombreux rapports émis entre 2008 et 2009 par Amnesty International et Human Rights Watch, des témoignages d'avocats, des entretiens avec quatre prisonniers incarcérés à cette période et les télégrammes classés secret défense de trois chargés d'affaires américains, échangés entre 2008 et 2010.

de Bachar sur la scène internationale –, les détenus se voient concéder quelques améliorations. Un peu plus de nourriture, moins de torture, plus de sorties dans la cour. Une situation qu'Ali Kheir Beik ne supporte pas, vécue comme une humiliation et la négation d'une autorité qu'il entend bien réaffirmer.

L'été approche, et parmi les prisonniers renaît l'espoir d'une amnistie présidentielle, traditionnellement annoncée en juillet pour célébrer l'arrivée au pouvoir d'Assad. Depuis plusieurs semaines, Ali Kheir Beik multiplie les rapports adressés à la présidence et aux services de sécurité, dénonçant un « relâchement » chez les détenus. Il implore qu'on frappe fort, que soit restauré un ordre brutal. Le 5 juillet 2008, aux aurores, après quelques incidents mineurs entre prisonniers et gardiens, un vaste contingent de la police militaire, armé de matraques, fait irruption dans la prison. Sur ordre du directeur, ils doivent fouiller les cellules, et n'hésiter en rien à « intimider » les détenus. Les hommes à l'œuvre sont des cadets tout juste incorporés, sous l'uniforme la plupart ont à peine la vingtaine. Ils s'amusent alors à martyriser les prisonniers, briser ou brûler leurs effets personnels, dont des exemplaires du Coran qu'ils piétinent avec ostentation. Les esprits s'échauffent, des prisonniers tentent de s'interposer pour les en empêcher : neuf d'entre eux sont abattus sur-le-champ. Mais d'autres, par la force du nombre, s'emparent des armes des cadets, en font leurs otages et les enferment dans les cellules. Puis d'un même élan, les mutins arrachent les cadres des lits pour en faire des lances ; des renforts militaires surgissent, les affrontements s'intensifient mais n'aboutissent qu'à la capture de nouveaux otages. En moins d'une heure, et dans le chaos absolu des fumigènes et des incendies, les mutins s'emparent de la prison tout entière. Dans les étages, ils s'organisent. Plusieurs d'entre eux, membres de groupes islamistes armés, sont formés au combat. Certains ont même reçu un entraînement militaire au sein de la prison, dispensé par le régime lui-même, qui les destinait à aller combattre en Irak.

Grâce aux téléphones de leurs otages, les détenus contactent la presse, les avocats, les ONG : « Un soulèvement vient d'avoir lieu à Sednaya, les prisonniers demandent des procès équitables, des libérations, et la fin des tortures », rapportent-ils. Par téléphone toujours, un détenu, Samir Bahar, s'improvise porte-parole et entame des négociations avec l'armée. Celle-ci, qui vient d'encercler la prison avec des blindés, menace d'un massacre, dans un état de tension tel que lorsque des otages sont conduits sur le toit de l'édifice, le feu est ouvert sans distinction, et une dizaine de cadets tombent sous les balles.

La présidence est informée des événements : hors de question que la mutinerie se termine en massacre... Il faudra négocier, car un scénario comme celui de Tadmor pourrait compromettre la visite d'Assad à Paris. Pourtant, comme Hafez en son temps avait envoyé son frère massacrer les prisonniers, Bachar confie le soin de rétablir l'ordre à son cadet Maher, un sanguin connu pour sa barbarie sans borne et celle de la 4e division qu'il dirige. Après trois jours et quelques dizaines de morts, le régime encercle et impose un blocus sur la prison. Les routes sont bloquées et des points de contrôles quadrillent la région, empêchant les familles des détenus d'approcher. Ordre est donné aux journalistes de garder le silence sur l'affaire. L'électricité. L'eau. Le réseau. Tout est coupé. L'armée attaque la prison le 8 juillet. L'assaut est massif, fauche des dizaines d'autres vies.

Pourtant, le régime ne parvient pas à reprendre le contrôle total de Sednaya, et la mutinerie s'installe. Elle dure, s'enlise. Si le toit et le rez-de-chaussée repassent sous le contrôle de l'armée, les mutins conservent un certain nombre de leurs otages et barricadent les étages de plusieurs ailes du bâtiment. Bachar al-Assad, de retour de Paris, constate la débâcle. Le directeur de Sednaya est limogé, remplacé par le général Talaat Mohamed Mahfouz, qui se trouve être l'ancien directeur de la prison de Tadmor. Mission lui est donnée de ramener l'ordre rapidement. Du côté des détenus, les privations commencent à créer des tensions. Les stocks de nourriture s'amenuisent, et certains sont obligés de boire l'eau des toilettes pour étancher leur soif. Les groupes islamistes à la manœuvre se divisent. Des rixes éclatent avec les prisonniers d'opinion : islamistes, laïcs, communistes… À Noël 2008, le régime tente une nouvelle percée entraînant la mort de cinquante détenus. Acculés, les mutins négocient une reddition en échange des otages et se rendent peu à peu. Les derniers irréductibles du bâtiment sud, une trentaine environ, sont exécutés lors d'un ultime assaut.

Humilié, le régime a connu six mois d'une débâcle absolue. Après sa victoire, il décide que tout changera à Sednaya. Les éléments identifiés comme leaders du soulèvement sont transférés dans d'autres geôles du renseignement, ou exécutés sommairement. Dans les environs de la prison, le réseau téléphonique sera désormais coupé. Les prisonniers ne pourront plus posséder le moindre effet personnel, la nourriture sera rationnée à l'extrême, et chaque déplacement devra se faire les yeux bandés et les mains attachées. Les barbes seront interdites, tout comme la prière, les livres, les médicaments, l'eau chaude, les sorties, la parole, le murmure. Les exécutions deviendront hebdomadaires, la torture de nouveau quotidienne. Le système carcéral le plus violent que la Syrie ait jamais connu sera mis en place, endurci un peu plus au début de la révolution. Plus aucune ligne rouge n'existera à Sednaya, donnant naissance à un enfer et au surnom que les Syriens lui donneront désormais : l'abattoir humain.

*

Il est difficile d'imaginer comment, à Sednaya, la pierre elle-même était pensée pour la torture. Le complexe carcéral, perché sur ce mont rocailleux isolé de la ville, a été bâti pour se faire l'architecture du mal. La façade du bâtiment central donne ainsi le vertige, gigantesque bloc de béton strié de pilastres, comme une série de contreforts empêchant la lumière d'entrer par les minuscules fenêtres qui alvéolent les étages. Une façade d'un brutalisme absolu, écrasant ceux qui approchent ce que les autorités nommaient le « bâtiment rouge ». Réservé aux civils et construit comme une étoile à trois branches, des prisonniers avaient pris l'habitude de le surnommer le « bâtiment Mercedes ». Quelques mètres plus loin, isolé en contrebas, le « bâtiment blanc », en forme de L, servait lui à enfermer les militaires et organiser les pendaisons. La flore autour est quasi inexistante, hormis les cyprès qui bordent la prison et la route qui y mène. Que pouvait bien ressentir le condamné qui voyait se dessiner la longue bande de bitume vers l'enfer ? « Rien, car on ne voit rien de la route », explique un survivant. À Sednaya, les prisonniers sont amenés dans des camions à viande sans fenêtre, comme s'ils étaient déjà des dépouilles.

Qu'ils considèrent le lieu comme « camp de la mort », « camp d'extermination » ou « abattoir humain », tous s'accordent à dire que la mort ici est un facteur industriel. On estime que trente mille personnes y ont été tuées durant les sept premières années de la révolution syrienne[1]. Impossible de savoir exactement combien le furent depuis sa création. Étudiants, avocats, femmes, opposants, étrangers, enfants... Tous sont victimes des exécutions, des pendaisons, des tortures, des maladies ou de la dénutrition. Leurs corps, rarement restitués aux familles, terminent le plus souvent dans une des nombreuses fosses communes creusées secrètement aux quatre coins des terres arides du pays. Quand le rythme des exécutions était effréné, les autorités de Sednaya essayaient de s'adapter, mettant en place des « chambres à sel » censées servir de morgue quand il n'était plus possible de stocker tous les cadavres. Un four crématoire fut aussi construit dans l'enceinte de la prison, ainsi qu'une presse humaine, servant à réduire la densité des corps et assurer une meilleure logistique de leur élimination. Ces outils sont aujourd'hui relégués dans la cour arrière du bâtiment, poussiéreux, dans la froideur de leur linéament brut. À Sednaya, tout, de l'odeur à ces machines, rappelle que la barbarie s'accorde du rudimentaire.

Dans l'un des couloirs, une salle entière est recouverte d'un mètre de chaussures noires de boue, vision évoquant l'horreur des entrepôts du Kanada de l'Allemagne nazie. Bien des aspects de la tyrannie de Hafez al-Assad rappellent que le

1. Estimation retenue dans un rapport de septembre 2022 de l'Association of Detainees and the Missing of Sednaya Prison (ADMSP) intitulé « The Administrative Structure and Organizational Ties of Sednaya Prison ».

pouvoir n'a eu de cesse de se nourrir des totalitarismes de son temps. De nombreux officiers soviétiques présents à Damas aux premières années de la dictature ont pu apporter ce que le KGB et la Stasi savaient faire de renseignement et de bureaucratie. La torture, déjà utilisée à l'époque du mandat français pour mater la rébellion comme elle le fut dans de nombreuses colonies, a laissé ses traces. Et dans le rang des conseillers d'Assad apparaissent d'anciens nazis échappés de la Seconde Guerre mondiale. Ainsi en 1954, Alois Brunner trouva refuge en Syrie, quelques années après avoir été l'architecte de la Solution finale auprès d'Eichmann et avoir dirigé le camp de Drancy. D'autres nazis, à l'instar de Franz Rademacher – chef du service des Affaires juives –, trouvèrent comme Brunner de quoi murmurer à l'oreille attentive d'Assad avant même sa prise de pouvoir. Ils lui prodiguèrent leurs conseils sur la formation et la structuration que devaient adopter les services de renseignement syriens.

Difficile de déterminer qui de l'Histoire, de la bureaucratie, des ordres hiérarchiques, de la cruauté pure… a le plus modelé l'enfer de Sednaya. Tous sans aucun doute s'y sont croisés. Sednaya a concentré et hérité du pire du régime, à commencer par des tortures élaborées dans le laboratoire de Tadmor : les passages à tabac de bienvenue, les tortures de la « chaise allemande », du « tapis volant », du *doulèb*… Des pratiques si récurrentes qu'elles structurent le quotidien des gardiens autant qu'une culture morbide de la déshumanisation et de la mort. À Sednaya, il devient populaire chez les hommes du régime de valoriser leurs meurtres, de se prendre en photo quand ils infligent des sévices, debout ou sur les cadavres de leurs victimes. Maher al-Assad lui-même sera connu pour avoir été filmé en train d'immortaliser les corps démembrés de prisonniers que sa division avait tués au moment de la révolte de 2008.

Au centre de ce jeu sinistre, la famille Assad devient la figure d'un culte. Le dictateur, surnommé « Dieu » par les recrues militaires, a son portrait placardé dans plusieurs des salles où les tortures sont perpétrées en son nom. La socialisation des tortionnaires passe par leurs innovations dans leur manière de donner la mort. Chacun existe à travers celui qu'il tue, et par la signature qu'il appose à sa façon de tuer, dans une exaltation de la virilité par le meurtre. C'est pour cela qu'arrivé à Sednaya, chaque nouveau gardien est « initié » par les autres dans une pratique appelée le « baptême ». La nouvelle recrue est placée au centre d'une pièce et doit battre à mort – et à mains nues – un prisonnier devant lui. Ne devant tuer qu'avec ses coups, le gardien s'use plusieurs heures parfois à frapper. Les autres l'insultent pour qu'il cogne plus fort, le renvoient vers la victime s'il recule, applaudissent à chaque os brisé, le poussent à assassiner dans l'ivresse d'une transe. Le détenu, réifié en objet du rite, meurt sous les coups annonçant la fin du baptême. Son sang et son corps n'inquiètent pas la nouvelle recrue désormais criminelle comme ses pairs. Aux yeux des autres et du régime, dans la barbarie et dans la mort d'un autre, le voilà devenu quelqu'un.

Ihab Al-Mahamid, de Deraa

Récit sur ce qui accouche de l'abattoir humain

– Vous allez être transféré à Sednaya.

Cela voulait dire l'abattoir, je le savais. Je venais d'entendre prononcer mon arrêt de mort vers un lieu où toute vie humaine était envoyée pour s'éteindre. J'aurais aimé mourir à cet instant, dans cette pièce immonde de la Sûreté militaire de Damas que l'on appelait entre nous « le sous-marin ». C'était une cellule où les corps de soixante personnes entassées se tordaient pour essayer de respirer, un clapier exigu de trois mètres sur quatre où l'humidité et la transpiration étaient telles qu'un mince filet d'eau stagnante s'était formé au sol. C'était la pièce où l'on parquait les détenus qui avaient reçu les plus lourdes condamnations. Mais ceux qui comme moi allaient être envoyés à Sednaya savaient que le pire était devant eux.

En 2018, cernés par les forces du régime et l'aviation russe, les rebelles de ma région s'étaient vus contraints de signer des accords de réconciliation[1] qui ont concerné toutes les

1. Négociations menées pour permettre à plusieurs localités rebelles du sud syrien de revenir sous contrôle du régime et échapper ainsi à son offensive menée contre les territoires insurgés.

provinces du sud. La plupart de ceux qui avaient combattu ont dû partir en exil vers la région d'Idlib au nord, pour échapper aux représailles. Il a fallu du temps à l'opposition pour admettre la réalité de cette défaite face au régime, constatant que tout le monde l'avait abandonnée et qu'il ne restait plus d'autre issue que la reddition. J'ai presque cru aux promesses du régime de vouloir tourner la page avec ces années de guerre, que tout partirait de zéro. Mais dès les premiers mois qui ont suivi la reddition, le régime a commencé à arrêter les anciens commandants de groupes armés qui avaient conclu les accords.

Il se trouve que j'étais moi-même un ancien commandant d'un groupe armé rebelle. Ancien policier ayant fait défection, j'avais combattu contre les forces du régime durant six ans. Il ne leur a pas fallu longtemps, six mois environ, pour me tendre une embuscade organisée par le renseignement de l'armée de l'air. Dès mon interpellation, on m'a accusé d'être un émir de Jabhat al-Nosra, bien que j'aie toujours refusé d'appartenir à leurs rangs ni à celui d'aucun autre groupe comme Daech. Ils m'ont transféré directement au renseignement de l'armée de l'air, à l'aéroport militaire de Mazzeh, dirigé à l'époque par le général Jamil Hassan. Ils m'ont enfermé dans une cellule d'isolement exiguë, et j'ai passé cinq jours dans un état misérable, affamé et assoiffé, roué de coups selon l'humeur des gardiens, pour me briser avant de me questionner.

– Quel est ton nom ? Pour quel groupe travaillais-tu ? Qui sont tes supérieurs ? Combien de soldats du régime as-tu tués ? As-tu appartenu à un groupe islamiste ? Depuis quand as-tu fait défection ? Depuis quand combats-tu l'armée syrienne ?

Les questions s'enchaînaient sans que je puisse même y répondre. Comme je refusais de parler, ils ont ordonné qu'on me suspende à une barre métallique, les pieds touchant à peine le sol, et j'ai été tabassé de longues heures.

– J'avoue, pour l'amour de Dieu, faites-moi descendre pour que j'avoue.

Mes mains étaient devenues bleu foncé. Tout mon sang s'était accumulé dans mes jambes. Mon pied était enflé, et je m'étais uriné dessus. Je me suis mis à dire tout ce que l'interrogateur voulait entendre. Plutôt, j'acquiesçais à tout ce qu'il citait d'accusations à mon encontre. Puis deux agents sont entrés avec une barre de fer et m'ont frappé le dos, la tête, partout. Ils m'ont torturé à un point que je n'ai pas de mots pour le décrire.

– Maintenant tu vas écrire ce que je veux ! me hurlait-on.

Et j'écrivais. Cela a duré plusieurs semaines. J'avais pourtant déjà avoué tout ce qu'ils voulaient entendre, mais après chaque aveu j'étais transféré vers un nouveau centre de renseignement du régime, de nouveaux bourreaux qui reprenaient tout depuis le début, me reposaient les mêmes questions, avec les mêmes tortures et la même violence.

– Écris que ta mère est une criminelle.

Et ça aussi je l'écrivais, j'étais devenu une marionnette à répéter leurs mensonges. Car sous la torture, il n'y a pas d'autre vérité que celle du bourreau.

– Nous allons te transférer à la Branche 127 de la Sécurité militaire. Demain, un comité de sécurité viendra te voir. C'est lui qui décidera de ton sort : soit ils t'envoient poursuivre l'enquête au renseignement de l'armée de l'air, soit ils te transfèrent aux enquêtes militaires à Sednaya.

Tout leur système absurde, cet enchevêtrement de branches et de noms, me perdait. Ils étaient ma torture. Et j'ai prié pour que ce comité ne vienne jamais, qu'il ne soit qu'un mensonge. Mais ils sont bien venus m'interroger : un officier de chaque pilier des pires branches dans lesquelles j'avais connu la torture. Il y en avait du renseignement de l'État, un du renseignement de l'armée de l'air, un du renseignement militaire, un de la Sûreté politique et un de la Sûreté nationale.

La scène était insensée. L'un des officiers m'avait bandé les yeux, m'avait habillé de haillons, puis forcé à enfiler une veste par-dessus pour donner l'impression que j'étais vêtu avec décence. Puis ils m'ont fait entrer dans un bureau.

– Vous êtes devant un comité de sécurité, il fonctionne comme un tribunal. Il peut soit vous condamner à mort, soit vous relâcher.

Je n'arrivais même pas à comprendre quelle voix venait de résonner. J'ai seulement acquiescé. Un premier homme m'a demandé :

– Quel est ton nom ?

– Mon nom est Ihab al-Mahamid.

– Non, dis plutôt : « Mon nom est *Irhab* al-Mahamid[1]. »

– Mon nom est Ihab al-Mahamid

– NON ! Dis : mon nom est Irhab !

– À vos ordres mon commandant. Mon nom est Irhab.

– Combien de soldats de l'armée syrienne as-tu tués, Irhab ? Sur combien de cibles as-tu tiré ? Combien de points de contrôle as-tu attaqués ?

– Mon commandant, je me suis seulement retiré depuis les accords et je suis resté chez moi sans jamais attaquer personne.

1. Ici, l'officier, dans un but d'humiliation, joue avec la proximité entre le prénom Ihab et le mot *Irhab* signifiant « terroriste » en arabe.

– C'est ce que tout le monde dit, fils de chienne !

Il s'est levé pour me frapper et a sorti devant moi un dossier de neuf pages et m'a dit :

– Tu as déjà signé cela, en apposant ton empreinte sur chaque page.

– Mon commandant, j'ai tout avoué sous la torture, sous la contrainte, sous la violence.

– Ça aussi, vous le dites tous.

Je n'ai vu aucun juge ce jour-là, mais après cette entrevue on m'a jeté dans le « sous-marin » en m'annonçant mon départ imminent pour la prison de Sednaya. Le transfert a eu lieu dans un camion frigorifique, celui que l'on utilise d'ordinaire pour les carcasses de viande après l'abattoir. Et nous, nous étions le bétail. Le froid de l'hiver collait notre peau sur le métal glacé. Nous essayions de capter un peu d'air dans l'interstice des portes pour survivre, parce que l'atmosphère était étouffante, chargée de miasmes et d'infections. Nous essayions de regarder à travers les fentes du camion, il était à peine possible d'y discerner des montagnes, un endroit terrifiant, sinistre. Un relief abrupt, et tout autour aucune autre trace de vie. Je savais que là-bas, Sednaya n'était pas sous le contrôle de Bachar al-Assad lui-même ; elle était dirigée par l'appareil sécuritaire du régime, le terrain de jeu de toute son horreur.

Nous étions cent vingt personnes dans ce camion. Quand les portes se sont ouvertes, nous avons d'abord vu les agents du renseignement militaire portant des bérets rouges, tous armés de fusils, de matraques en bois et en cuir. Ils se tenaient à la porte. L'un d'eux a crié :

– Écoutez, fils de pute, écoutez, fils de chienne, fils de salaud, fils de salope, fils de bâtard, fils de merde, fils de putain ! Ici, c'est la prison de Sednaya ! Ici, à Sednaya, tu manges, tu bois et tu dors selon nos ordres. Ici, à Sednaya, la prière est interdite. Le jeûne est interdit. Tu mets tes mains sur tes yeux et tu baisses la tête jusqu'à tes pieds, et tu ne la lèves plus jamais jusqu'à ce qu'on te donne un ordre de libération ou que ta peine prenne fin ! Compris, fils de pute ?

– Compris ! avons-nous répondu.

Je me souviens de toutes leurs insultes, le régime traitait les gens avec saleté. C'est vraiment ça le mot : saleté. Pas seulement dans la manière de faire, mais dans la manière de dire. Systématiquement, ils insultaient nos mères, nos sœurs, nos familles… avec des mots d'une violence telle que je ne saurais pas expliquer à quel niveau d'humiliation ignoble ils nous soumettaient.

J'ai mis les mains sur mes yeux, marchant accroupi, la tête baissée courbée vers mes pieds. Ils étaient environ quarante soldats d'un côté et quarante de l'autre, tous munis de matraques. Elles devaient peser treize kilos, je le jure devant Dieu, treize kilos ! Ils nous ont ordonné de nous déshabiller entièrement, nus comme Dieu nous avait créés. Puis il y a eu le premier coup. Chaque détenu avançait d'un mètre, et les coups pleuvaient. Des coups incessants. Je ne pouvais plus compter le nombre de ceux que j'ai reçus. Ils frappaient comme jamais je n'avais vu quelqu'un frapper. Une sauvagerie. Une barbarie dans sa dimension la plus extrême. L'un de nous s'effondrait au sol, un autre recevait un coup à la tête et son sang giclait, un autre se faisait arracher les dents, un autre se faisait crever l'œil. Nous avons été traînés à travers le rez-de-chaussée de la prison vers les cellules d'isolement du sous-sol où étaient enfermés les primo-arrivants. Il s'agissait de petits cubes d'un mètre sur un mètre, entièrement clos, où trois personnes étaient entassées. Impossible de se voir dans l'obscurité, ni de se parler car toute parole était proscrite. On nous y a répartis comme des animaux, les murs grouillaient de saleté et d'excréments, il régnait une puanteur insupportable, jointe aux effluves émanant de l'eau stagnante au sol, mélange de boue, d'urine et de sang. Nous avons passé nos premières quarante-huit heures dans un silence de mort, trois hommes nus dans le froid d'avril qui nous engourdissait. Le premier jour, nous n'avons pas reçu de nourriture. Le second, ils ont jeté un bout de pain sur lequel nous nous sommes jetés comme des chiens, affamés.

– Tenez, fils de pute ! Fils de chien ! Vous êtes des porcs, vous ne méritez pas de vivre ! disait le gardien.

Au terme du deuxième jour, un adjudant a commencé à appeler nos noms. Celui qui entendait le sien devait se lever. Ils ouvraient la trappe qui ajourait la porte et y jetaient des uniformes sales, troués, infestés de poux. Nous nous sommes habillés à la hâte, ne sachant pas ce qui allait nous arriver ensuite… Au-dehors, nous entendions comme des tirs, le bruit de balles. Étaient-ils en train d'exécuter des prisonniers ? Devant la cellule, il y avait cette chose appelée le *doulèb*, « le pneu », et c'était la punition collective qui clôturait la « fête de bienvenue » de chaque nouvel arrivant. Une fois tordus à l'intérieur, ils nous frappaient avec de lourdes barres en métal qui nous déchiraient de toutes parts. C'était une douleur réellement insupportable, doublée de la sensation indescriptible de sentir sa chair se décrocher de soi. C'était la dernière tradition de Sednaya avant d'être envoyé vers les cellules collectives. À ce stade, personne ne pouvait plus marcher. Certains rampaient quand nous sommes entrés dans la pièce, d'autres parmi nous se sont allongés et se sont éteints à peine eurent-ils pénétré dans la cellule. Nous avons essayé de frapper à la porte pour signaler leur mort, mais personne ne nous a répondu. Nous étions trente-cinq hommes à avoir survécu au *doulèb*, couverts d'un sang qui coulait de notre bouche, de notre nez, de nos oreilles. Autour de moi, j'en comptais quatre à l'agonie. L'un avec le crâne fendu, un autre les dents brisées et le visage gonflé. Et deux qui souffraient d'hémorragies internes à cause des coups.

Le lendemain matin, ils nous ont apporté le petit-déjeuner. Un morceau de pain, quelques olives que nous devions nous partager à trente-cinq.

– Bande de fils de pute ! Bande de chiens ! Vous ne méritez même pas ça ! hurlaient les gardiens en nous jetant la pitance.

D'autres sont rentrés encore nous frapper… à ce stade ce n'était plus de la torture… c'était autre chose. Il s'agissait de nous faire disparaître, de nous effacer. En vingt-cinq jours, mon poids est passé de soixante-dix kilos à trente-cinq. Je devenais un squelette, je pouvais voir mes os saillir sous ma peau, mes côtes et mes articulations pointaient sous les ecchymoses et les ulcères. Je pourrissais sous mon uniforme immonde, et sous les couvertures imbibées de sang, de vomissures, de maladie. La torture nous rongeait. Chaque jour, dans l'aile de la prison où j'étais, il y avait sept nouveaux morts.

– Monsieur.

– Qu'y a-t-il, fils de pute ?

– On a deux chiens crevés, monsieur.

Il nous était interdit de parler autrement que pour leur signaler le nombre de morts dans la cellule. Mais même là, le mot « cadavre » nous était proscrit. Si l'un d'entre nous était mort, on devait le signaler comme « un chien crevé ».

Un « médecin » arrivait alors dans la cellule. Il donnait un coup de pied dans le corps, soulevant une paupière d'un geste brutal, et déclarait : « Celui-là est mort. » Son nom était docteur Lujayn Saqr, il venait de Qardaha et il était pire que les bourreaux. C'était un monstre. Nous l'avons vu tuer plus de détenus que les gardiens eux-mêmes. Peut-être plus d'un millier de prisonniers à lui seul. Ce n'était pas un docteur, il ne nous soignait pas. Si tu étais mourant, il te battait jusqu'à ce que tu meures. Quand nous entendions son nom, la peur nous faisait raser les murs, elle nous paralysait. Quand l'un d'entre nous avait la tuberculose, nous essayions de la cacher, de peur que le docteur ne nous exécute pour empêcher la propagation de la maladie. Mais à un stade avancé, le corps du malade s'épuisait, incapable de tenir debout. Une douleur au point de recracher la nourriture ingérée, ou par le nez l'eau qu'il fallait boire. Ceux qui avaient atteint un stade trop visible de la maladie étaient transférés à l'hôpital militaire de Tichrine, dans un service de la Sécurité militaire… Un de mes compagnons de cellule a été envoyé là-bas avec un groupe de détenus malades durant quatre-vingt-dix-neuf jours… Le centième jour, il était le seul à être revenu. Il nous a murmuré ce qu'il se passait à l'hôpital : des infirmières qui te demandaient d'abord ton nom puis d'où tu venais. Pour ceux qui répondaient Douma ou Deraa, un policier les piquait avec une seringue d'air. Ils mouraient en quelques secondes d'une embolie pulmonaire. Il a vu tous nos amis mourir ainsi, de cette seringue plantée dans leur bras, dans cet hôpital censé les soigner. Pourquoi lui seul a survécu ? Parce qu'il avait été chargé d'empaqueter leurs cadavres. Il était rapide, habile, il nettoyait bien le sol et faisait la basse besogne… Alors ils l'ont gardé en vie.

La période entre 2019 et 2020 a été l'une des pires, car les exécutions ont explosé à Sednaya… À cause des soi-disant « amnisties » annoncées par Bachar, les juges avaient peur que certains détenus revanchards soient libérés par erreur. Alors ils prononçaient les condamnations à mort à la chaîne…

C'est cette année-là que j'ai été transféré pour la première fois dans un tribunal. Nous étions vingt-quatre dans un bus, enchaînés les uns aux autres… Parmi nous, il y avait un Alaouite dont je me souviens, détenu depuis six ans.

– Quand tu seras devant le juge, nie tout, me donnait-il comme conseil. Ne dis jamais que tu es de Deraa. Tu n'as rien à voir avec le terrorisme, tu n'as tué personne, tu n'as aucun lien avec quoi que ce soit, et dis-leur que tu as avoué sous la torture. Si tu nies, ils te condamnent à perpétuité. Mais si tu avoues, ils t'exécutent.

– D'accord, merci. Je vais tout nier.

– Nie tout et appelle-le bien « Votre Honneur ».

J'acquiesçais en tentant de contenir mon appréhension. Je savais que je n'aurais droit à aucun avocat. Mais c'était la première fois que je quittais la prison, la première fois qu'une voie de sortie pouvait se dessiner, que mon cas allait être étudié devant une cour qui n'était pas le petit groupe d'officiers qui m'avait envoyé pourrir à Sednaya. C'était ma seule chance. L'Alaouite continuait de me donner des conseils.

– Tu verras le juge, Mohammad Kanjou, il a toujours un stylo en main. Ne l'énerve pas, ne l'irrite pas, fais attention à tes paroles. S'il se met en colère, c'est fini pour toi. Fais attention à son stylo.

– Pourquoi ? C'est juste un stylo, non ?

– S'il casse ce stylo en deux, ça veut dire qu'il ordonne ton exécution. S'il te déteste, s'il te trouve arrogant, s'il estime que tu n'es pas humble, il casse son stylo et tu es exécuté.

Arrivé dans une petite pièce, on a retiré le bandeau qui me couvrait les yeux. Je ne savais pas si j'entrais dans un tribunal ou dans un cauchemar, je me découvrais dominé par le regard froid du juge. Il était affublé de petites lunettes et portait un treillis militaire. Il n'avait rien d'une figure bienveillante censée rendre la justice au nom de quelque chose de plus grand que lui. Il était plus grand que tout, effrayant. À sa droite il y avait Ali Khourma, un capitaine en civil, et un greffier assis à une petite table prenait des notes. Le juge a ajusté ses lunettes et m'a regardé.

– Comment tu t'appelles ?

– Ihab al-Hamadi, Votre Honneur.

– Tu as combattu contre l'Armée arabe syrienne ?

– Non, Votre Honneur.

– Tu as tué un soldat de l'Armée arabe syrienne ?

– Non, Votre Honneur.

– Tu as attaqué des postes du renseignement ?

– Non, Votre Honneur.

Là, il s'est mis à me hurler dessus :

– Tu sais que ton dossier contient neuf pages ?!

– Votre Honneur, tout cela est un rapport falsifié par l'enquêteur.

– D'accord. Sous quel chef d'accusation tu veux être jugé, alors ?

– Aucun, Votre Honneur. Je n'ai rien fait.

– Je vais te juger sous l'article… disons l'article 6-3. Prison à perpétuité. Peine militaire. Pas d'amnistie. Pas de grâce.

– Comment ça, Votre Honneur ?

Il a regardé les officiers qui m'entouraient et c'est à eux qu'il a répondu :

– Emmenez-le à Sednaya. Il mangera du riz et de l'orge jusqu'à ce qu'il meure.

Mon procès avait duré une minute, je n'ai même pas eu le temps de me défendre.

J'ai été renvoyé à Sednaya, pour y mourir sous ordre du juge, placé dans une autre aile de la prison sous de nouvelles règles absurdes. Ici on devait aller aux douches et aux toilettes une seule fois par semaine, le jeudi. La plupart d'entre nous y pissaient du sang, des gardes nous y attendaient et nous frappaient avec leurs matraques pendant les quelques secondes que nous avions pour uriner. Certains filmaient la scène avec leur téléphone. À cette période, il y avait trois jours d'exécutions par semaine. Quand ils estimaient qu'il fallait réduire la population carcérale, c'était tous les jours. Les condamnés le savaient la plupart du temps ; ils étaient envoyés un peu en avance dans des cellules spécifiques, d'où on venait les chercher vers minuit. Les gardes ouvraient les portes, les faisaient sortir cinq par cinq, les amenaient aux bureaux en bas pour enregistrer leur nom, celui de leur mère, leur date de naissance, puis ils tamponnaient les papiers et les envoyaient vers la mort. Cinq parce que c'était la place qu'il y avait sur la table en fer-blanc où ils devaient monter. Là on leur passait la corde au cou, l'exécution du jugement était collective, ils tiraient la table sous leurs pieds et ils s'effondraient. Beaucoup ne se débattaient pas, au contraire, car leur mort était une délivrance. Quand ils étaient ramenés au sol, un médecin venait avec une seringue pour confirmer la mort. Il plantait l'aiguille dans leur cœur, puis c'était au tour des cinq détenus suivants. Parfois, ils exécutaient soixante-dix, quatre-vingt, voire quatre-vingt-dix personnes en une nuit. Nous, prisonniers, nous sentions cette odeur. Celle de la mort. Puis ce bruit des camions frigorifiques venu charger les corps.

Je me suis souvent demandé ce que je ferais si, une fois libre, je voyais un des bourreaux en face de moi. Je me le demande depuis ce soir de décembre 2024, quand deux jeunes originaires de Keswa venaient d'entrer dans notre cellule.

– Quelles nouvelles avez-vous ? leur avons-nous chuchoté.

– Les nouvelles sont brûlantes !

– C'est-à-dire ?

– Alep est libérée ! Homs est libérée ! Hama est libérée ! Sweida est libérée ! Deraa est libérée !

À ce moment-là, nos cœurs se sont emballés. Nous avons commencé à nous poser des questions :

– Si c'est vrai, ils vont nous exécuter ! Ils vont sûrement nous fusiller.

Nous avions décidé ensemble que, quoi qu'il arrive, nous devions résister. La dernière chose dont je me souviens, c'est qu'à Sednaya, vers minuit, ils ont emmené des détenus à l'hôpital, puis ils ont fermé les portes avant de s'enfuir de la prison. Peu à peu, nous avons commencé à entendre des voix crier : « *Allah Akbar !* » Au loin, nous entendions des chants de victoire, les révolutionnaires sont arrivés et ont ouvert notre cellule. Il faisait nuit. Il était environ 3 heures du matin. Certains d'entre nous se sont écroulés en pleurant de joie. Nous n'y croyions pas. Mille deux cents personnes à sortir de la prison de Sednaya, sous le choc devant notre propre nombre.

Depuis, je n'ai pas cessé de penser à mes tortionnaires. Jamais. Ils étaient tous alaouites[1]. Moi je n'ai jamais été torturé par un Druze, ni un seul Kurde, ni un seul sunnite, ni un seul chrétien. Tous des alaouites. Je pense souvent à eux, car j'ai quitté la prison, mais elle, elle est restée avec moi. Parfois, je me réveille la nuit et je pense encore y être. Dès que quelqu'un ouvre la porte, je me cache par réflexe. Je suis sorti avec la tuberculose et le choléra. Pendant un mois et demi, je suis resté dans un état proche de celui dans lequel je me trouvais à Sednaya. Ce n'est que depuis une semaine que je commence à me rétablir un peu. Mais je ne supporte pas la foule, j'ai encore du mal à rencontrer du monde… comme si mon esprit avait été reprogrammé par mes six années là-bas. Quand j'ai été arrêté, j'avais un fils et une fille en bas âge. Quand je suis réapparu, mon fils avait 7 ans ; ma fille, qui n'avait que 25 jours à l'époque, est maintenant en première année à l'école et n'arrive toujours pas à m'accepter comme son père.

1. Les sunnites composent la majorité des musulmans syriens et de l'Islam ; leur foi a suivi le consensus des compagnons du prophète. Les Alaouites, minorité dont le clan Assad est issu, font partie de l'Islam chiite, suivant la lignée directe du prophète. Les Kurdes, quant à eux, sont une minorité ethnique non arabe, présents surtout dans le nord-est de la Syrie et dont les organisations politiques et milices revendiquent plusieurs formes d'autonomie. Chacune de ces communautés a été représentée à Sednaya, dans les rangs des gardiens comme ceux des prisonniers. Mais la structure communautaire de la prison, voulue par le régime, a eu pour effet d'exacerber les rancœurs sectaires de nombreux détenus à la libération.

Vous me croirez fou si je vous dis que je suis né le 8 décembre 2024 ? Car c'est l'impression que j'ai, moi, d'être un enfant de 2 mois et demi, accouché du ventre de Sednaya. Un ventre dont je ne pensais jamais pouvoir sortir. Je n'arrive pas à ne plus être hanté… pas parce que c'est trop tôt, mais parce que c'est trop lourd. J'ai encore dans ma rétine des visages comme celui de Manhal Souleiman, le numéro un de Sednaya, responsable de toutes les exécutions. Lui et ces hommes qui étaient là… un ramassis de la lie de la communauté alaouite ! Ce sont eux qui m'ont privé de nourriture, d'eau, de ma famille ! Eux qui ont blessé les chairs, brisé les os ! Qu'on ne me parle pas de sentiment envers eux. Si je vois l'un d'eux… je ne sais pas ce que je serais capable de faire. Je sais bien qu'ailleurs, en Occident souvent, il n'est pas bon de faire l'éloge de la violence, que les gens n'aiment pas ce genre de choses. Mais ils ne savent pas de quelle violence nous sommes nés, la violence que Bachar al-Assad a introduite en nous par sa haine. Ce sentiment… La haine, celle sur laquelle tout a été élevé ici. J'ai vécu toute ma vie face à des Alaouites nous disant : « Nous allons vous exterminer, vous, les sunnites. » Bien sûr, je parle des militaires d'entre eux. Peut-être qu'il y a des intellectuels qui n'ont rien à voir avec notre extermination. Mais ils savaient ! Ils étaient au courant et se taisaient. Je n'imagine de pardon pour aucun.

Et maintenant que je vois les événements de la côte du Sahel[1], ces derniers hommes d'Assad qui tentent une seconde fois de nous poignarder… Je me rappelle ce qu'ils ont fait de

1. En mars 2025, quand est réalisé cet entretien, la côte du Sahel (Nord-Ouest syrien) a été le théâtre d'une insurrection menée par des loyalistes de l'ancien régime Assad. La répression brutale par des éléments

nous, ce que je suis devenu. Un homme qui avait un métier, une maison, une famille, un revenu… pour qui tout a été effacé. Je ne suis qu'une blessure. Quand je pense à ceux qui nous ont arraché la chair à Sednaya… que puis-je vous dire de plus que le meurtre ? Si je pouvais faire pire, je le ferais. J'aurais de l'essence à portée je les brûlerais vifs. Et je ne pense pas que cette violence me quittera, jamais. C'est pour ça que je reste à la maison, que je refuse d'aller sur la côte alaouite.

Car je ne sais pas ce que je serais capable de leur faire… mais je n'aurais sans doute aucune pitié.

---

islamistes a conduit au massacre de plus d'un millier de civils, principalement des Alaouites.

II

LES MOTS

الكلمات

« Je soussigné, Mohamed K., Arabe syrien, né en 1983 dans le Rif de Damas, résident à Douma, incarcéré dans la prison centrale de Sweida pour terrorisme, arrêté après jugement du tribunal antiterroriste à Damas, incluant des meurtres datant du 25/09/2013,

« Je déclare, en pleine possession de mes capacités et sans la contrainte, que lorsque j'étais dans ma chambre numéro 2 du troisième étage, je me suis électrocuté seul en touchant le fil électrique d'un chauffe-eau, et qu'il a fallu me frapper à plusieurs reprises avec un morceau de bois pour m'éviter l'électrocution. Je ne souhaite mener aucune poursuite judiciaire contre quiconque car personne n'est responsable de mes blessures.

« Je le signe de mon empreinte. »

Aveux manuscrits retrouvés
dans la prison centrale de Sweida,
salle des interrogatoires, près d'un pneu.

CHAPITRE 5

Les petits papiers

« Libre, Libre, Libre… Le peuple syrien est libre ! »

Sa voix s'éraille et ses cris s'épuisent, mais Bayan al-Hanawi peut enfin les laisser s'échapper. Le 11 décembre 2024, trois jours seulement après la chute du régime, le vieil homme se joint à une manifestation pour la première fois sans redouter l'arrestation. Finies les convocations hebdomadaires aux bureaux du renseignement, la peur de parler et avec elle le risque de replonger dans les geôles pour quelques mots.

« J'ai survécu pour voir ce jour arriver… enfin. Mais il ne me manque plus qu'une chose pour être totalement comblé : que Poutine se débarrasse de Bachar. Honte à lui de le protéger après l'avoir aidé dans ses crimes, ses atrocités… Protéger ainsi un seul homme au prix de l'hostilité du monde ! L'Histoire nous rendra justice. Le temps nous donnera raison. Regarde-nous aujourd'hui… Nous sommes en liesse. Mais notre véritable fête, notre célébration ultime… Ce sera le jour où nous tiendrons Bachar al-Assad. »

Tout autour la clameur enfle, Sweida exulte. La révolution danse sur la place al-Karame, où hommes et femmes portent d'une voix ses slogans sous le regard figé d'un portrait de

Khaldoun Zein al-Din[1]. Les drapeaux vert, blanc et noir de la révolution, frappés de trois étoiles rouges, se mêlent aux étendards druzes, minorité qui a fait son bastion de cette ville du sud syrien. Mêlé à la foule, Mamdouh fredonne les hymnes du soulèvement. Son arme pend à l'épaule de son treillis délavé, tandis qu'une étoffe noire enroulée autour du crâne encadre les traits fins de sa barbe et de son visage raviné. Lui aussi goûte à la victoire, même s'il patrouille dans les environs depuis l'aurore. Sitôt les autorités du régime avaient-elles pris la fuite que les groupes armés druzes se sont mis aux commandes de la ville : Liwa al-Jabal, Rejel al-Karame... Mamdouh a toujours refusé de faire partie d'aucun d'eux. Il a préféré fonder sa propre faction indépendante faite de jeunes de la ville et des villages alentour, aujourd'hui déployés pour empêcher les pillages et contenir ceux qui chercheraient à tirer profit du chaos. C'est en 2018, année où il crée le groupe, qu'il achète lui-même son semi-automatique, au plus fort de l'activité de l'État islamique dans la région.

« Sweida avait subi plusieurs de leurs attaques terroristes, dit-il en tenant fermement son arme par le garde-main. Le régime avait amené et placé ces djihadistes dans la région de Tuloul al-Safa, dans le désert à l'est. C'est lui qui les a transportés ici pour nous menacer... alors j'ai commencé à combattre pour protéger les miens. »

Il déroule ainsi son histoire, patrouillant autour de l'ancien poste de police qui, d'après lui, aurait été la cible de « tentatives de détruire des documents qui s'y trouvaient ». Sur le

1. Officier druze ayant déserté les rangs du régime pour le combattre dès le début du soulèvement. Il est tué en 2013, devenant un symbole de la révolution que le régime a toujours interdit de célébrer en public.

parvis, une trentaine de feuillets traînent au sol, éparpillés par le vent sans distinction. D'autres ont été portés ci et là vers les quartiers voisins, feuilles volantes marquées du sceau de l'aigle – l'emblème du régime – voltigeant jusque dans les arbres, égarées sur les toits ou dans des caniveaux… Dans les administrations désertes de Sweida, ces documents se comptent, au bas mot, par millions, vestiges de l'ancien monde qui vient subitement de s'évaporer.

Le jour de la chute d'Assad, partout en Syrie trois lieux jusqu'alors interdits furent pris d'assaut par les civils : les palais d'abord, symboles de l'hubris et du pouvoir absolu construit sur la misère des Syriens. Les prisons ensuite, où s'était exercée dans sa forme la plus nue la brutalité du régime. Et enfin les administrations, à la croisée de ces deux mondes. À Sednaya, le jour de la libération, il y eut autant de familles à fouiller dans les geôles à la recherche d'un visage que dans les archives à la recherche d'un nom. Ce qu'on y découvrait tenait du vertige : des mots enchevêtrés au cœur du pouvoir et de sa répression faisaient émerger la bureaucratie comme un continent nouveau. Dossiers d'enquêtes, rapports de civils sur leurs collègues ou voisins, retranscriptions d'écoutes téléphoniques… À Sweida seulement, pas moins de quatre branches du renseignement – général, militaire, de l'armée de l'air et de la Sûreté politique – se partageaient la somme de l'empire administratif. Dans des édifices délaissés, certaines pièces croulent encore sous les monceaux de papiers jusqu'à un mètre de hauteur, étalés pêle-mêle au sol, milliers de documents à l'encre fanée, agglomérés à la ficelle et dressés en monolithes. Des armoires pleines comme des ossuaires de papiers où, ligne après ligne, chaque existence est dépossédée, épluchée, réifiée dans la froideur bureaucratique – manuscrits au ton clinique où se jouait chaque arrestation, condamnation, ou disparition.

Les nouvelles autorités de Damas ont estimé que plus de huit millions[1] de Syriens étaient visés par des ordres d'arrestation du régime. Un tiers de la population. À imaginer l'étendue du territoire syrien, multipliant la profusion de pages par celle des branches du renseignement, on peine à concevoir combien de milliards de mots la paperasse a pu engloutir. Érigeant la brutalité en système, née d'une passion paranoïaque pour le contrôle, la tyrannie carcérale a trouvé son langage, sa méthode, son obsession, dans l'enfer bureaucratique.

*

Son nez, ses yeux, sa bouche : tout se confond désormais dans les éclats de burin qui ont grignoté son visage. Effondré devant les anciens locaux du renseignement militaire de Sweida, il ne reste qu'une silhouette indistincte du buste de Hafez al-Assad. Mamdouh, plutôt que de le contourner, y essuie ses semelles avant de franchir la porte. Sur le seuil, il salue deux hommes qui découpent le porche d'entrée à la disqueuse dans l'intention d'en retirer la ferraille.

1. Un premier communiqué du ministère de l'Intérieur des nouvelles autorités de Damas publié le 6 mars 2025 et invalidant les interdictions de voyages qui incluaient des demandes d'arrestation parmi les 5 164 440 avis émis à l'encontre de citoyens syriens. Chiffre revu à la hausse par le ministère le 24 mai 2025.

« Tu veux qu'on commence où ? lance Nawaf, rebelle venu épauler Mamdouh.

– On va d'abord faire le tour », répond-il simplement.

Les deux hommes s'engagent dans le bâtiment, évaluant d'un regard la tâche à accomplir. Sitôt entrés, leurs pas frôlent des téléphones à cadran éclatés au sol dans une salle utilisée autrefois pour les écoutes. Le rez-de-chaussée est traversé par un long couloir qui relie une vingtaine de pièces, jonché de documents. Pour progresser, les deux hommes doivent fouler des piles de pochettes pastel éventrées qui dégueulent des pages d'écoutes téléphoniques aux quelques entêtes siglés « top-secret ». Salle après salle, ils découvrent l'ampleur de la matière accumulée uniquement dans cette partie basse : des renfoncements dans les murs abritent encore des centaines de classeurs remontant aux années 1980. Au nord du bâtiment, jouxtant la cour intérieure, seule la salle des archives a été incendiée. Deux cents mètres carrés environ d'étagères grimpant au plafond, chargées de monceaux de cendres où figure encore le linéament rigide d'anciennes piles de dossiers.

« Mais ils n'ont pas réussi à incendier toutes les preuves, commente Mamdouh. Là, regarde, cette pièce entière est remplie de rapports d'écoutes. On commence ici ? »

Nawaf acquiesce, s'accroupit, puis se met à lire les feuilles éparpillées. Lui et Mamdouh sont en quête des secrets laissés dans les papiers de l'ancien régime.

« Tiens, écoute ça, dit Mamdouh en brandissant une page. Il s'agit d'un cheikh local qui s'adresse au chef du renseignement. Il vient de recevoir un petit cadeau des autorités, plusieurs plaques d'immatriculation destinées à ses gens pour leur permettre de passer les checkpoints sans être inquiétés.

Il appelle pour se plaindre que les pots-de-vin perdent en valeur : cette année, on ne lui a même pas offert de voiture ! Le pauvre ! »

Mamdouh reconnaît le nom inscrit, photographie avec son téléphone l'écoute vieille de dix-huit ans. Le religieux y révèle une hostilité grandissante envers l'appareil baathiste. Il accuse à demi-mot les chabiha de détourner à leur profit les rentes du système, et va jusqu'à menacer son interlocuteur :

« Ces gens dont nous parlons vont mettre le bordel dans ce pays. Les choses commencent à toucher à leur fin. Et je te le dis : eux n'en ont rien à faire de Bachar al-Assad, ils ne sont pas comme nous. Au contraire, ils commencent à mettre nos gens en colère contre lui. »

Dans la même pièce, Nawaf déterre d'autres rapports confidentiels. Au fil des pages, l'étendue du champ d'action du renseignement se déploie dans sa logique tentaculaire : l'un des dossiers recense les dernières prises de position publiques de Walid Joumblatt[1], mises en exergue et annotées selon leur hostilité supposée ; un autre concentre des rapports réalisés dans les mosquées de la région pour y rapporter les prêches. Plus loin, une directive classée confidentielle, datée de 2022, ordonne à tous les agents de poursuivre les internautes « appelant aux manifestations pacifiques ». Une autre ordonne l'envoi confidentiel la même année d'agents du renseignement syriens pour des formations en Irak avec l'aval

1. Chef politique de la communauté druze libanaise, à la tête du Parti socialiste progressiste (PSP) et figure politique de la région levantine.

de Bagdad. Mamdouh dévore les documents les uns après les autres.

« Tiens, ça c'est encore plus intéressant, ce sont des dossiers qui sont envoyés par la Sûreté politique et qui alertent des "activités suspectes" de centaines d'habitants. »

Il tourne une page.

« … Celui-là, par exemple, c'est une enquête qui a été ouverte contre une dame pour… pratique du yoga. Le yoga ? Alors même ça c'était subversif ? »

La lumière est diffuse, Mamdouh tient le document au-dessus de sa tête pour parvenir à y déchiffrer l'écriture, profitant du rayon de lumière filtrant par une fenêtre en bandeau. En baissant les yeux vers un recoin ombreux, il sursaute en découvrant un classeur.

« Incroyable… tu vois cette colonne de noms ? »

Il fait glisser son doigt lentement sur une page tournée au hasard, tandis que Nawaf approche.

« C'est une liste des civils qui collaboraient avec le régime et avaient le droit de passer les checkpoints sans fouille. Ils sont tous là sur cette colonne. »

Le mouvement de son doigt s'interrompt.

« Merde… je le connais. C'est un voisin. Et elle… c'est la fille d'un des leaders de la révolution. »

Voilà le genre de secrets qu'ils étaient venus chercher. Qu'adviendra-t-il de ces personnes dont ils découvrent la collaboration ? Eux-mêmes n'en savent encore rien. Difficile de savoir qui aura contribué par adhésion, par cupidité, ou sous la menace. Mais cette liste permettra peut-être déjà d'en confronter certains. En Syrie, si les diverses branches du renseignement comprenaient près de soixante-cinq mille agents à temps plein, les informateurs civils, eux, se comptaient en centaines de milliers. Environ un pour cent cinquante-huit citoyens, l'un des ratios les plus élevés au monde[1].

La journée s'étire ainsi, rythmée par quelques découvertes fulgurantes, noyées dans l'immensité des écoutes banales, des rapports de délation. Une angoisse se dégage de cette masse, un malaise venu des mots, du papier lui-même. Chaque dossier d'enquête est là pour disséquer les vivants : la couleur des yeux, les moindres détails de leur généalogie et de leur environnement social, leurs conversations, leurs loisirs, leur réputation supposée… Mais quelque chose manque pourtant. Une photo. La plupart de ces fichiers n'en comportent aucune. Car l'administration baathiste extrayait les noms de la masse, mais jamais les hommes. Elle ne faisait photographier un citoyen que dans deux cas : par un fonctionnaire lors d'une incarcération ; par un médecin légiste lors d'un décès en détention. Ernst von Salomon, dans l'Allemagne d'après-guerre, avait déjà décrit cette émotion avec justesse : « L'enregistrement est la forme parfaite dont découleront toutes les suites du régime de la terreur. Un homme dans un fichier est pour ainsi dire déjà un homme mort […]. Si la folie a de la méthode, le moment vient toujours où il apparaît que la méthode elle-même est de la folie[2]. »

Mais que dire alors des exécutants de cette méthode ? Peut-être est-ce le seul fait d'imaginer ces fonctionnaires qui ajoute

1. « Syria : Between oppression and freedom », rapport produit par l'Institut international d'études sur le Moyen-Orient et les Balkans, publié le 11 avril 2011.

2. *Le Questionnaire*, Ernst von Salomon, traduit de l'allemand par Guido Meister, Gallimard, 1953.

au poids de l'atmosphère ; imaginer la barbarie administrée servant de digue à leurs remords. Est-il possible d'en éprouver quand on ne condamne que des vies abstraites ? Ici, les petites mains de la tyrannie n'ont fait que remplir des lignes laissées vierges, où y verbaliser la mort ne s'accordait que de la nécessité de remplir une tâche avec application. Imprescriptible, l'ordre d'arrestation n'est plus vraiment un choix – seulement l'issue rationnelle d'une procédure. L'écoute, la dénonciation… se muent en simples « rapports », formalisés, banalisés. Dans ces services de renseignement de Sweida, de nombreuses familles sont venues trouver une réponse, une trace, une mémoire dans les mots abandonnées du régime. Mais l'administration totalitaire ne produit que des mémoires mortes. Jamais ces familles ne pourront trouver autre chose que des statistiques avalées par la langue sèche de la bureaucratie puis recrachées en archives.

La nuit s'est installée lorsque Nawaf, arme au poing, s'engage dans les sous-sols de Sweida.

« Il faut avancer doucement… on ne sait pas qui peut rôder ici. Beaucoup de gens, dont des anciens du régime, ont tout intérêt à faire disparaître ces preuves. Certains sont déjà venus discrètement s'en débarrasser après la chute de Bachar. »

Dans l'obscurité absolue, une série de geôles insalubres s'étire, semblables à celles dissimulées sous la plupart des bâtiments administratifs syriens. Mais sous l'enfer de papier, ces cellules sont paradoxalement les seules à rappeler directement les victimes, par cette odeur organique qui imprègne encore les murs gravés de leurs prières.

« Ça suffit… on continuera une autre fois ! »

Mamdouh vient de hausser la voix au loin, sa montre indique minuit. Il faut se rendre à l'évidence : la tâche de tout lire dans la cinquantaine de pièces du bâtiment est insurmontable. En une journée entière, les rebelles ne sont parvenus à en explorer qu'une seule.

*

« Pour le régime, il fallait un document. L'administration était tant prise au sérieux que pour qu'un fait soit réel, il fallait qu'il soit écrit. La parole n'avait pas d'importance. Que tout cela soit une fabrique d'affabulations ne comptait pas non plus. Il fallait un aveu, dire que nous étions coupables. Mon frère m'en reparle souvent : alors qu'il était torturé, les yeux tuméfiés, les oreilles en sang, incapable de lire, de voir, ou même de hocher la tête, l'officier s'acharnait à obtenir une déposition qu'il lui dictait pourtant. Et cette réalité administrative était elle-même absurde, car elle ne se suffisait pas. Après les aveux, tout recommençait toujours avec un autre interrogateur. Moi aussi, du côté des cellules pour femmes, je faisais face aux mêmes folies. Il arrivait des moments où j'inventais même des histoires, parce qu'on me demandait d'avouer "autre chose". J'inventais des hommes flous, des faux noms, des faux groupes… Parce que ce qu'ils voulaient au fond, c'était de la matière pour noircir des feuilles. Mais qu'avais-je à leur dire ? J'avais participé aux manifestations par instinct. Mon frère aussi… Ce n'est pas que l'engagement nous manquait, mais nous n'avions pour nous que la colère. Récemment, quand nous sommes revenus en Syrie après plus de dix ans exilés au Liban, j'étais obsédée par deux choses : revoir ma maison, et retrouver l'endroit où on nous avait emprisonnés. Car je me suis toujours demandé ce qu'ils avaient pu écrire sur moi, qui avait pu me dénoncer, tant les interrogateurs semblaient tout savoir, même ce que je ne leur avais jamais dit sous la torture. En repensant aux dossiers César[1] par exemple, je me suis dit que si tout était gardé par le régime il serait possible de retrouver ces paragraphes qui nous concernaient. Mais rien. Je suis allée jusqu'à Mazzeh. C'était comme si tous avaient disparu, et avec eux une certaine vérité, celles des années que nous avions passées là, qui nous avaient contraints à nous enfuir. »

Par où Arij aurait-elle pu commencer pour trouver ces documents la concernant ? Aujourd'hui, dans la plupart des services de renseignement ou archives des prisons syriennes, les preuves sont parties en fumée. Dans les geôles de Mazzeh, Sweida, Homs, Hama, Alep, Deir ez-Zor… furent détruits en priorité les ordres de transfert, de libération ou d'exécution des détenus. Il est encore possible d'en extraire certains, à moitié calcinés, arrachés aux flammes par le vent. Dans la prison centrale de Deir ez-Zor, une dizaine d'ordres de transfert a ainsi survécu, concernant des prisonniers accusés de terrorisme et transférés pour « mauvais comportements », décrits comme ayant « proféré en prison des injures à l'égard de la présidence », et « fait des tentatives d'automutilation ». Dans la Branche de Sweida, de l'autre côté de la Syrie, dans un bureau écrasé sous une banderole du parti Baath, l'une

1. Cinquante-cinq mille photos, portant sur onze mille détenus torturés et décédés entre 2011 et 2013. Le rapport César, publié en 2014, avait eu l'effet d'une bombe, racontant la froideur systématique avec laquelle l'administration syrienne avait collecté, compilé et archivé les preuves de ses propres crimes. Il s'agit de la plus grande fuite de données sur l'administration de la mort imposée par le régime.

des plus grandes variétés de ces documents a échappé à la destruction. Ils gisent mêlés à la saleté, près d'outils de torture : un pneu, une barre de fer, et le *Lakhdar* – ce tuyau vert, rigide, dont les coups servaient à plier les corps. Autour, d'épais registres où sont répertoriés des noms, litanie de « terroristes » tels qu'ils sont mentionnés sur des tableaux aux colonnes infinies. Éparpillés, de petits livrets jaune pâle apparaissent également sous les classeurs, titrés « dossier personnel du prisonnier » – l'un des documents standardisés les plus communs de l'univers carcéral syrien, détaillant la généalogie du détenu, une description allant de la couleur de ses sourcils aux lignes de son menton, chaque détail de sa « réputation dans son quartier de résidence » ou de ses liens d'amitié au sein de la prison. Et puis, près des outils de supplice, il y a ces liasses manuscrites, plus épaisses encore. Des feuillets tremblés où les prisonniers jurent s'être blessés eux-mêmes. Sur l'une d'elles, en lettres malmenées : « Je jure m'être blessé en tombant tout seul du haut de mon lit sans que personne m'ait rien fait. » Toutes se ressemblent dans leur absurdité, contresignées d'une empreinte digitale, celle d'un codétenu parfois – ceux surnommés Sukhra ou Chawich, chargés par les gardiens d'écrire la paperasse, ou de se débarrasser des cadavres de ceux qui n'avaient pas survécu. Les centaines de fausses déclarations abandonnées là, où les détenus désavouent leur torture, n'ont aucune utilité. Sinon de torturer à leur tour. La bureaucratie s'y fait « torture blanche », pensée pour écraser sans laisser de cicatrices, et dont la cruauté prend toute sa matière dans l'humiliation.

Elle aura permis aux fonctionnaires de se donner bonne conscience… mais combien, grâce à elle, ont pu jouir du pouvoir ? Un arbitraire blanchi, enveloppé dans la promesse du silence. En vérité le sadisme bureaucratique, en ce qu'il stérilise la barbarie, redistribuait la jouissance du pouvoir dans le seul bruissement d'un trait de plume.

*

[Appel entre le chef du sous-district de Faraya et un agent de la Sûreté militaire – Mars 2012]

– Où es-tu, Abou Abdallah ?
– Je suis à la base.
– OK, écoute-moi bien. Peu importe ce que je vais te dire, ne le répète pas à voix haute. Ne dis pas avec qui tu es en train de parler. Ne dis pas mon nom et écarte-toi de quiconque pourrait t'entendre.
– D'accord.
– Regarde, la Sûreté politique est en train d'envoyer une liste de noms de gens qui causent des problèmes aux autorités. Tu me comprends ? Nasser et ses camarades.
– Oui.
– Ils ont envoyé une lettre officielle à leur propos, nous l'avons fait également. Et toi aussi, il est de ton devoir de faire remonter ces noms.
– Oui bien sûr.
– La dernière fois, Abou Abdallah, ils ont dit que l'opposition avait réussi à t'acheter.
– Tu disais Nasser, et qui d'autre avec lui ?
– Putain ! Ne parle pas ! Aucun nom à voix haute.
– Ne t'inquiète pas, je suis seul.
– Écoute-moi : va faire un rapport et écris que ces gens ennuient les autorités. Dis qu'ils font partie de ceux qui ont mauvaise réputation et qu'ils excitent la colère des gens et créent du désordre.

– D'accord.
– Ils disent que tu es un agent double allié de l'opposition, Abou Abdallah.
– Ce sont des calomnies. Je te jure que j'écrirais un rapport.
– Envoie-le… comme ça les infos se recouperont.
– C'est noté.
– Au revoir.

Chaque mention de son appartenance supposée à l'opposition avait été surlignée (mots soulignés ici), puis intégrée au dossier d'enquête sur Abou Abdallah. Celle dont il était l'objet, car – et c'était l'une des premières choses que mit en place Hafez al-Assad lors de sa prise de pouvoir – les services de renseignement syriens mettaient un point d'honneur à se surveiller mutuellement. De nombreuses retranscriptions d'écoutes téléphoniques furent ainsi utilisées contre des agents de l'État eux-mêmes. Le dossier du général A., en poste près de Kherbé, en offre une illustration éloquente. En septembre 2011, alors que les manifestations secouent la région, un colonel le contacte : « Les manifestants ont fait un drapeau russe de trois cents mètres de long, ils le piétinent et ils souhaitent y mettre le feu. » Le général répond : « Que devrais-je faire ? Envoyer l'armée ? Ça se terminerait en massacre. Laissons les cinq minutes faire ce qu'ils veulent. » Mise en exergue, cette simple phrase servira à ouvrir un « dossier d'information top secret » à son encontre.

L'assadisme a toujours dévoré ses enfants. Des petites mains de son administration aux pontes du parti, du plus zélé au plus loyal, nul n'avait la garantie d'échapper aux purges, à la rotation des soupçons ni à la redéfinition des ennemis. Ceux qui pensaient échapper à la violence en servant l'ordre concluaient en vérité un pacte avec le vide. Car en Syrie, on peut appartenir au régime, mais le régime n'appartient à personne. En consentant à cette aliénation, le fonctionnaire partage un peu du destin de ceux qu'il condamne. Il inscrit lui-même son nom sur les entêtes des documents qu'il rédige et qui serviront à le pister s'il est accusé par l'administration « d'erreur de jugement ». C'est ce qui advint du général A. Son « dossier d'information top-secret » se compose d'écoutes de ses écoutes, de jugements sur ses jugements, de rapports sur ses rapports... Mise en abyme d'une bureaucratie anthropophage qui, finissant par se dévorer elle-même, a transformé *ses dossiers* en *son propre dossier*. Ce dernier, comme pour les autres fonctionnaires accusés de trahison, fut envoyé aux autres branches du renseignement, adjoint du même ordre laconique : « Veuillez examiner et prendre les mesures nécessaires »

*

« Des faux rapports médicaux ? On en a tous signé, ici ! »

Le docteur Mousalmeh le dit sans détour, et devant une trentaine de ses confrères. Cela fait deux mois que le régime est tombé, et les occasions furent rares pour ces hommes de se réunir. Beaucoup, enfants du pays, avaient trouvé refuge à Idlib, au Liban ou ailleurs, lorsque Deraa, leur ville, était écrasée par les bombardements. C'est ici que la révolution avait éclaté en 2011. Ici aussi que les morts avaient commencé à s'accumuler, d'abord sous les balles, puis sous les bombes. Les « faux rapports » évoqués par le docteur Mousalmeh sont les derniers maillons de la chaîne d'aliénation administrative des prisonniers syriens. Le dernier document, signé d'un médecin, censé constater un décès et remis aux proches du défunt. Systématiquement, qu'ils soient morts sous la torture, de maladie, de malnutrition… ces certificats se concluaient chacun par la mention « crise cardiaque ».

Parmi les médecins de Deraa, le docteur W.[1] a réussi à mettre la main sur des données sensibles : des documents de coordination entre le ministère syrien de la Santé et plusieurs agences internationales. Sur son ordinateur, il montre ainsi une série de tableurs dont le premier fichier laisse figurer pas moins de 15 875 entrées écrites en arabe.

« Ce sont les morts enregistrées dans les hôpitaux syriens pour la seule année 2023, explique-t-il. Ce sont celles qui étaient notamment transmises à l'OMS par le gouvernement. Mais si on regarde de près, certaines comportent des erreurs. »

Il colle le nez à l'écran, fait défiler les lignes jusqu'à pointer une cellule du doigt. Et un nom. Enfin, un presque-nom.

« Là ! Regardez, c'est écrit : “Services de renseignement de l'armée de l'air ; homme ; nom inconnu ; âge inconnu… cause du décès : mort”. C'est une anomalie, il n'y a aucune cause de décès alors que cette mention était obligatoire. Certaines années, lorsque les cadavres s'accumulaient, pareilles anomalies se multipliaient ; des registres constellés de lacunes, de noms absents, de causes de décès “inconnues” pour des corps livrés par les services de renseignement. »

Cette mécanique, dit-il, reposait sur une complicité médicale extorquée sous contrainte. Car les petites mains de la

1. Ayant partagé des données confidentielles, le docteur préfère garder l'anonymat.

tyrannie n'étaient pas tous des fonctionnaires, ni des maillons consentants. C'est pour satisfaire l'industrie de la mort que nombre de praticiens durent violer leurs serments et produire de fausses expertises. Parfois sans même voir les corps, ni savoir à qui appartenaient les noms. Le régime se servait de leurs signatures pour se blanchir. Mohammad Ali Hammad fut de ceux-là : de ceux qui signèrent. Il n'en parle pas avec gêne. À ses yeux, il serait presque absurde de feindre le regret.

« Nous savions que les mots que produisait le régime ne valaient rien ; leurs mensonges en disaient plus long sur eux que sur nous », dit-il, les coudes ancrés sur le bureau, les mains nouées.

Le docteur y repense souvent. À ces années d'internat, lorsque le régime lui enjoignit de renier son serment, d'apposer sa signature sur des faux. Il se souvient de ces cinq cadavres anonymes amenés devant lui, et de ce jour où il dut attester d'une mort « naturelle » devant ces chairs lacérées, tuméfiées, encore marquées par la torture. Qu'est-ce qui avait pu le convaincre de son geste ? Si les mots du régime ne valaient rien, leur fabrique en disait long. Et ce n'est peut-être qu'avec l'histoire d'une vie courbée sous le joug que peut se raconter l'anatomie d'un simple paraphe.

Docteur Mohammad Ali Hammad, de Deraa

Récit sur cinq décharnés et les raisons d'un paraphe

– Descends du bus.

Le militaire tenait ma carte d'identité entre ses mains, il avait remarqué sur mes papiers le nom de ma ville natale : Deraa. Depuis le début de cette révolution qui pourtant naissait à peine, j'avais dû obtenir une autorisation spéciale du gouverneur pour me rendre à l'Université d'Alep. Mon quartier était sous couvre-feu permanent de l'armée qui ne tolérait aucun déplacement.

– Qu'est-ce que tu pars étudier, à Alep ?

– La médecine, ai-je répondu au soldat.

– Ah, vous… l'élite intellectuelle. Vous êtes la peste du pays.

Il fallait toujours couper court à ce genre de conversation. Je savais combien d'arrestations s'étaient ainsi jouées, commençant par un banal échange à un checkpoint. Il suffisait que le militaire s'agace du nom d'une ville, ou même d'un nom de famille qui sonnait trop révolutionnaire : Al-Masalmeh, Al-Mahamid… des patronymes si fréquents sur la liste des personnes recherchées qu'ils valaient à eux seuls une arrestation. Quant à moi, j'essayais de désamorcer. Je disais à ce militaire que je comprenais le difficile contexte du pays, j'essayais de le satisfaire en lui parlant du complot qui se jouait contre l'État…

– Je ne te crois pas, a-t-il simplement répondu.

Puis il m'a laissé partir. Pour cette fois.

Quand on traversait comme moi le pays du sud au nord par la voie rapide, la première moitié de la route était émaillée d'une dizaine de checkpoints de la sorte. Une fois passé Damas, la vie changeait du tout au tout, comme si rien n'avait lieu dans le reste du pays. J'avais cette impression que ce qui nous arrivait à Deraa se déroulait sous cloche, alors que tout dans ma vie basculait. Depuis le mois de février 2011, tout était devenu incertain. Il s'était d'abord murmuré qu'un rassemblement allait secouer la ville. Là où nous vivions, nous sentions que quelque chose, une fièvre, atteignait la ville. Ce jour-là vers 15 h 30, des hélicoptères militaires ont fendu le ciel. J'ai vécu leur passage comme le début du bouleversement. Des proches nous ont avertis qu'une manifestation avait été réprimée par des tirs, que deux martyrs étaient tombés.

Nous avons pris la décision de faire le tour de Deraa pour observer les événements. Les forces militaires et les branches de sécurité encerclaient le secteur allant de Tichrine jusqu'aux abords de la mosquée Al-Omari. C'était un déploiement inédit, nous étions encerclés par l'armée de notre propre pays, qui avait tué ses enfants. Le lendemain, nous avons assisté aux funérailles des deux martyrs, ce qui a déclenché un nouveau mouvement. Toute la société a commencé à se mobiliser, et la dynamique s'est établie ainsi : chaque soulèvement accouchait d'un martyr, chaque convoi funèbre d'un nouveau soulèvement…

À Alep où je partais alors achever ma cinquième année de médecine, je retrouvais un peu de la contestation. Ici aussi les militaires tiraient dans la foule, et la cité universitaire était la cible des descentes des services de sécurité. Pourtant, à cette période où nous avions repris nos examens, les rassemblements étaient encore très, très, limités. Dès que cinq ou six jeunes tentaient quelque chose, la sécurité intervenait immédiatement de façon brutale, et bien plus qu'à l'ordinaire. Il régnait cette même atmosphère étouffante, et les informateurs du régime espionnaient le moindre de nos mouvements, cachés parmi les étudiants. Les arrestations suivaient en nombre les suspicions.

Le doyen de l'époque n'avait aucun pouvoir, et sûrement pas celui d'exiger la libération de nos camarades. Quand nous demandions à le rencontrer, on nous envoyait un représentant de l'État, un certain Abdelkader Hariri qui nous répétait sans cesse :

– Il ne se passe rien à Deraa. Tout ce que vous entendez est un mensonge.

– Ne me dites pas que c'est un mensonge, lui ai-je rétorqué un jour en m'emportant. Je viens de Deraa. J'ai vu de mes propres yeux le sang couler.

C'était vrai… je les avais emmenées avec moi, ces premières semaines de révolution, et ces jours que l'on avait appelés entre nous le « mardi noir » ou le « mercredi noir », et l'irruption dans la mosquée Al-Omari de l'armée qui avait tué un de nos camarades, le docteur Ali al-Mahamid. Je gardais gravé dans ma rétine ce jeune homme effondré à côté de moi lors d'une manifestation, blessé au flanc, dont le sang s'écoulait en torrents. Et face à moi, alors que son image me hantait, cet officiel qui ne faisait que mentir pour nous convaincre en répétant les slogans idiots du parti sur la moralité de l'armée.

Alors que c'est bien elle qui avait tiré sur ce jeune homme effondré.

– Dites à vos camarades qui protestent dehors que s'ils ne s'en vont pas immédiatement, nous allons tous vous arrêter et vous rejoindrez ceux qui ont déjà été emmenés.

Chaque réunion se clôturait par ce genre de menace.

Malgré la difficulté du chemin, les circonstances très dures, j'ai terminé mes études de médecine et j'ai commencé mon internat à l'hôpital national de Deraa, en chirurgie générale. Nous y traitions les blessés tombés lors des bombardements au mortier, des tirs de snipers... des estropiés venus directement des manifestations. Je retrouvais ma ville en proie à la barbarie, alors que le régime commençait à organiser lui-même des attentats à la bombe près des mosquées, pour faire peur aux gens et les dissuader de continuer les manifestations. Ces dernières s'étaient pourtant étendues. Car à l'heure où je commençais mon internat, la révolution ne nous concernait plus uniquement : elle s'était propagée à Homs, à la banlieue de Damas, puis à Damas même...

Au travail, nous vivions en dissonance, car l'hôpital servait d'outil pour poursuivre la répression. S'il nous arrivait des blessés de la révolution, les services de sécurité les identifiaient, et ils étaient systématiquement arrêtés sur le chemin de leur transfert vers un autre établissement. Jusqu'à des années plus tard, même des patients hospitalisés qui étaient d'anciens révolutionnaires ou qui avaient signé des accords de « réconciliation » recevront des ordres de transfert pour se faire arrêter en route. Les ambulances du Croissant-Rouge passaient par un barrage en direction de Damas appelé « Mankat al-Hatab ». Là-bas, même celui qui devait subir un cathétérisme cardiaque pouvait être raflé. Un blessé grave était directement considéré comme un suspect, et n'atteignait souvent jamais l'hôpital. S'il était criblé d'éclats d'obus, il était arrêté ainsi.

La fatigue que nous avons ressentie dans cet hôpital… je ne saurais la nommer. Nous, le personnel médical, opérions parmi les bourreaux et leur violence. Quand nous ne recevions pas des blessés de la répression, il arrivait qu'on nous amène des prisonniers, le visage masqué la plupart du temps. Nous n'avions même pas le droit de leur demander leur nom. Tout ce que nous pouvions dire, c'était : « Qu'est-ce qui vous arrive ? » Si l'un de nous posait une question de trop, un soldat du régime nous frappait. Car il faut bien imaginer qu'à l'hôpital les militaires étaient omniprésents. Quand l'un d'eux entrait, il fallait se presser pour le secourir. La sonnerie de l'hôpital retentissait, et même les vieux docteurs devaient se mettre à courir. Parce que si le soldat jugeait qu'il tardait à arriver, c'était sa fin. On courait vers eux même pour un coup de chaleur, même pour un simple malaise ; nous étions à leur merci.

Pendant que nous travaillions à l'hôpital national, le régime poursuivait ses opérations militaires dans le périmètre de Deraa où nombre d'entre nous habitions. Nous continuions de travailler alors que des déplacements de populations entières se faisaient autour de nous, des civils qui fuyaient des zones brutalement ciblées par le régime. J'ai souvenir, lors d'une de ces offensives, de mon cousin, étudiant en cinquième année de génie civil, touché par une balle perdue. Elle l'avait traversé au flanc, et un éclat avait brisé son os. Pour les mêmes raisons qu'on n'amenait aucun blessé à l'hôpital, j'avais choisi de le garder dans la maison familiale, installé sur un lit médicalisé, avec une extension de jambe, comme on le fait pour traiter des fractures du bassin. Mais arriva le moment où une campagne de sécurité visa notre quartier.

– Sors-le d'ici, déplace-le, il faut l'évacuer, me disait mon oncle.

Je lui ai répondu :

– Je ne peux pas le déplacer tant que le pansement de la fracture n'est pas en place, et tant qu'il n'a pas de rapport médical réfutant qu'il ait été blessé par balle.

Évidemment, des hommes en uniforme, qui commençaient à ratisser les maisons une à une en contrôlant les identités, ont tambouriné à notre porte. Mon oncle n'était pas là quand ils sont entrés pour fouiller chaque pièce. Rapidement, ils ont vu mon cousin blessé :

– Qu'est-ce que c'est que ça ? Celui-là est blessé, c'est un combattant.

– C'est un étudiant en ingénierie, avons-nous répondu. Et en plus, vous le voyez bien à son apparence, c'est un tout jeune homme, il n'a rien d'un combattant.

– Moi je jure que c'est un type armé, a répondu l'un d'eux.

– Calmez-vous, qu'est-ce que vous allez imaginer là.

– Très bien... Où est son rapport médical ?

– Il n'y a pas de rapport.

– Et les radios ? Montrez-nous ses radios.

– On n'en a pas.

– Alors c'est un combattant armé. Un tireur, sans doute.

Et là, les choses ont commencé à basculer. Ils ont voulu savoir ce qu'on lui avait fait comme soins, s'il avait vu un médecin, s'il avait un suivi, quel médicament il prenait. Je gardais mon calme, et je répondais une à une à toutes les questions comme s'il s'agissait d'une situation des plus banales. Ils ont voulu fouiller nos identités : est-ce qu'il était recherché ?

Est-ce que moi-même j'étais recherché ? Grâce à Dieu, ils n'ont rien trouvé à notre sujet. La fouille d'une maison leur prenait en général cinq minutes, ici ils sont restés quarante-cinq. Et je ne sais par quel miracle, comme pour l'homme du checkpoint qui m'avait arrêté, ils ont fini par s'en aller. Je ne saurai jamais ce qui, dans leur tête, leur a dit de laisser tomber : l'envie de terminer leur journée, le fait de les avoir convaincus… je n'en sais rien. Rien n'avait de sens dans cette terreur. Une fois qu'ils étaient partis, mon cousin jusque là silencieux, a fondu en larmes, effondré. C'est cette terreur-là qui, tous les jours, avalait nos forces et notre énergie, nous rendait de plus en plus vulnérables.

C'est que cette terreur ne trouvait aucun répit. Je me souviens un jour de ce soldat qui avait ramené un de ses camarades blessés à la tête aux urgences de l'hôpital, nous tentions de le réanimer en lui administrant des fluides intraveineux, en l'intubant…

L'autre s'était approché, armé d'un fusil couvert de sang qu'il astiquait avec un drap propre qu'il avait ramassé dans une chambre.

– Vous êtes tous de Deraa ici, n'est-ce pas ? C'est ça la « liberté » que vous quémandez ? Si ce gars meurt, je vous fais tous taire avec lui.

L'un de mes confrères, un médecin militaire qui travaillait au stade où étaient postées les garnisons du régime, m'a contacté pour me dire :

– C'est fini, je suis à bout, je veux m'enfuir.

Comme j'étais originaire de Deraa et que lui avait été envoyé ici, j'étais l'un des plus susceptibles de pouvoir l'aider à s'extraire facilement des unités militaires. Alors je l'ai aidé à s'échapper, une nuit. C'est ce qui plus tard, quand les soldats remonteront jusqu'à moi, précipitera mon propre départ. Mais avant ça, nous craquions tous les uns après les autres à cause de cet état d'alerte permanent. Cette peur que les mots peinent à décrire, car elle dépassait tout ce qu'on pourrait en dire.

Et puis il y a eu ce coup de téléphone, un matin. Les forces de sécurité de l'armée. Ils avaient annoncé l'arrivée de cette Suzuki dans laquelle cinq corps s'entassaient. Je savais de quel genre de dépouilles il s'agissait. Des militaires dans les couloirs murmuraient que ces gens-là étaient des détenus ramenés de la branche de la Sécurité de l'armée de l'air (Al-Jawiya). Les cinq étaient dans un état de cachexie extrême – les yeux enfoncés, la peau sur les os, desséchée, des escarres sur tout le corps rongeant leur bassin, leur cou et leurs doigts. Ce genre de corps qui nous arrivaient à l'hôpital, on les appelait entre nous les *mudannafīn*, c'est-à-dire littéralement : les « décharnés ». Ils n'avaient plus que la peau collée aux os. Leur enveloppe était nécrosée, dégageait une odeur insoutenable.

– À toi de rédiger les rapports médicaux.

C'était l'ordre que j'avais reçu. Pourtant je n'avais même pas connaissance du nom de ces hommes, on ne m'avait communiqué que leurs numéros. Pour chacun, il m'était demandé expressément d'écrire qu'il s'agissait d'un « homme d'une quarantaine d'années, arrivé à l'hôpital en arrêt cardio-respiratoire », puis de conclure le rapport en indiquant que la cause du décès était un « infarctus du myocarde ».

Allais-je le faire ? Tout m'est passé par la tête. Dans les rangs des médecins, nombreux étaient ceux à s'y être opposés par le passé. Je me suis souvenu de ce confrère, le docteur Kazem Abazid, qui avait pourtant sauvé la vie d'un blessé parmi les militaires, mais a fini assassiné alors qu'il sortait de l'hôpital avec un jeune homme du service de suture. Je me suis souvenu de ce médecin légiste, le docteur Ismaïl Abou Nabbut, qui avait accepté de rédiger ce genre de rapport et qui avait pourtant dû voir son propre fils tué sous ses yeux par ces mêmes militaires…

Mes souvenirs se mélangeaient. Je voyais ces cinq corps… Qu'avaient-ils bien pu leur faire subir ? Je ne pouvais que l'imaginer. Un jour, l'un de mes amis médecins, originaire de Sweida et envoyé à l'hôpital militaire de Tichrine, m'avait parlé de sa propre expérience de détenu, de ce qui rongeait les corps ainsi. C'était une preuve de confiance très rare, car on ne parlait pas de ce genre de choses sous la surveillance du régime. Il avait essayé de fuir la Syrie, mais fut arrêté à la frontière libanaise. Il a passé six mois à Sednaya, parce qu'il était considéré comme déserteur. Je me souvenais de ce qu'il m'avait raconté, de ses sanglots. Je le jure, tu peux entendre des histoires comme ça mille fois, mais tu ne les ressens vraiment que quand tu les entends de la bouche de ceux qu'elles ont brisés. Il me parlait de ce qu'il avait subi, des humiliations, de la torture physique et psychologique qui l'avaient rendu si fragile. Et il m'a raconté qu'un jour, alors qu'il était détenu dans une des branches – je crois que c'était la Branche Palestine –, il avait été marqué par la voix d'un de ses geôliers. Plus tard, libéré de sa détention parce qu'il était médecin, il fut transféré dans un hôpital militaire et reçut un patient qui se trouvait avoir le même timbre que son geôlier.

– Je reconnais ta voix, lui a-t-il dit.

L'homme s'est décomposé, effondré de peur. Il lui a dit :

– Nos noms ne sont pas connus, ils ne sont pas publiés, ils ne circulent pas… Mais maintenant que tu le connais… tu m'as tué. Demain, je vais déposer ma demande de démission, je te le jure.

Imaginez. Tout ça parce qu'il avait découvert qu'il faisait partie des tortionnaires de la branche. L'homme avait peur d'être la cible des rebelles… Il savait que ce qu'il avait fait était terrible, dépassait l'entendement au point que lever son anonymat le condamnerait.

Ces cinq décharnés… ils me renvoyaient à cette histoire. J'essayais de me convaincre. Ces gens-là, devant moi, étaient déjà des martyrs après tout, ils n'appartenaient plus à notre monde et ce n'est pas moi qui les avais lâchement tués. Un faux rapport n'égalerait jamais la torture qui les avait fait disparaître. J'hésitais pourtant. J'ai un ami dont le frère avait été porté disparu depuis 2014. Le pauvre homme n'avait jamais accepté sa disparition et avait remué ciel et terre pour le retrouver. La seule solution pour aller de l'avant avait été de mettre la main sur un cliché de son frère, mort d'une balle dans la tête, dans une vaste série de documents qui avaient fuité à l'époque. Seulement alors, l'homme avait pu faire son deuil.

Et moi, devant les cinq dépouilles, je serai le seul à connaître cette vérité avant de remplir ces faux documents. Leurs familles pouvaient-elles se douter qu'ils étaient là ? Je savais que ces hommes étaient morts de déshydratation, de malnutrition extrême, des sévices qu'ils avaient subis… Je savais que ce rapport médical n'avait qu'un but : fournir un document officiel pour masquer le crime qui les avait emportés.

– Que se passera-t-il si je refuse de signer ? ai-je demandé.
– Le plus simple pour nous, si tu refuses, ce serait de t'abattre.

La signature ou la mort.

J'ai signé.

حوضٌ تمتطي نَشَرَا
في كل عينٍ
في كل جفنٍ ليالٍ تشتهي القمر
تُ لي في وجيع العمر لو وصلتْ
أنى لا يُسعِدُ أماني الابكر والخطر
أنا النديمُ لألفِ الفٍ موجعةٍ
فكم عشقتُ بقيدِ الاسر ذا السفر
زردُ السلاسلِ لا يهوى مفارقتي (مُفارقتي)
يصاحبُ جرحيَ المفتوحَ والعُمُرا
يؤانسُ دمعتي الحيرى ويَجلُدُها
كالغيمِ يَجلُدُ في علياته المطرا
يا هندُ انتِ مدى الأيامِ بلمهرتي
تهدي اليَّ سناءَ الشمسِ والبصرا
هـ ... بابته لا تفارقني
من شدةِ النارِ باتَ القلبُ منصهرا
كالليلِ بتُّ وارقبُ حوليَ البشرا
يسرونَ بالنومِ حلوَ اليقظةِ السهرا
ما اروعَ العمرَ إن تلقاهُ صادحةً
«صادحًا فوقَ ذاكَ الغصنِ قد [illegible] عبرا»
حبي الإلهَ فسيحَ الكونِ يَمنحُنا
هو العظيمُ ومنا للكونِ قد فطرا
حبيبهِ من مبدعٍ خلّاقٍ نُصحبُهُ
بالأُ الكونِ تعلو في العلى قدرا
حبيبهِ من خالقٍ وهّابٍ تعرفُهُ
تلكَ العقولُ التي يَهديها الفكرا
هو القديرُ إذا ما شاءَهُ قدرا
ويرسمُ قلْ لهُ الأشكالَ والصورا

التتبع في الصفحة الملحقة

« Dans chaque œil exorbité, une étincelle s'élance
Sous chaque paupière, des nuits qu'aucune lune n'éclaire
Toi la boussole dans les supplices et mes années
Moi le captif, souffrant de la chaîne et du péril
Moi, le compagnon intime de mille et une douleurs
Combien ai-je chéri ce voyage depuis la réclusion
Le glacial des maillons qui n'aiment se défaire
Accompagne mon être et ma blessure ouverte
Console et bat ma larme égarée
Comme les cieux fouettent la pluie au pinacle
Ô Hind, tu es ma vision qui traverse les jours
Tu m'offres le clair du soleil et l'acuité
Elles, les épreuves, devenues ombres fidèles
De l'intensité d'un cœur en fusion
Comme la nuit, je veille et observe ceux autour
Acheter dans le sommeil la douceur d'un éveil
Merveilleuse est la vie rencontrée en lyrisme
Chantant sur cette branche que l'on ne fait que passer
Salue le Dieu, nous accordant l'immensité de l'univers
Il est le Sublime qui l'a façonné
Salue-le comme un créateur que nous accompagnons
Des merveilles s'élevant en prestige
Salue-le comme le créateur généreux que connaissent
Ces esprits que la pensée guide
Il est le Tout-Puissant, ainsi soit ce qu'il décide
Et il dessine, dis-lui, chaque forme et chaque image. »
…

Extrait d'un poème manuscrit déchiré
et anonyme retrouvé dans la prison de Sweida.

CHAPITRE 6

Les vers manquants

Il n'y avait que cette mention, griffonnée en marge du poème : « suite à la page suivante ». Mais cette page manquait. Sur le sol de la prison de Sweida, seuls les premiers vers à demi déchirés surgissaient de la paperasse abandonnée. Dès l'entrée, dans l'un des bureaux attenants aux archives qui n'avait pas été incendié, une pièce nue aux murs blanchis, trois documents tranchaient avec le reste du foutoir monochrome. Un dossier d'enquête d'abord, garni de captures d'écran imprimées d'un téléphone ; conversations où des activistes de la région accusaient les hommes du régime d'arrêter des consommateurs de drogue pour mieux leur en revendre, à prix d'or, une fois incarcérés ici. Puis une affiche sépia, éditée par le ministère de l'Intérieur : on y voyait les pieds d'un cadavre, la photo d'un prisonnier à l'isolement, sobrement siglé d'un avertissement : « La consommation de drogue mène à la mort, à la prison… ou aux deux à la fois. » Enfin, ce dessin, derrière lequel apparaissaient les vers du poète inconnu. En coloris criards, le dessin figurait une sorte de scène de théâtre. Au centre, un personnage flamboyant, vêtu d'un costume baroque, bras ouverts comme prêt à chanter. Sa silhouette, hésitant entre les genres, échappait à toute identification. Ni la fine moustache esquissée d'un trait pastiche, ni le foulard de soie rose et pourpre, ni même ses longues mèches blondes ne dissipaient l'ambiguïté. Il semblait irréel, élégant de douceur dans cet univers de mort.

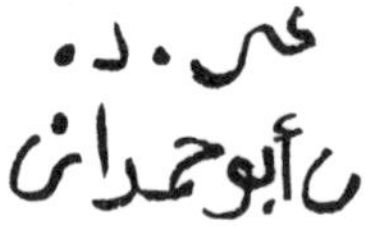

Les vers manuscrits au verso, quant à eux, tranchaient tout autant avec la froideur des mots du régime dans lesquels ils s'étaient égarés. Le poète racontait sa souffrance, et son échappatoire lorsqu'il s'imaginait « Hind ». Hind, qui était-elle ? Dans la poésie arabe classique, elle pourrait être tout. Icône tragique de la romance des amants persans Bishr et Hind, double féminin assimilable à Juliette dans l'imaginaire occidental ; Hind pourrait être autant une vraie femme qu'un motif, celui d'une muse, d'un amour anonyme. Celle vers qui la pensée du prisonnier s'évade, et dont l'évocation le soigne. Elle pourrait être l'écriture même : Hind bint al-Khuss ou Hind bint al-Nuʿmān, autrices légendaires de la prose ancienne dont les prénoms se confondent désormais avec la poésie elle-même. Le prisonnier n'avait que Hind pour survivre, et dans la déchirure de ses vers, des questions affleuraient. Sur l'auteur, d'abord, dont il ne restait qu'un fragment de signature : « *…'r. d… n Abou Hamdan* »

Les premières lettres avaient été arrachées, ne laissant que ce nom de famille, l'un des plus répandus à Sweida. Qu'était-il advenu des vers manquants ? Avalés par la masse des documents ? Consumés dans l'incendie des salles voisines ? Ils sont si rares, dans les geôles syriennes, ces manuscrits qui ne répertorient rien mais témoignent. Contre-archives en prose, qui avaient permis à leurs auteurs de survivre à l'univers concentrationnaire. Un « je » en résistance entre les murs, comme l'avaient été les mutineries et les grèves de la faim sévèrement réprimées qui secouèrent la prison de Sweida entre 2016 et 2018. Abou Hamdan les avait-il connues ? Était-il encore vivant ? Avait-il été libéré ? La bien-aimée qu'il décrivait avait-elle reçu son poème, ou était-il le seul gardien des vers disparus ? Ses mots, comme tant d'autres écrits dans l'illégalité poétique, plus humains que ne le seront jamais ceux de la bureaucratie, portaient à vif une question découverte à la libération : pour témoigner et s'opposer au régime, les détenus avaient-ils fait en sorte que les prisons puissent se lire ?

*

Jusqu'en 2011, la prison centrale de Sweida ne différait guère des autres établissements pénitentiaires civils de Syrie : lieu de relégation, d'insalubrité, gangrené par la violence entre détenus, nourrie par la promiscuité et les tensions sectaires. La torture y sévissait, mais sans jamais atteindre les sommets de cruauté industrielle des centres de détention militaires, véritables antichambres de la mort comme Sednaya, aisément assimilables à des camps de concentration. Le régime y enfermait des criminels de droit commun, ou autres individus visés par des détentions provisoires ordonnées par la justice. Mais après la révolution, tout bascula. Face à l'engorgement des prisons de Damas et d'ailleurs, le régime y transféra une part croissante de prisonniers politiques : principalement de jeunes gens condamnés à perpétuité par les tribunaux militaires d'exception ou les cours antiterroristes. Leurs trajectoires s'éparpillèrent ainsi, rendant toute communication avec leurs proches ou leurs avocats restés à Damas impossible. L'exil carcéral devenait instrument de disparition.

« Et puis, il y avait les habitants de Sweida envoyés ici, en particulier des manifestants qui, dès 2023, avaient recommencé à envahir les rues. »

Maher, trentenaire à l'expression fermée, explique cela en entrant dans le bâtiment principal de la prison, casquette vissée sur la tête et arme à l'épaule. Quatre jours après la chute du régime Assad, il avoue se perdre encore dans le dédale du bâtiment que son supérieur, Hussein al-Wahba, un chef de tribu locale, lui a demandé de garder. Ce qu'il y a vu ne l'a pas étonné. Les restes de dortoirs surchargés, l'insalubrité, les barbelés… tout cela imprégnait déjà les récits clandestins qui échappaient de l'univers carcéral, dans les dires et les rumeurs. À vrai dire, seuls deux détails l'ont interpellé. Le pépiement d'abord d'un nid d'oisillons qui bruisse derrière le faux plafond d'un couloir du premier étage, dont il peine à comprendre comment ces derniers échouèrent ici. Et puis les murs tout autour… Il ne les imaginait pas si décorés. Souvent couverts de fresques et de slogans à la gloire du régime, ils figuraient toute une déclinaison de membres de la famille Assad : en treillis, affublés de lunettes d'Aviateur, drapés dans l'étendard du parti Baath…

« Quel fils de pute… » lâche machinalement Maher quand il les croise près du couloir qui mène à une cour de la prison.

« Déguerpissez ! » hurle-t-il dehors à l'adresse d'une poignée de gosses du quartier occupés à jouer avec des boucliers antiémeutes laissés là par le régime.

Maher avance d'un pas décidé vers l'ouest de la prison centrale, là où il a découvert hier une aile réservée à une *mfarza*, une unité détachée du renseignement de la Sûreté politique.

« Les cellules, là-bas, il faut les voir. Elles sont… très différentes des dortoirs du bâtiment principal. Elles sont minuscules, des espaces d'un mètre sur un mètre », dit-il en pénétrant dans les lieux.

Autour, le décor ressemble trait pour trait aux « cercueils » qui ajouraient murs et couloirs de la prison de Tadmor. Parallèlement, une autre geôle est ouverte, collective cette fois-ci, sans lit, dépourvue du moindre effet personnel. C'est elle qui obsède Maher depuis quelques jours. Il fait claquer ses phalanges contre une plaque de métal scellée sur la seule fenêtre du lieu, destinée à y garantir une obscurité absolue. Seuls deux éléments rompent la linéarité du décor : une écuelle collective, et des murs saturés d'inscriptions manuscrites que l'homme tente de déchiffrer.

« Ces murs-là, ils portent la vraie histoire… ce sont les prisonniers qui les ont peints. Enfin, gravés. Là, il est écrit : "Mon Dieu, sauve-nous", "Traîtres !", "Oppression", "Ô peuple ! Leur amour n'est qu'un mensonge !" »

Il énumère ainsi les mots mêlés à des séries de noms, fragments de vers, slogans politiques, motifs tremblants, visages ébauchés d'où perle parfois une larme. Des dessins d'une vie révolue : une maison, une voiture, une ville, une femme. Ces murs ressemblaient à ceux de tant d'autres geôles de l'archipel concentrationnaire… Un registre humain et poétique, anarchique et prolifique, écrit par chacun ayant franchi la porte de la cellule.

Pour les organisations de défense des droits humains, ces murs sont aujourd'hui aussi précieux que les registres officiels parfois brûlés par les derniers agents du régime. Ils tracent des parcours, révèlent des noms, consignent les existences que le pouvoir voulait effacer. La torture elle-même y a laissé son empreinte. On la reconnaît aux marques distinctes laissées par les bâtons de caoutchouc des gardiens : de longues virgules noires, toujours groupées à mi-hauteur d'homme, dont les points d'impact, sombres et denses, s'estompent en traînées jusqu'au sol. La signature des coups abattus sur les corps.

« L'écriture et la parole étaient punies de torture, raconte Maher, toujours hypnotisé par la fresque gravée dont il découvre à chaque visite de nouveaux mots. Les gens ici… on leur donnait un bout de pain tous les trois jours, ou on les punissait de toutes les manières possibles. Et pourtant ils trouvaient toujours un moyen pour écrire. Avec leurs ongles, avec un noyau d'olive ou un fragment de boîte de conserve. »

Il arrivait aussi, rarement, qu'un détenu parvienne à faire entrer un marqueur ou un crayon : de quoi ajouter une touche vive à un dessin dans l'univers de graffiti blancs et ocre. D'autres écrasaient ces blocs de savon verdâtres manufacturés pour les prisons, afin de remplir les interstices d'un poème et d'en colorier les lettres… Le poème abandonné d'Abou Hamdan avait-il été écrit dans cette aile ? Ou bien une autre ? Comment avait-il pu apporter la feuille qui lui permit d'écrire ses vers ? Les avait-il partagés, ou cachés, de peur qu'on ne les détruise ?

La littérature carcérale syrienne a souvent été résumée aux ouvrages de ses rescapés. Ceux qui, comme Moustafa Khalife ou Yassin al-Haj Saleh, réussirent les premiers, et avec courage, à livrer au monde un témoignage de vérité brut de l'univers concentrationnaire. Pourtant, pour de nombreux anciens détenus, l'*Adab al-sijn*, la littérature de prison, se résume moins par les productions littéraires souvent interdites en Syrie que par les fragments de récits gravés sur ces murs. Celles qui fascinent encore Maher depuis l'ouverture de la prison. Ces épitaphes, ces poèmes, ces témoignages, ces noms, ces dessins, ces prières… Une poésie des invisibles qui n'eût jamais quitté la prison, offerte aux disparus par eux-mêmes, une langue brute forgée dans l'expérience partagée, qui depuis la libération a révélé non seulement un océan de preuves, mais aussi, parfois, l'existence insoupçonnée d'un nouveau continent littéraire.

*

« Hmm… »

Le docteur Khaldoun Abou Hamdan fixe longuement la photographie du poème abandonné, le regard plissé, la main triturant sa moustache comme pour y dénouer un souvenir enfoui. Dans la salle d'attente de son modeste cabinet de Sweida, une demi-douzaine de femmes voilées du *mandil* patientent dans un silence étouffé. Certains habitants de la ville ont pensé qu'il aurait pu être l'auteur du poème, par cette lettre *dāl* (« د ») isolée avant le nom d'Abou Hamdan, qui aurait été l'abréviation de « docteur ».

« Je dois avouer que cela ne me dit rien, finit-il par murmurer. C'est un très beau poème… Mais je ne l'ai jamais vu. Il est vrai toutefois que je suis allé dans la prison de Sweida, en tant que médecin. Une seule fois, en vérité. On m'avait demandé d'effectuer des visites médicales auprès des prisonniers. J'avais été frappé par le nombre d'entre eux rongés par l'addiction aux drogues. Comme on m'avait sommé de rédiger des ordonnances, j'avais prescrit des traitements de sevrage progressif : leur santé était en grand péril. »

Le docteur secoue la tête, replongé dans ses souvenirs.

« Mais quand le directeur l'a appris, il a ordonné que toutes mes prescriptions soient déchirées. Il ne voulait aucun sevrage. Le trafic de drogue en prison rapportait gros, et les hommes du régime en faisaient recette sur le dos des détenus. Je ne suis plus jamais retourné dans cet endroit. »

Son regard revient vers la photo du dessin et du poème, comme s'il tentait une ultime reconnaissance. Mais rien ne se rappelle à son souvenir. Comme plusieurs de ceux qui ont pu lire les vers, le docteur relève sa structure classique, approchant des canons de la *qasîda* arabe. Certains le comparent même aux *Mu'allaqât*, les « suspendues » : ces poèmes préislamiques calligraphiés en lettres d'or sur des tissus suspendus aux murs de la Kaaba avant l'avènement de l'Islam. Mais rien pour deviner qui était son auteur.

« Vous savez, Abou Hamdan est un nom très répandu ici… J'ai moi-même un homonyme. Il s'appelle également Khaldoun Abou Hamdan et est aussi médecin. Son cabinet est à quelques rues d'ici. Lui aussi a travaillé dans la prison de Sweida. »

Le cabinet du second Khaldoun Abou Hamdan se trouve au quatrième étage d'un centre commercial sombre, coupé d'immenses cages d'escalier de fer et aux marches de faux marbre jauni. Une discrète plaque dorée indique l'entrée d'une pièce exiguë, où deux assistantes silencieuses entourent un homme en blouse de chirurgien qui attend derrière son bureau que les prochains patients se présentent.

« Ce poème ne me dit rien… pourtant j'ai bien une histoire avec La prison de Sweida, confirme-t-il. J'y suis allé trois fois exactement. Mais j'ai fini par refuser d'y retourner. »

Son regard s'assombrit.

« Vous n'imaginez pas l'atmosphère. Dès notre entrée, les gardiens nous confisquaient téléphones et papiers d'identité. Ils nous parlaient avec la même brutalité qu'aux prisonniers. Là-bas, même soigner devenait une forme d'enfermement. Et je savais de quoi ils étaient capables. Je n'ai pas tenu. J'avais à l'esprit l'une de mes consœurs qui avait tenté de créer une association pour documenter les conditions de détention des prisons. Elle avait visité plusieurs centres civils dont l'accès lui avait été permis, puis elle avait envoyé un rapport au ministère de l'Intérieur pour les alerter sur l'état des détenus. En conséquence, son association a immédiatement été dissoute par le ministère. Elle aurait pu subir pire – car ici, le pire est toujours une option. »

Plus les mois passaient, plus la prison de Sweida changeait de visage. Trois jours après la chute du régime, le poème d'Abou Hamdan trônait encore sur le bureau d'un des bâtiments administratifs. Trois semaines, et il gisait déjà dans le tas de documents renversés, ceint des pièces noircies par les incendies nocturnes que les chefs de tribus locales imputent aux derniers hommes du régime. Trois mois, et le poème avait simplement disparu. Lui, et les vers manquants. Le reste des archives avait été brûlé ou balayé par les pilleurs. Il en restait, mais en lambeaux : une masse toujours considérable mais réduite à des fragments, l'humidité et la poussière éclaircissant l'encre des feuillets manuscrits. Aussi, les recherches dans l'enceinte de la prison ne peuvent-elles plus excéder quelques minutes.

« L'armée israélienne a contacté des chefs locaux pour les menacer de bombarder la prison, confie Maher qui garde désormais seulement la porte principale. Ils prétendent qu'elle pourrait être utilisée pour stocker des armes. En vérité, il n'y a rien à stocker… Mais nous devons interdire l'entrée et éviter d'approcher les lieux. »

Face à la grande porte en fer noire, lui et d'autres hommes ont dressé un large talus, obstruant le passage, retransformant la prison en ce qu'elle n'était plus depuis des mois : un lieu clos et inaccessible. Le poème est pourtant peut-être encore là, enfoui sous les gravats, attendant que soit retrouvé le nom complet de son auteur. L'armée israélienne, qui bombarde régulièrement la Syrie depuis la chute du régime, poursuit son annexion des régions du sud syrien au-delà du plateau du Golan déjà occupé. De Deraa à Tadmor, en passant par Damas, les bases militaires syriennes ont été lourdement frappées par les bombardements de Tel-Aviv. Combien de preuves des crimes d'Assad seront ainsi ensevelies sous ces nouvelles bombes ? Avec elles, combien de fragments de vie et de poèmes laissés par les victimes s'effaceront sous un autre feu ?

*

« Un docteur m'a contacté car il croyait reconnaître l'écriture d'un poème dont les vers commençaient à flotter de nom en nom parmi les cousins de la famille Abou Hamdan. J'ai reconnu ceux de mon père… Il y évoque Hind. C'est le prénom de ma mère. »

Hady a 21 ans, un keffieh noir et blanc noué autour de la tête. Lui aussi griffonne un peu de poésie à ses heures perdues, mais jamais autant que son père, Bayan. Il habite encore le domicile familial, en périphérie de Sweida. Un simple appartement à la décoration chargée, baigné d'une lumière timide qui peine à se frayer un chemin entre les plantes et les bibelots de bois et de cuivre. Sur l'un des fauteuils, un vieil homme se tient emmitouflé dans un pull de laine, une écharpe tombant d'une épaule jusqu'au genou. Ses cheveux blancs, séparés d'une raie, et tirés de chaque côté, avec soin.

« Ce n'est pas chose ordinaire… un poème qui pousse à trouver le poète… Un guide… Je ne pensais pas qu'il aurait cette vie. »

La sienne semble à son crépuscule. Depuis plus d'un an, Bayan souffre d'un cancer de l'estomac remonté jusqu'à la trachée. Il peine à articuler autant qu'à se mouvoir.

« Chaque mot… me fait mal, dit-il dans un souffle entrecoupé d'une série de toussotements. Je me rends compte que la douleur du cancer… diffère de toutes les autres. Je voudrais qu'elle me soit plus tolérante… Avant je parlais… plus librement… maintenant penser… me prend du temps. »

Une femme fait son apparition derrière lui, petite et pétillante, ses longs cheveux d'un orange flamboyant attachés à l'arrière de son crâne en catogan. Il s'agit de Hind, sa femme. Elle regarde tendrement Bayan, reprend les phrases où il s'égare.

« Ce que Bayan veut dire… C'est qu'il n'écrit plus de poésie. Il était professeur de français autrefois, et composait chaque jour des poèmes sur l'amour, la politique, la nature… Mais en ce moment, c'est très difficile.

– La douleur… elle vous rend différent, reprend le vieil homme. En prison… c'est la même chose… La vie en prison n'est pas une chose naturelle… c'est une vie accablée. Tu es obligé de penser car il n'y a rien à faire… À Sweida on pouvait écrire, c'était une prison civile, je n'aurais pas pu faire ça à Sednaya… La poésie, c'est lutter pour créer… c'est tromper la mort. Ce n'est plus être seulement un corps dans un lieu… Nous pouvions dessiner aussi… L'homme qui a dessiné au dos de mes vers s'appelait Abou Hamze… c'était un homme élégant… et un vrai penseur… Il avait été architecte. Je me souviens de sa façon très étrange de parler. Sa mère était égyptienne, née près de Gizeh… Aujourd'hui, je le sais en Turquie… Il m'a dit qu'il voulait voyager… il voulait voir des trésors antiques… Il est libre désormais, comme nous. »

Hind reprend la parole. Elle raconte que Bayan a été emprisonné pendant près d'un an, alors même que les premiers signes de la maladie apparaissaient. Un locataire à qui il louait un petit appartement non loin du leur était entré en conflit avec lui. Les deux hommes avaient haussé le ton, et les relations que ce dernier entretenait alors avec les officiels de la région conduisirent Bayan derrière les barreaux.

« Nous vivions dans une nuit noire… et absurde, murmure Bayan. Nous étions tous des prisonniers en Syrie… Vous savez, autrefois j'ai été proche du parti Baath… mais j'étais communiste. Ça avait plus de charme d'être communiste. C'était partager la vie avec l'autre, j'y voyais une forme d'amour. Mais être communiste, c'était envisager beaucoup de confrontations, notamment avec le Baath qui se voyait la seule direction et a fini par nous pourchasser. »

Dans un coin du salon, près d'une moulure qui encadre une fenêtre, il y a pourtant cette photographie. Une foule s'y agglutine autour d'une silhouette qui se détache, fine et raide. Celle de Bachar al-Assad.

« Je ne sais pas pourquoi je l'ai gardée ici, avoue Bayan. C'est vrai… Elle a toujours fait partie du décor. Hind y apparaît, j'aurais du mal à la décrocher. »

Son regard s'épanche sur la femme, assise en dessous du cadre, l'air indécise et statique.

« Je ne sais pas s'il faut l'enlever, répond-elle à voix plus haute. Cette image a une histoire.

– Hind a été dans le parti Baath, glisse Bayan.

– Vingt-sept ans, précise-t-elle.

– Sa vie, ce fut aussi la politique. »

Elle marque une pause, le ton plus grave à la reprise :

« Ne croyez pas que je soutienne l'homme sur la photo. Les choses sont… complexes. C'est un meurtrier. Moi, je suis une fille du Jabal al-Arab. La position de la minorité druze au temps du régime se limitait à des responsabilités fantoches dans les rouages de l'État… Mais nous étions parmi les rares dont les représentants étaient suggérés par la communauté elle-même. Une sorte de privilège de statu quo. J'ai pour ma part été portée pour travailler dans la province, responsable de la santé et de l'enseignement. J'étais la seule femme à Sweida, à être montée en responsabilité pendant vingt-sept ans. J'aimais mon peuple, j'aimais mon pays. Mais…

– Elle aussi écrivait des poèmes », l'interrompt Bayan.

Elle le regarde, se redresse, puis déclame un index tendu.

Ô Syrie, parure du monde,
Ô bastion des héros, riche d'histoire,
Je t'aime, ô Syrie, Dieu me l'a soufflé,
Plume de l'artiste tes louanges a chantée.
Je t'aime, ô Syrie, je ne suis la seule,
Sous ta terre, même le soleil s'incline,
À chaque grain de ton sable nourri d'un martyr,
Brodeur de son manteau aux fleurs d'iris.
J'ai dit : par ton amour j'ai vécu,
Ô mon père, ô mère du monde,
Moi la fille de paysan au dos courbé,

Qui a vu fleurir les pommiers,
Et mûrir les grappes de sultanine.
Si l'on me demande : « Quel est ton village ? »
Je réponds : « La Syrie est ma patrie ».

Bayan lui envoie un sourire. Elle reprend :

« Mais en 2012, Sweida tout entière a été soumise à une pression insoutenable. Il y eut la pauvreté, la faim… nous n'avions plus la capacité de continuer… J'ai décidé de démissionner pour ne plus faire partie de ce régime. Il ne servait pas son peuple, et je n'avais aucun moyen d'aider les miens. Ici nous avons une expression : l'herbe ne pousse pas sous les sabots des chevaux. La violence que le régime a abattue sur ce pays l'a tué. Cette photo, je la garde comme un vestige parmi d'autres. Devrais-je l'effacer ? Le jour où elle a été prise était le jour de mon premier serment constitutionnel. J'ai passé ma vie dans l'ombre de ce régime. Qu'on le veuille ou non, cette photo est ce que je suis. J'ai cru à un pays qui ne nous opprimerait pas avant que ces gens ne nous écrasent… J'ai cru que nous ne deviendrions pas un pays de guerre, mais un pays de modernité, de développement, de science et d'horizons… »

Bayan continue doucement :

« Quand l'homme est trompé par les promesses… il lui reste les poèmes, les souvenirs, les idées et les rêves. Cela ne veut pas dire que toutes les promesses sont faites d'illusions… Mais elles tirent leur force des idées qui rêvent en elles, et que l'on y projette… Peut-être avons-nous trop tardé à comprendre que dans un monde d'obscurité, même les idées les plus nobles finissent déformées, malades, blessées.

– C'est difficile d'en parler, car aujourd'hui, ajoute Hind, notre société cherche à savoir : qui a participé au pire ? Qui a permis ? Qui a soutenu ? C'est un questionnement qui est à la fois un tabou et une obsession[1].

– Hind… elle a payé un prix, vous savez.

– Oui, la prison. Ce qui s'y passe, je l'ai connu. La prison a fait partie de mon histoire. J'ai… j'ai eu du mal à le raconter autrement qu'en poème. »

Elle s'éclaircit la voix :

Ils sont venus à moi masqués, ont serré mes liens,
Avec des fouets de fer, m'ont frappée,
M'ont laissée, cadavre planté de mille poignards,
M'ont traînée dans les longs souterrains,
M'ont aspergée d'eau jusqu'à ce que je revienne à moi,
M'ont asséné : « la connais-tu ? »
Je me suis couverte de ma blessure,
J'ai hurlé mon lien aux terres arabes,
Aux villages dispersés par la barbarie,
Je ne cède pas, je ne flatte pas,
Tel est mon droit dans cette cause.
Ma patrie ? Ma patrie est devenue un cadavre,
Abandonnée aux mains ennemies.
Tout en moi s'est perdu,

1. Cet entretien a été mené en mars 2025. Quelques mois plus tard, des hommes affiliés aux nouvelles autorités de Damas ont commis une série d'exactions à l'encontre de civils druzes. À l'heure où ces lignes sont écrites, la région de Sweida a vu une partie des communautés tribales être exilées sous la violence de combattants se réclamant du cheikh druze Al-Hijri. Par ailleurs, des islamistes en uniforme des nouvelles autorités – dont certains seraient impliqués dans des massacres sur la côte alaouite – ont pillé et incendié plusieurs villages druzes, enlevé des civils et massacré plusieurs centaines de personnes, parmi lesquelles des opposants au régime de Bachar el-Assad.

Toute misère s'est égarée,
L'Histoire a brisé ma voix,
Et moi, je continue d'appeler
Ô ma patrie, ô ma patrie !

Les deux gardent le silence. Hind le brise la première :

« Vous savez… Nous avons fait notre temps. J'aimerais que la raison remplace la guerre. Que les gens comprennent la politique avant le fusil. Que les mots nous sauvent. La nation accablée, mais qui conserve sa langue, est comme un prisonnier qui porte déjà dans sa main la clé de sa prison. »

Bayan, les yeux baissés, ajoute :

« Pour ce qui est des mots et de la prison. Vous seriez curieux d'apprendre quelque chose… Regardez bien mon poème. Je ne me l'explique pas, mais je peux vous dire que ces derniers vers ne sont pas les miens. Quelqu'un d'autre y est entré pour écrire les derniers vers… Un autre poète inconnu, une douleur venue finir la mienne. »

*

Avant de témoigner au reste du monde, l'écriture a permis aux prisonniers de se répondre. Waddah Azzam a toujours gardé cette certitude, comme il a toujours gardé cet air rêveur. Son regard qui se dérobe à chaque parole comme s'il observait des idées dansantes avant de les saisir. Dans le petit bureau qu'il occupe, il a façonné un univers de mots et de mémoire, cerné par les manuscrits qui l'ont forgé, les écrits de ses proches.

« Sous le régime, je possédais des livres interdits… beaucoup sur la littérature carcérale. Les prisonniers n'ont pas attendu la chute pour raconter ce qu'ils avaient traversé. Ils écrivaient, déjà, dans la clandestinité. »

Il tire un ouvrage d'une étagère : la couverture figure un plancher noir et blanc, fondu dans une noirceur où tranche un titre en lettres écarlates : *Ghassan al-Jibai – Le Théâtre dans l'obscurité*.

« C'est un livre magnifique sur l'élan créateur, sur ces détenus qui ont réussi à monter une pièce de théâtre dans le dortoir de leur prison, et à transformer la foule des prisonniers entassés en audience attentive. »

En Syrie, la poésie comme le théâtre ont toujours été des arts populaires, des armes pour raconter le réel sous le joug de la tyrannie. Les livres également, même si le prix inaccessible d'un ouvrage pour la plupart des classes populaires, la mainmise du régime sur de nombreuses maisons d'édition et le taux important d'analphabétisme ont barré l'expression littéraire de bien des récits. Des ouvrages interdits ont tout de même circulé en sous-main, fait l'objet de lectures clandestines, dans des salons et cercles privés, épousant une oralité au centre de la transmission des récits et des vécus syriens.

Mais pendant les décennies de guerre, alors que la parole publique était sous surveillance et que le silence devenait la seule langue tolérée dans l'univers concentrationnaire, Waddah a fait partie de ceux qui ont continué à faire vire l'*Adab al-sijn*, la littérature de prison. Emprisonné par le régime, il est de ceux qui ont gravé sur les murs ces fragments de poèmes, vers, noms, chiffres, symboles… Convaincu que la persistance des mots serait la première à tromper la tyrannie des Assad.

Waddah Azzam, de Sweida

Récit sur ce que disent les murs, les mots, et les ombres

J'étais attaché, suspendu, et battu. À Kafr Sousa, dans ce qu'on appelait la « Branche 215 », le geôlier m'avait torturé dans cette position suffisamment longtemps pour que j'en oublie le nombre d'heures qui s'étaient écoulées. En permanence, je fixais la flaque de sang qui s'était élargie au sol face à moi. C'est étrange à concevoir, mais elle me réconfortait. Son tracé dessinait un profil, esquissé par le hasard. Tant que je contemplais ses contours je me rassurais, comme si le visage qui m'apparaissait m'apportait son soutien. En fait, j'y voyais celui de ma bien-aimée. Je craignais alors de gémir, de remuer à peine, car j'aurais attiré l'attention du tortionnaire en face de moi, qui m'aurait frappé à nouveau, jeté de l'eau au visage… Et la flaque se serait effacée, emportant le visage avec elle. Celui qui m'aidait à oublier ma peine et en même temps me rappelait ce qui en découlait. Je survivais en dissociation, oscillant entre amnésie et lucidité.

Avant d'être transféré à la prison de Adra en novembre 2013, j'ai passé six mois dans les branches des services de sécurité. Le propriétaire de l'appartement que je louais avait trouvé suspect mes absences prolongées et avait pris soin d'en informer les autorités. Ce lieu, je l'utilisais en effet comme refuge pour les blessés des attaques du régime. Avec quelques amis, nous les faisions soigner à Jaramana, avant de les héberger dans cet appartement pour leur convalescence. Après cette dénonciation, nous avons tous été arrêtés. On m'a gratifié de l'accusation classique pesant sur la plupart des prisonniers des prisons civiles syriennes : « terroriste ». Si ce n'est que mes papiers précisaient : « terroriste urbain », qualificatif que je n'ai jamais pleinement assimilé, mais faisant sans doute de moi – j'imagine – un très grand terroriste parmi les terroristes.

Je serais incapable aujourd'hui de dénombrer les branches du renseignement par lesquelles j'ai transité. Dans ces lieux, d'une certaine manière, la mémoire devient une notion abstraite et friable, que l'on soit cloîtré dans les cellules individuelles ou collectives. Nous dormions à peine, assis en rang sur une dalle de béton qui délimitait notre espace vital. J'en garde encore cette impression que les corps autour de moi tomberaient s'ils essayaient de bouger. Le silence y était si dense, le mutisme si absolu, que nos propres oreilles vibraient, produisaient un bourdonnement sourd comme si l'on entendait résonner nos os à l'intérieur de nos propres crânes. C'est pour cette raison que j'ai commencé à écrire sur les murs. Aidé d'un noyau d'olive, ou de datte, j'ai gravé un mot, puis deux. Parfois, quand une blessure saignait après la torture, on pouvait utiliser notre sang. Non par ennui, ni par plaisir, mais parce que le silence et la violence avaient précipité l'urgence de ces mots. Ils étaient toujours courts, comme des instants de mémoire qu'il me semblait vital de figer. Je voulais qu'ils soient beaux, pour que mon esprit ne soit pas seulement accaparé par la faim, la torture et la peur. Il fallait qu'ils me restent. Je me souviens avoir écrit d'abord des vers, ceux de Samih al-Qasim ou de Muzaffar al-Nawab, parce que j'avais peur de les oublier et je voulais figer leur beauté pour qu'elle m'accompagne. Mais comme les souffrances écrasaient ma mémoire, il arrivait que je ne me souvienne que de la première lettre ou des deux premiers vers. Alors j'écrivais un autre fragment précieux, un souvenir de chanson que ma mère me fredonnait – il fallait les écrire pour ne pas qu'ils s'échappent et me survivent.

Si je vous dis qu'il ne s'agissait pas seulement d'une occupation, c'est qu'écrire comportait un risque immense. Dans chaque cellule, il y avait toujours un prisonnier promu chef de dortoir, chargé de dénoncer tout « acte subversif » de ses codétenus. La prière, par exemple, conduisait immanquablement à la torture, même lorsqu'elle était pratiquée en silence, ou réduite à de simples gestes. Tout ce qui témoignait d'un attrait pour la religion islamique était interdit, et tout discours à caractère vaguement politique aussi. Demander : « Pourquoi es-tu ici ? » suffisait pour être accusé de provocation. Là-bas, la simple idée d'avoir une pensée était un crime. Alors que dire des écrits... Nous étions battus pour avoir osé un trait. Et pourtant, malgré la terreur et les coups, chaque cellule s'habillait de mots, de dessins, de signes clandestins. Il faut avoir été soi-même prisonnier pour comprendre pourquoi cela valait la peine de courir un tel risque.

Quand j'entrais dans un nouveau centre de détention, qu'on m'enfermait dans une nouvelle cellule, mon premier réflexe était toujours de chercher ce qui avait été inscrit sur les murs. Car dans le silence absolu, notre univers se limitait à ces inscriptions. Ces phrases courtes, ces prières tremblantes, ces calligraphies… je les chérissais. Elles étaient notre moyen de nous parler dans le silence et à travers les peines. Elles étaient la preuve qu'avant moi quelqu'un avait résisté, qu'un autre avait ressenti le même besoin d'écrire. Les premiers signes inscrits qui me sautaient aux yeux n'étaient pourtant en général pas les mots, mais les chiffres. Ceux-là étaient terrifiants, ces nombres gravés, souvent en bâtonnets alignés marquant chacun dix jours d'emprisonnement. Plus la série s'étirait, plus la terreur me saisissait : l'homme qui avait tracé ces marques avait peut-être passé ici des mois, peut-être des années. Ceux-là étaient un avertissement. Mais au-delà de ces compteurs, le reste des inscriptions n'apportait que réconfort. Je me souviens par-dessus tout de ces maisons gravées et de ces portes, que j'ai moi-même aussi dessiné, pour ne pas oublier où je voulais retourner. J'aurais aimé les ouvrir, les visiter.

Notre résistance passait par ces mots, car la prison était faite pour les annihiler. Pas seulement par le silence, mais parce que la prison tord les mots, les insultes. Les geôliers en étaient la preuve la plus crue : ils ne se contentaient pas de frapper ceux qui osaient un murmure, de nous ôter nos noms pour les remplacer par des numéros. Ils nous imposaient le langage de leur barbarie en nous menaçant, nous faisaient croire qu'ils allaient s'en prendre à nos proches. Leur vulgarité, la pauvreté de leurs ordres, leurs menaces contre nos mères, nos sœurs, nos femmes étaient autant d'armes pires parfois que la douleur physique. Le langage était une victime parmi nous.

Je me souviens : nous étions contraints de porter les corps des morts de nos cellules, de les empiler devant les portes. Et quand nous nous déplacions en les portant, il arrivait que l'un de nous tombe au sol d'épuisement. Alors, nous disions aux geôliers : « Il y a quelqu'un qui s'est effondré ici. » Et ils répondaient simplement ce mot : « Jetez-le. » C'était tout. Juste ce mot, froid, brutal : « Jetez-le. » Je voulais m'assurer que j'avais bien compris cette injonction : « Jetez-le. » C'était quelque chose qui dépassait l'horreur, et moi, tout ce que je pouvais faire pour donner du sens à ces paroles vides et ces termes de mort, c'était essayer de me souvenir des noms. Celui des morts, de les écrire, de les porter dans mon esprit même s'il s'égarait. Mais il y eut un revers à ce projet. Sans que je parvienne à l'expliquer, j'ai passé des mois à avoir peur de me laver le visage le matin. J'avais peur qu'il s'efface, peur de croiser des regards déteints dans mes propres mains. Dans leur creux j'y voyais des visages, avec les numéros de ceux dont j'avais porté le corps. Je les revoyais en décomposition, rongés par la douleur et la maladie. Et même si le souvenir de leur état se confondait avec ma chair, je continuais de me forcer à me rappeler leurs noms pour ne pas sombrer dans l'hystérie.

La création n'a pu être possible qu'après ma sortie de prison. Elle fut nécessaire, à vrai dire. Lors de mes interrogatoires, on m'avait accusé d'avoir orchestré un attentat sur la place principale de Jaramana. Il m'était insupportable d'avoir été condamné pour un crime que je n'avais jamais commis, rangé comme un étranger dans une cellule avec des voleurs, des assassins, des criminels de droit commun. Il me fallait surtout écrire pour l'expliquer, à moi et aux autres. Comment nommer ce que j'avais vu ? Ces sentiments étouffés ? Raconter ces hommes dont les blessures étaient si infectées que leur chair pourrissait et tombait en lambeaux. De toutes les horreurs que l'on a pu partager, le pire était ces vérités nues. Elles paraissaient impossibles, indicibles. Pas seulement parce qu'elles choquaient, mais parce qu'elles rendaient fou. Nous-mêmes, après notre libération, nous ne pouvions pas croire à ce que nous avions vu. Nous vivions dans le déni, même debout, même libres. Autrefois, quand nous parlions entre nous de la prison de Tadmor, nous pensions que ces traitements étaient réservés aux terroristes, aux criminels dangereux… Mais non. Ils faisaient cela à n'importe qui. Il suffisait d'être contre Bachar al-Assad. Rien d'autre. Tu étais aussitôt un traître, un agent de l'étranger, un terroriste. Tu étais déchu de ton humanité par la terreur… Comment pouvais-je redevenir un être humain après tout cela ? Alors qu'on avait voulu m'arracher la vie, la dignité, le verbe ? Comment, une fois rentré chez moi, pouvais-je parler à mon fils, à ma bien-aimée, sans que tout cela les hante à leur tour ? Trouver une manière de raconter sans briser ceux qui m'écoutaient, m'obsédait. Dire mais autrement. Par un texte, un poème, une pièce de théâtre, quelque chose que l'on puisse entendre sans être anéanti… Il ne fallait pas la taire, ni l'adoucir, mais la douleur ne devait pas être transmise brute, sans filtre, pour ne pas les détruire. Il fallait des mots pour la nommer, la lier, l'expliquer. Je voulais que mon fils grandisse normalement, sans porter le poids d'un père brisé. Je ne voulais pas qu'il me voie pleurer un jour et me demande : « Papa, pourquoi tu pleures ? » Ou me surprenne : « Papa, pourquoi tu as oublié de te laver le visage ce matin ? »

Mais pour les disparus de cet enfer, il ne nous reste que ces derniers mots gravés sur les murs, comme leurs derniers échos. Peut-être cela paraîtra-t-il dérisoire à certains, mais pour moi, ces mots sont des âmes. Le nom des ombres. Quand le régime repeignait les murs de Sednaya, effaçant toutes les inscriptions, c'était une façon de les assassiner une seconde fois. Lorsqu'ils ont étalé la chaux, que faisaient-ils au fond ? Ils enterraient nos amis avec les dernières preuves de leur passage, celles qui attestaient de leur humanité. Ils ne le supportaient pas, autant qu'ils ne pouvaient supporter leurs mots vivants. Sous la peinture, leurs dernières paroles gisent encore ensevelies comme dans une fosse commune.

Sceller ces mots les obsédait, car ils étaient notre évasion. À vrai dire, ce sont eux qui nous différenciaient du gardien, lui qui veillait, assis dans le corridor entre les cellules. Au bout de son couloir, un escalier menait à une porte verrouillée de l'extérieur. Lorsqu'il voulait sortir, il devait frapper pour qu'un autre vienne lui ouvrir. Peut-être ne le réalisait-il pas, mais il était prisonnier à son tour. Un écrivain syrien a écrit un jour : « Quand le geôlier rentre chez lui, il emporte la prison en pensées. Tandis que nous enfermés, notre esprit vagabonde à l'extérieur. » Ce fait était notre victoire. Je ne me suis jamais autant évadé que dans le détail des vers, des images, des traces gravées dans la cellule que surveillait le geôlier.

En vérité, le captif c'était lui.
Et nous, nous étions des hommes libres.

Telle est notre nature :
À ceux que nous aimons,
Du lien d'âme qui survient,
Lorsque la mort le rompt
L'amitié poursuit le chemin
– Aḥmad Dahan, Deir ez-Zor

Vers en arabe retrouvés
gravés sur les murs
d'une cellule de Tadmor.

CHAPITRE 7

Les murmurations

Seule agitation qui anime le paysage sur la route de Hama, timide et brève, en ballet harmonieux. La saison de l'hivernage a ramené quelques centaines d'étourneaux échappés des Balkans, derniers arrivés de la migration. Leur danse groupée trace dans l'air une première volute, une gravitation souple, qui s'écrase, se distord, s'élève, prête à se fendre avant de se recomposer comme un seul et même corps. L'anglicisme qui sert à nommer le phénomène en français confine au sublime : la *murmuration*. La science n'a pas encore trouvé toutes les réponses aux raisons de ce mystère. Agglomérat d'un groupe pour faire fuir les prédateurs, ou plutôt rituel conscient d'appartenance à ce groupe… La danse des étourneaux tutoie sans cesse le chaos, effrayante et gracile, toujours sur le point de se défaire, tenant pourtant sa volute. Les murmurations n'ont ni chef ni plan de vol, chaque oiseau s'adapte au moindre frémissement de ses voisins immédiats, comme une foule ayant conscience de sa masse. L'intelligence distribuée, la contagion d'un souffle, l'instinct d'un soulèvement… Bien des aspects la rapprochent des foules de la révolution. Cette masse clairsemée et pourtant mue par la prémonition d'un même mouvement, imprévisible et pourtant évidente... La révolution syrienne avait cette allure, inattendue comme le sont les murmurations, brassant les anonymes dans le mouvement des « sans-visages ».

Si pour toutes deux la masse, devenue colosse, renverse l'ordre de la prédation, une chose les distingue peut-être. L'une n'est pas vouée à s'effacer dès que le ciel se calme. Là où les prédateurs et les fusils se taisent devant les ballets d'étourneaux, le bruissement de la révolution devient pour eux une murmuration à abattre.

*

Bachar al-Assad salue la foule qui lui est acquise. Marées de fidèles, mêlés aux chabiha, tous conviés à hurler leur amour au leader qui vient de descendre de sa voiture pour gagner le parlement. Assad s'en délecte, surjoue une démarche flegmatique censée accompagner l'évidence de la ferveur. Les caméras de la télévision d'État le suivent au pas, filmant en légère contre-plongée pour grandir sa silhouette. Bachar se sait observé, il sait que les images à venir feront le tour du monde, sont déjà retransmises en direct sur la plupart des grandes télévisions arabes. À l'intérieur de l'hémicycle, cinq caméramans se relaient. Dès lors qu'il pénètre dans les lieux, les cadres s'élargissent peu à peu, laissent place à la foule des députés au complet acclamant le dictateur. Des applaudissements qui se muent bientôt en slogans : « Dieu, la Syrie, Bachar et rien d'autre ! Avec notre âme et notre sang, nous nous sacrifierons pour toi, Bachar ! »

Les conseillers d'Assad n'ont cessé de lui dire que sa prise de parole scellerait son sort. Lui sourit, courbe légèrement l'échine, exagérant la surprise de voir la foule l'acclamer si longuement. À cet instant, pourtant, le dictateur est déjà entré dans sa chute.

Depuis deux semaines, le pays est en ébullition. Ce que l'Occident appellera les « printemps arabes » vient de franchir les frontières syriennes, chose que l'élite baathiste tenait pour impossible. En cette année 2011, le peuple syrien réclame sa liberté, la justice sociale, la démocratie… À Deraa, berceau du soulèvement, la 4e division de Maher al-Assad a tenté de juguler la révolte en faisant couler le sang, sans que rien du feu de la contestation s'éteigne. Même la province de Lattaquié, bastion alaouite pourtant acquis au pouvoir, voit fleurir les rassemblements pacifistes. Dans le même temps, dans l'entourage d'Assad, des proches, des pontes du parti, conseillent la voie des réformes : promettre l'abolition de l'état d'urgence en vigueur depuis 1963, ouvrir l'espace politique à de nouveaux partis[1]. Il se murmure dans les coulisses du pouvoir que c'est cette voie qu'Assad compte annoncer dans son discours. Mais en parallèle, d'autres réunions plus informelles se sont tenues. Celles du clan. Dans sa villa du quartier d'Al-Maliki, Anissa Makhlouf, la mère de Bachar al-Assad, mène les discussions. Elle, comme Maher le cadet à son ordinaire impulsif, prône la répression. Il faut protéger à tout prix l'héritage familial, quitte à faire payer la masse des révolutionnaires. « Il faut leur donner une leçon qu'ils retiendront », dira Bachar aux siens.

1. Suggestions notamment apportées par Bouthaina Chaaban, conseillère de Bachar al-Assad qui prépare avec lui son discours du 30 mars.

Les voix s'essoufflent tandis qu'Assad approche du pupitre. Quelques députés sunnites, vêtus de l'abaya traditionnelle ou coiffés de l'*amana* blanche des gens de foi, l'interrompent pour déclamer des louanges. Interventions si spontanées que le contrechamp des caméras est souvent braqué sur l'orateur avant même qu'il n'ait eu le temps de se lever. Assad commence :

« Je m'adresse à vous en ce moment exceptionnel, alors que les événements actuels mettent à rude épreuve notre unité [...]. Aujourd'hui, il y a une nouvelle mode qu'ils appellent "révolutions". Nous ne les appelons pas ainsi, car nous considérons qu'il s'agit, le plus souvent, d'un phénomène populaire conditionné. Des instructions claires ont été données pour ne pas faire de mal à un seul citoyen syrien. Mais malheureusement, lorsque les choses se passent dans la rue, et que le dialogue se fait en dehors des institutions, la situation devient naturellement chaotique, et la réaction l'emporte sur l'action. Ce qu'on pourrait appeler des erreurs du moment devient la norme, et des gens meurent. C'est ce qui s'est passé, et vous le savez tous. Nous devons affronter ces crises avec une grande confiance et une volonté ferme de vaincre. Le Saint Coran dit : "La sédition est pire que le meurtre", donc tous ceux qui y sont impliqués intentionnellement ou non contribuent à détruire leur pays. Ils diront que nous croyons aux théories du complot. En réalité, il n'y a pas de théorie du complot. Il n'y a qu'une conspiration. »

Le ton est donné. À vrai dire, il l'avait déjà été dès les premiers jours de mars. Tout avait commencé par des mots. Inspirés par les soulèvements arabes qui secouaient alors la

Tunisie, la Libye, l'Égypte, un groupe de jeunes de Deraa avaient inscrit un graffiti sur le mur de leur école : « *Jay 'alek el-door ya doctor* », « Ton tour arrive, docteur »[1]. Arrêtés par les services du renseignement et torturés des semaines durant, leur sort indignera les habitants de la province.

« Oubliez vos enfants, rétorqua aux familles venues supplier leur libération, Atef Najib, chef de la branche du renseignement politique et cousin de Bachar al-Assad. Allez retrouver vos femmes ! Elles vous en donneront d'autres. Et si vous n'êtes pas capables de leur faire des gosses, amenez-les-nous : on s'en chargera pour vous. »

L'indignation précéda les premiers rassemblements. Les rassemblements, à leur tour, précédèrent les morts. Sous siège, la ville de Deraa vit les balles du régime faucher la foule venue contester les méthodes de la tyrannie carcérale.

Le 29 avril, un mois après le discours d'Assad, les villages alentour s'apprêtent à mener le « vendredi de la fin du siège ». Une manifestation pacifique pour confronter le blocus imposé à Deraa. Dans sa modeste maison du village d'Al-Jizah, Hamza al-Khatib, 13 ans, supplie ses parents de le laisser participer, aux côtés de son jeune frère Suraqa, de deux ans son cadet. Mais sur la route de Deraa que les deux enfants empruntent, le régime canarde les manifestants, poursuit chaque élément de la cohue. Hamza disparaît. Rentré seul, Suraqa explique à ses parents que son frère a été arrêté par des soldats, qu'il serait détenu dans une branche du renseignement. Sa mère, en sanglots, passe ses journées sur le

1. Surnom donné à Bachar al-Assad du fait de ses études en ophtalmologie.

seuil de la maison, guettant le moindre signe, priant pour que son fils revienne – échappé, libéré, pourvu qu'il revienne.

Le renseignement entre en contact avec la famille un mois plus tard. Hamza, disent-ils, a été tué par balle lors de la manifestation. Ils consentent à restituer le corps à condition que la famille signe un document jurant de l'enterrer immédiatement, sans esclandre. Les proches acceptent. Mais à la vue de la dépouille, ils s'effondrent. Ils font appel en urgence à un activiste, qui filme ce que le régime vient de leur rendre : le cadavre d'un enfant violacé, le cou et la mâchoire brisés, le corps criblé de balles, brûlé de mégots de cigarettes sur toute la peau, que l'on avait émasculé. Le régime venait d'envoyer avec sa dépouille un message : qu'il n'existait aucune limite pour écraser la révolte.

Des séquences vidéo du corps publiées sur Internet font grimper la fièvre. D'autant que le père de Hamza vient d'être arrêté à son tour par la police, et lui aussi torturé pour qu'il déclare que ce sont les islamistes qui ont mutilé son petit. Hamza est déjà le vingt-cinquième enfant tué parmi les mille civils tombés, à une période où le régime n'a pas encore totalement militarisé le conflit pour jouer sur le terrain qu'il savait pouvoir gagner. Mais Hamza al-Khatib devient un symbole, son nom un cri d'appel. Un mot qui résonne bien plus que les palabres d'Assad, promesses évidées de leurs sens, déjà noyées sous la réalité du sang.

Nizar Qabbani, dans son célèbre poème, écrivait bien des années auparavant : « الثورة تولد من رحم الأحزان », « La révolution naît des entrailles du chagrin ». En Égypte, il avait fallu le meurtre du jeune Khaled Saïd par la police d'Alexandrie pour enflammer la foule. Celle sous la torture de Mahsa Amini pour déclencher le soulèvement iranien. Celle d'un enfant comme Mohammad al-Dura pour déclencher la seconde intifada… Et celle de Hamza al-Khatib avait un peu de toutes celles-ci. Dans les geôles du régime, son exécution produisit plus qu'une étincelle, elle provoqua un basculement. Au printemps 2011, une directive promulguée par les autorités[1] entérinera que ne soit fait aucune différence entre un adulte et un mineur lors d'une arrestation. La révolution, elle, animée par les conditions économiques terribles qui frappaient les plus marginalisés, se forgea une colère face à l'enfer carcéral et au martyre des enfants. Le régime, pour sauver son trône, s'accommoda de leur extermination.

*

« Non non non… ce n'était pas une prison ici.

– Vous en êtes certain ? Pas même une prison pour enfants ?

– Non… mais on recevait des enfants.

– Mais vous assurez que ce n'était pas une prison ?

– Non, juste un centre, pour rééduquer ceux qui avaient des petits problèmes. Un peu comme une école, dirons-nous.

– Mais les enfants avaient le droit de sortir de cette école ?

– Non, mais ils avaient des dortoirs, très propres. Et un repas trois fois par jour. Ils étaient très bien traités, vraiment.

– Est-il possible de voir ces dortoirs ?

– Non, absolument pas.

– Et vous êtes quelle sorte d'organisation ?

– On est une association.

1. Décret de la présidence entrée dans la loi antiterroriste votée l'année suivante au Parlement syrien le 28 juin 2012.

– Indépendante ?

– Oui, indépendante, mais rattachée au ministère des Affaires sociales.

– Ah oui… et aujourd'hui ?

– Le centre a fermé, les enfants sont partis depuis le 8 décembre 2024.

– Vous voulez dire… Ils sont partis le jour même où les prisons ont été libérées ?

– Oui.

– Mais vous maintenez qu'ici ce n'était pas une prison ?

– En effet.

– Mais tous les enfants ont quand même été libérés d'ici le jour de la libération des prisons ?

– …

– …

– Vous avez une autorisation officielle pour me parler ? »

Le directeur, ventripotent et froid, ne voulait pas en démordre. D'après lui, cet établissement austère du nord de Hama n'avait rien à avoir avec une ancienne prison. Depuis son arrivée en poste en 2018, il affirme y avoir accueilli « quelques enfants turbulents » pour leur offrir enseignements, toit et couverts… Quatre mois après la libération, la cour du bâtiment est désormais utilisée par une association qui y distribue de l'aide alimentaire pour les habitants du quartier.

« Ils appellent ça une école ? Je ne sais pas… Il y a une vraie école juste en face, glisse un homme venu chercher son colis, entouré d'autres locaux qui hochent la tête en silence. Nous, on appelait ça “la prison pour enfants”. »

Et pourtant, aucun n'est capable d'en nommer un seul incarcéré ici. Dans le reste du quartier, même phénomène. Si l'intégralité des habitants arrive clairement à désigner l'emplacement de la « prison pour enfants » à sa simple évocation, aucun ne peut donner de nom, ni de visage. De l'aveu de la plupart, la prison faisait partie du décor, eût-elle été destinée aux enfants ou non. Peu importait. Comme pour le reste des prisons syriennes, inutile de s'en approcher à défaut d'y connaître une victime. Même libérée, la prison s'inscrit toujours dans le même espace, celui des habitudes, des rumeurs et des silences. Hier dans le brouillard du non-dit, elle bascule désormais dans celui de la semi-amnésie. Un rappel muet de la manière dont le régime avait su disséminer la menace jusque dans l'ordinaire, pour que plus rien ne surprenne. « On ne la regardait pas » est un aveu qui revient souvent dans la bouche des habitants. Pour essayer de l'ignorer ? De peur qu'elle ne les happe ?

« Un garçon de mon école originaire de Raqqa, Qaysar, a été emmené là-bas un jour, confie un jeune de la rue voisine. Je viens tout juste de revenir à Hama car ma famille et moi étions réfugiés. Je n'ai jamais su ce qu'il lui était arrivé. Ni ce qu'on lui avait fait. Ni ce qu'il était devenu. Je ne sais même pas comment ils étaient traités. »

Les seuls du quartier à avoir vraiment vu les lieux sont les deux commerçants du trottoir face à la porte d'entrée. Chady et le vieil homme de l'épicerie voisine toujours assis sur sa chaise à regarder les allées et venues.

« Ce n'étaient pas des enfants du coin qui étaient là, sinon cela aurait provoqué la colère du quartier, et le régime cachait d'ordinaire l'emplacement des prisonniers aux familles. Les gamins qui étaient accueillis ici venaient de la banlieue ou des régions alentour… Des marginaux, des orphelins ou des enfants qui traînaient dans les rues et qui se faisaient arrêter sans raison véritable. Ils étaient très jeunes, parfois 8 ou 9 ans. Cela a continué jusqu'en 2024, et je pense depuis les années 1970. Quelquefois, les parents qui avaient su les localiser venaient leur apporter à manger car ils n'avaient rien dans le centre, ils avaient le droit de les voir un peu mais seulement à travers une grille. »

Il sourit amèrement.

« Le directeur vous a dit que c'était une école ? C'est drôle... Moi je n'ai jamais vu de bus scolaire transporter ainsi des volées d'enfants tête baissée et les poignets menottés. »

*

Il n'avait pas la barbe si longue, ni le visage buriné. Pour Mohammad Tayyar, devenir adulte a d'abord voulu dire devenir prisonnier. Cela fait quelques semaines seulement que le trentenaire a remis les pieds à Hama, après plusieurs années d'exil. Le salon de barbier que tenait son frère n'a pas changé. Et parmi le bazar contenu dans le banc de rangement recouvert de similicuir qui flanque un angle de la pièce, les papiers à son nom sont encore là, leur en-tête mentionnant la prison centrale de Hama.

« Un rapport du renseignement m'avait désigné ainsi : Mohammad Tayyar, combattant armé, accusé d'avoir commis un acte terroriste et d'avoir détenu des armes. J'avais 20 ans. L'accusation remontait à septembre 2012, après des mois d'engagement dans les rangs de la révolution. À cette époque, à Hama, si tu interrogeais un manifestant comme moi sur les raisons de son engagement, il te répondait peut-être "justice", "liberté", "faim"... mais d'abord : "1982[1]".

1. Le massacre de Hama, perpétré par les brigades Rifaat al-Assad, frère du président, tue environ quarante mille personnes dans la répression de l'insurrection des Frères musulmans. Une stratégie délibérée de

L'année du massacre. Je ne l'avais pas connu mais je savais comment mon quartier avait été bombardé, nos voisins tués. Mes parents m'avaient transmis une mémoire de ces événements… Pour ma génération, manifester sonnait comme une revanche.

« J'ai été transféré à la prison centrale de Hama après avoir connu le parcours ordinaire et terrible des services de renseignement, où les gardiens avaient une ivresse de la mort. En comparaison, la prison centrale de Hama, je l'appelais "l'hôtel". Quand j'étais dans les geôles du renseignement, je pesais soixante kilos. Quand j'en suis sorti, je n'en faisais plus que vingt-cinq. C'est ça, la torture. La vraie. Dans la prison centrale, elle se limitait aux tabassages et mauvais traitements. On y purgeait une peine, souvent injuste et sévère, mais ce n'était pas comme dans le reste de leurs abattoirs.

« Je l'ai d'autant plus sentie que, régulièrement durant l'année, nous étions transférés à Damas pour comparaître lors de procès fantoches. Là-bas, on trouvait des prisonniers de toutes les provinces de Syrie, tous accusés de "terrorisme" pour avoir manifesté. Entassés dans des cellules de la mort, certains mouraient de faim avant d'atteindre la salle d'audience. Il fallait parfois deux mois pour repartir vers Hama, puis attendre de nouveau… puis encore un transfert, et ainsi de suite. Un cycle de va-et-vient interminable. Transfert, retour, transfert encore… Certains revenaient avec une condamnation, d'autres attendaient toujours, et d'aucuns étaient promis à Sednaya ou à d'autres prisons, pour y mourir.

---

punition collective qui marquera l'un des plus grands massacres civils de l'ère Assad.

« Jusqu'au jour où la révolution a gagné la prison elle-même. En mai 2016, notre section, celle des "terroristes", était isolée dans une aile spéciale. Les conditions de vie étaient devenues intenables, et plusieurs de nos camarades étaient annoncés pour l'abattoir. Alors nous nous sommes révoltés. Nous avons confronté les gardiens qui ont voulu répondre avec leurs armes. Certains ont ouvert le feu, d'autres ont lancé des grenades lacrymogènes dans les cellules. Nous étions terrifiés, mais nous voulions à tout prix nous évader. Les militaires se sont regroupés à l'extérieur de la prison. Des renforts sont arrivés pour mater la révolte. Ils voulaient forcer les prisonniers à se calmer, mais rien ne pouvait nous arrêter.

« Très vite, des vidéos ont commencé à circuler. Des images de l'intérieur de la prison ont franchi les murs. Les prisonniers ont réussi à faire sortir des enregistrements, aussitôt mis en ligne sur YouTube. Tout avait été capté, documenté, sans détour. Nous étions des milliers à la prison de Hama, et notre soulèvement apparaissait désormais à l'écran, sur Al Jazeera, Al Arabiya. Les nouvelles de ce qui se tramait à l'intérieur ont commencé à filtrer vers l'extérieur, et le monde, peu à peu, a su ce qui se passait réellement.

« Ce soulèvement avait forcé le régime à sortir de son mutisme. Il savait que s'il se risquait à un massacre, cela attirerait trop l'attention, provoquerait un scandale médiatique alors qu'Assad jouait sa réhabilitation. Ils ne pouvaient pas se permettre que la situation dégénère comme à Sednaya en 2008, quand ils avaient écrasé la révolte dans le sang, et que tout s'est enlisé. Cette fois, les projecteurs étaient braqués sur nous. Alors, une première liste de vingt-cinq noms fut publiée, accompagnée d'une promesse de grâce présidentielle. Puis vint une autre, comptant quatre-vingts prisonniers sur laquelle je figurais. D'autres vagues ont suivi. Mais beaucoup de nos familles avaient dû en réalité verser des pots-de-vin pour nous faire sortir. À chaque nouvelle libération, la prison résonnait de cris, de sanglots, de hurlements.

« Je me suis réfugié à Idlib. Même après la libération, nous savions que le régime pouvait toujours nous faire disparaître. Ce n'était pas dans son intention de laisser courir les révolutionnaires dans la nature. Son plan était limpide : arrêter les meneurs dans les jours qui suivraient leur sortie pour éviter le siège à long terme de la prison. Nombre d'entre eux ont alors été envoyés à Sednaya. »

*

Mohammad Tayyar ne l'avait pas revu depuis sa libération de la prison de Hama. Ossama a bien changé, il a surtout grandi. Lui qui avait été arrêté enfant aux premiers mois de la révolution est désormais un jeune homme, grand, rasé avec soin. Caché sous un bonnet de laine qui écrase son regard fuyant, il porte un second blouson par-dessus un premier. Dans le lobby de l'hôtel al-Nawaer où les deux hommes se sont donné rendez-vous, la nuit enveloppe le lieu d'une quiétude feutrée. La voix d'Ossama est tamisée, l'air de toujours hésiter à troubler le silence. Les deux ne sont pas venus seuls. Chacun a convié un ami du quartier, qui en a invité un autre à son tour. Iyad, Yasser et Tamam sont là, assis en cercle dans les canapés du café au premier étage. Tamam, lui aussi ancien révolutionnaire, est curieux de revoir les deux hommes. Il avait partagé leur détention dans les geôles de Hama et tente aujourd'hui de recenser les vivants, d'échanger avec eux pour se reconstruire.

« Je me suis permis de venir aussi, glisse Yasser, jeune homme aux montures épaisses. J'ai été enfermé à Hama pendant la révolution. Je travaillais comme journaliste.

– Ah… Vous avez tous connu la prison ? interroge Iyad. Moi aussi, j'ai été arrêté à la même époque. »

Les cinq hommes partagent un sourire pudique, s'amusent de leur condition commune pour détendre l'atmosphère. Leurs souvenirs les ramènent à la prison, à Hama, s'égarent sur ce qu'est devenue leur ville depuis la chute du régime. Un homme à la table voisine, syro-irakien, qui les écoutait, se retourne :

« Désolé de m'immiscer, moi aussi j'ai connu la prison. La Branche Palestine pour ma part, dit-il en levant sa tasse. Et l'homme avec qui je suis assis également. »

Une voix s'élève de l'autre côté de la pièce :

« Et moi aussi j'ai connu les geôles ! »

Le réceptionniste de l'hôtel, laissant traîner une oreille, se joint à la conversation. Derrière lui, un autre employé esquisse un geste discret, comme pour signifier qu'il en est lui aussi. Puis un client du fond… Sur les douze hommes présents ce soir dans le lobby de l'hôtel, tous sans exception racontent avoir été arrêtés par le régime et torturés au cours des quinze dernières années.

Si tous se reconnaissent, le nombre des victimes dans la Syrie post-Assad pèse pourtant sur chaque existence comme une malédiction silencieuse. La multiplication des récits d'horreur a condamné le récit de tous au drame de la banalité. Beaucoup peinent même encore à nommer « torture » les coups de *Lakhdar* ou les tabassages ordinaires. « Ce n'est pas de la vraie torture, ça », disent souvent en éludant les détenus des prisons civiles, se remémorant les services de renseignement et leurs supplices les plus extrêmes. En Syrie, l'infinité des souffrances a trop souvent gommé l'unicité des leurs. Une accoutumance à la violence que tous admettent, disant parfois la minimiser par politesse, pour ne pas sembler désobligeant envers ceux qui auraient connu plus grande peine que la leur dans l'enfer concentrationnaire. Tous autour de la table, libérés de la prison centrale de Hama, savent que l'un d'entre eux a également connu Sednaya.

Pour les rescapés des geôles, les retrouvailles n'en sont jamais vraiment. Si les souvenirs refont surface et se frôlent, il surgit toujours dans l'autre une part d'étrangeté – cet instant où les anciens détenus finissent par faire la découverte du nouvel homme que l'enfer concentrationnaire a façonné.

Tamam Ghanaj, Yasser Al-Rouh, Ossama Taweel, de Hama

Dialogue sur l'enfance, le verbe, et les animaux-humains

TAMAM

Beaucoup, autour de cette table, n'étions pas que des enfants *dans* la révolution, mais des enfants *de* la révolution… Le malheur, c'est que le régime nous a contraints à nous construire dans sa répression. À leurs yeux, nous n'étions que des terroristes, des infiltrés des puissances étrangères. Pourtant, vu mon jeune âge, je ne savais même pas ce qu'était vraiment une puissance étrangère : un pays occidental ? Un pays arabe ? Nous n'étions pas ouverts au monde au point de pouvoir si bien le distinguer.

J'étais très jeune quand j'ai été arrêté pour la première fois. Pas autant que certains enfants qui furent traînés dans les mêmes geôles que moi. Eux s'effondraient en pleurs après quelques coups de bâton ; je me souviens de l'un d'eux, 12 ans environ, suspendu par ses poignets attachés dans le dos… Je revois encore son corps battu sous mes yeux, avant qu'on ne le force à se recroqueviller dans un pneu. Les gardiens avaient tenté de lui passer les menottes, mais ses poignets étaient si fins qu'il s'était dégagé. Dans un élan désespéré, il avait couru vers nous, vers les détenus plus âgés, en hurlant :

– Par pitié, ils vont m'égorger ici ! Ils ont dit qu'ils m'égorgeraient ! Par pitié, aidez-moi !!

Mais personne ne pouvait bouger. Nous étions tous prisonniers, aussi impuissants que lui. Un des Sukhra, prisonnier à qui les geôliers déléguaient la torture, l'a attrapé, l'a giflé brutalement, puis l'a traîné dans une autre pièce dont il a claqué la porte. Nous avons entendu ses cris : « Aïe ! Aïe ! », puis plus rien. Le lendemain, nous avons cherché à savoir ce qu'il était devenu. Quelqu'un a murmuré :

– On l'a vu. Sa tête pendait. Il y avait du sang partout.

L'enfant était mort. Si quelqu'un avait connu sa famille, il aurait pu porter la nouvelle… Mais les morts étaient si nombreux, leur disparition si banale, que leurs noms se perdaient souvent avec leur nombre.

YASSER

Même s'il s'agissait d'enfants… Ce n'était pas rare de les voir mourir. Le régime les accusait d'être une génération pervertie par la révolution. J'étais à peine majeur pour ma part quand j'ai commencé à filmer les manifestations, souvent de nuit, tentant de faire diffuser mon travail en cachette. Deux adolescents m'aidaient à transporter les images sur des clés USB hors de Hama, qu'ils faisaient passer par un réseau d'intermédiaires pour enfin les télécharger sur YouTube ou les envoyer aux chaînes de télévision étrangères. Nous avions organisé un système de communication étanche, pour éviter que quiconque puisse remonter jusqu'à nous.

Un jour, Bassel, l'un de ces amis, a été arrêté lors d'une descente militaire. À travers nos échanges téléphoniques, ils sont remontés jusqu'à moi et ont réussi à me tendre une embuscade. Nous avons été envoyés dans une prison militaire. Là, un enquêteur, souvent ivre, nous interrogeait chaque nuit à partir de 3 heures du matin. Bassel était encore un enfant. Je n'imaginais pas qu'ils iraient si loin pour le faire parler… Nous étions en isolement, mais parfois, à travers les murs, je parvenais à lui parler discrètement, lui jurant de tenir bon.

Après cette période, nous avons été transférés à Damas, au centre de détention 291, dans le quartier de Kafr Sousa. Rare étaient les civils envoyés dans cette branche. L'apparence des détenus adultes nous avait frappés : certains avaient la peau si pâle qu'elle semblait translucide, d'autres étaient réduits à l'état de squelettes. La prison était installée dans un parking souterrain, deux étages sous terre : aucun rayon de soleil n'y pénétrait. J'ai attendu la mort pendant près de vingt jours avant d'être convoqué pour un nouvel interrogatoire, puis dirigé vers la prison centrale de Hama, où j'ai passé environ neuf mois.

OSSAMA

Beaucoup de jeunes finissaient à Hama. J'y suis arrivé moi aussi… par hasard. Ce jour-là, je me baladais avec quelques amis, sans but précis. Certes, nous participions parfois aux manifestations pacifiques, mais cette fois-là, nous faisions simplement le tour du quartier. J'étais en terminale, je voulais étudier l'informatique… Ma vie était normale, et je ne faisais que suivre l'animation des cortèges parce qu'il y avait une sorte de souffle qui me traversait.

Ce jour où nous étions simplement dans la rue avec mes amis, un bus des forces de sécurité s'est arrêté à notre hauteur. J'avais 16 ans. Quand ils ont aperçu notre petit groupe, les soldats sont descendus, ont exigé nos papiers d'identité. Aucun de nous n'avait de passé trouble, rien à se reprocher. Nous les avons tendus le plus naturellement du monde… Ils observaient, attentifs. Puis, prétextant que nos noms ressemblaient à ceux de suspects, ils nous ont fait signe de monter dans le bus. Ils avaient l'air calmes, presque courtois. Comme nous voulions vite en terminer, nous sommes montés sans esclandre. Mais une fois dans le bus, les soldats se sont mis à nous frapper. Gifles, poings, sans explication, sans qu'on ait même le temps d'ouvrir la bouche. Ils nous ont conduits à un checkpoint, puis enfermés dans des pièces séparées.

Lors de l'interrogatoire, on m'a accusé de porter des armes, d'avoir attaqué des barrages, combattu les forces de sécurité. Ce n'était que mensonges : la même histoire que pour tout le monde ici… rien de neuf. Mais moi, ces récits, je ne les connaissais pas. J'étais un gamin. Et quand ces hommes me fouettaient avec des câbles, je ne comprenais pas. Je ne comprenais rien. Je ne savais pas de quoi on m'accusait, ni pourquoi on me faisait mal. C'était ça le plus terrible.

TAMAM

Il n'existe pas de mot juste pour dire l'effroi d'un enfant face à la torture et son incompréhension. Injustice ? Ce n'est pas assez… C'est un vertige d'abandon et de fatalité. Et plus ils sont petits, plus ils se brisent. J'étais au même endroit qu'Ossama à cette époque : ce qu'on appelait le « hangar », un ancien abri du renseignement de l'armée de l'air à Hama. Nous étions près d'un millier dans ce huis clos. Parmi nous, une vingtaine d'enfants. Je le jure, parfois si petits, certains n'avaient pas 10 ans. Comme les adultes, ils avaient été forcés de se mettre totalement nus dès leur entrée. Un rituel d'humiliation, prétexte aux fouilles. C'est dire que le régime nous traitait comme du gibier... C'était son langage : celui des bêtes. Moi, j'ai grandi parmi les troupeaux. Je sais ce qu'est une vie devant soi où aucun dialogue n'est possible. Pour eux, tout se faisait avec les bêtes que nous étions, par la force des coups.

YASSER

C'est vrai... Et pas seulement parce qu'on était comme des animaux dans des cages, mais parce que, jusque dans nos transferts, ce traitement devenait littéral. Nous étions entassés à une trentaine dans des camionnettes à bestiaux, les mêmes que celles utilisées pour transporter les moutons. Entravés au fil d'une longue chaîne commune, si bien que lorsque l'un tombait, tous suivaient. D'autres fois, c'étaient des camions frigorifiques destinés au transport de la viande, où cette fois-ci nous étions plutôt une soixantaine et attachés par paires. Dans les deux cas, nous étions de la viande.

OSSAMA

Même nous, les enfants, étions des animaux à qui il n'y avait pas intérêt à parler. Pendant les tortures, parfois, il n'y avait pas même de question. Leur violence n'attendait rien d'autre que de créer méthodiquement une douleur sans attendre de réponse de notre part… C'est difficile à expliquer. Il est arrivé des fois où j'étais suspendu et où on me battait simplement jusqu'à l'épuisement sans rien me demander. Et si je perdais connaissance, on me jetait un seau d'eau au visage et tout recommençait. C'était simplement un moyen de me faire ressentir la peine. Que je me transforme en elle. C'est seulement après avoir été habitué à devenir cette douleur et cette soumission que l'on me faisait avouer n'importe quoi. Mais ce n'est pas moi qui parlais, mais ma douleur. Quant aux accusations, aux mots du juge, aux rapports associés à mon nom – rien de cela n'avait de réalité pour moi. Je ne savais qu'une seule chose, c'est que je souffrais.

TAMAM

Ils ne se demandaient même pas ce que faisait là un enfant, perdu parmi les adultes. Nous, jeunes hommes, arrivions à lire leur détresse… Un enfant n'a pas pleinement conscience de ce que veut dire l'incarcération, le régime. Il n'a pas les mots pour comprendre sa propre arrestation. Il connaît la panique, l'élan de la fuite, rien de plus. Après l'interrogatoire, si la famille ne payait pas, l'enfant était englouti par la machine judiciaire comme n'importe quel adulte.

J'en ai vu arriver dans la prison de Hama, des gosses pantelants, épuisés par la souffrance des tortures. Ils n'étaient plus des enfants après tout ça, mais pas encore des grands. Ils étaient des écrasés, sur qui les jours et les années passaient.

Dans la prison centrale, il y a une aile appelée « section des mineurs », elle-même divisée en deux cellules : l'une pour les 14 à 18 ans, l'autre pour les 8 à 14 ans. Ceux qui entraient sans savoir fumer en ressortaient en ayant appris. Un voleur débutant y rencontrait d'autres et apprenait d'eux. L'environnement de la prison les façonnait. Et les gardiens se chargeaient de leur transmettre la première leçon : qu'ils n'étaient pas des hommes libres. C'est ce qu'ils voulaient qu'ils intègrent en priorité. Très souvent, ils forçaient les enfants à devenir leurs esclaves, nettoyer, laver, récurer, etc. Ils grandissaient dans les pires conditions.

OSSAMA

Oui... et il a fallu s'adapter pour survivre. À Hama, j'ai été placé dans cette cellule pour mineurs, un espace surpeuplé de garçons de mon âge, parfois plus jeunes. Comme disait Tamam, ceux qui ne juraient pas se mettaient à jurer. On cessait de prier ou de croire en quelque chose car tout perdait sens. Nous ignorions ce qu'il se passait à l'extérieur, si nos parents essayaient quelque chose pour nous. Les jours passaient, sans perspective. En prison, il n'y a pas d'horizon, nulle part, jamais. Tout devient un fait qui s'impose, et psychologiquement, cela m'a brisé. J'étais un lycéen, à l'aube de ma vie. J'avais été jeté dans une réalité qui ne me concernait en rien. Et tout cela était une torture psychologique et morale bien plus cruelle que tous les coups qu'on avait pu m'asséner. J'ai passé cinq ans ainsi, dans des limbes.

TAMAM

Ossama est resté dans la section des mineurs jusqu'à ses 18 ans. Après cela, si je me souviens bien, il a été transféré vers notre section des adultes accusés de terrorisme.

OSSAMA

Oui. Dès que j'ai franchi 18 ans, ils m'ont transféré.

TAMAM

Nous n'imaginons pas l'étendue de vos souffrances quand vous arriviez parmi nous, les enfants de la prison. Vous étiez des égarés dans un monde étranger, tellement vulnérables… Vulnérables face à d'autres hommes, aussi, qui essayaient de profiter des mineurs dans la prison. Avec quelques camarades, nous avions formé une sorte de garde informelle pour protéger les plus jeunes, et les empêcher de tomber dans de mauvaises fréquentations. Nous leur donnions des cours, leur parlions de leurs souvenirs, nous faisions la prière avec eux et récitions parfois le Coran. On s'efforçait de leur redonner un peu de fierté, de les maintenir dignes. On s'assurait qu'ils se lèvent, pour ne pas se laisser aller, même au sein de cette promiscuité. On évitait qu'ils se promènent en short même si nous étions entre hommes. Aussi, nous savions entre nous qu'un garçon qui avait des jambes imberbes, cela attirait l'attention de personnes malveillantes en prison. Ce ne sont pas des choses qu'un jeune homme peut garder en tête pour se protéger. Et nous aussi, cela nous donnait un but, de nous sentir être une barrière entre ces jeunes et le régime, les aider à ne pas sombrer.

YASSER

Mais la prison de Hama n'était pas un environnement stable, figé avec des règles établies pour pouvoir s'en sortir si facilement. La mutinerie qui a touché la prison avait changé la donne. Après, les descentes des services de renseignement se sont multipliées. Nombreux furent les transferts. Dès lors, la peur s'est installée et personne n'a plus osé parler ou exprimer quoi que ce soit, de crainte d'être emmené vers un autre centre.

TAMAM

Car un « transfert », en langage du régime, c'était une expulsion punitive. Une condamnation. Moi, par exemple, ils m'ont accusé d'avoir trop d'influence parmi les détenus. Et les hommes comme moi, ils les transféraient… vers des lieux d'où l'on ne revenait pas.

YASSER

Tamam, toi tu as connu Sednaya… C'est là que tu as été transféré ?

TAMAM

Oui… Je vais avoir besoin d'un verre d'eau avant de me lancer là-dessus.

YASSER

Prends ton temps, mon frère…

TAMAM

En effet, j'y suis entré en 2020. Vous devez vous souvenir, dans la prison de Hama, lorsque les gens parlaient de Sednaya, nous n'y prêtions pas trop attention. Tant que tu n'y avais pas mis les pieds, cela restait abstrait. Il y en avait dans les cellules qui nous parlaient de Sednaya, mais nous écoutions sans réellement saisir. Et pourtant déjà nous l'appelions entre nous « la mère des ombres », à cause de tous ces grands secrets qu'elle semblait dissimuler.

Je jure devant Dieu, sans exagération, que les geôliers là-bas ne sont pas humains. Je refuse de croire qu'ils soient de notre monde. Ce sont des jeunes comme vous et moi, ils rient, ils plaisantent, mais ils n'ont ni cœur ni sentiments. Ils n'ont pas d'esprit. Pour eux, verser le sang, torturer et tuer, c'est comme rire, comme boire le thé que nous sommes en train de partager. Ils n'accordent aucune valeur à l'humanité.

Le jour de notre arrivée, ils nous ont pris nos effets personnels puis nous ont jetés dans ce qu'ils appellent les « égouts ».

C'est le réseau d'évacuation des cellules souterraines, un cloaque où convergent les eaux usées, où toutes les saletés se retrouvent. Nous étions nus là-dedans dans une obscurité absolue. À peine entrés, nos pieds ont foulé une matière chaude et molle. D'abord, j'ai cru à de la boue. Mais rapidement, nous avons compris que c'étaient les excréments des prisonniers précédents.

Tout ce que j'avais appris de la vie et de la foi, tout ce qui avait trait à la morale, se jouait à contresens là-bas. Il s'agissait d'un enfer. Les gardiens tuaient, écrasaient… quand je dis « écrasaient », je veux dire dans son sens le plus strict. Je l'ai vu de mes yeux : l'un d'eux écraser la tête d'un détenu sur l'angle d'un mur, appuyant sur sa nuque jusqu'à ce qu'elle se plie. Des codétenus qu'ils punissaient en coinçant leur tête dans l'entrebâillement d'une porte et en brisant leur crâne, hilares.

– Montre-nous si tu vas te débattre ou pas, disaient-il à celui sous leur semelle.

Ils laissaient son corps parmi nous, et comme l'exigeait la règle, nous attendions quelques minutes avant de signaler sa mort.

– Quelle est la cause du décès ? faisaient-ils semblant de demander.

Une seule réponse était acceptée.

– Monsieur, il a glissé dans les toilettes.

– Pourquoi vous n'avez pas prévenu plus tôt ?

Nous n'avions plus aucune dignité, plus rien… Qu'est-ce qu'un homme quand il perd tout cela ? Dieu merci, vous mes amis, vous ne l'avez jamais vu, Sednaya.

YASSER

Des enfants aussi... ils y allaient ?

TAMAM

J'ai entendu des pleurs d'enfants, et des voix de femmes aussi, lors de mes années là-bas... Oui. Mais tu sais... je n'osais pas les imaginer. Elles devaient être là-bas comme des servantes, des esclaves. Mais notre esprit refusait d'accepter ça, car il aurait pu s'agir de nos sœurs, de nos mères, de nos épouses. Alors ces voix, j'essayais de m'en convaincre : ce devait être celles des policières. Nous nous mentions à nous-mêmes. Pourquoi ? Parce que si je l'acceptais, je devais imaginer que ma femme pouvait y être aussi, et qu'on lui faisait subir ce qu'on nous faisait subir. Alors je refusais d'y croire.

Cette déshumanisation... elle explique pourquoi on envoyait là-bas les révolutionnaires. Dans ce camp, leur obsession était de nous empêcher de penser à autre chose que la peur et la souffrance, de nous faire perdre la parole ou d'effacer chez nous la moindre pensée qui pouvait dériver de la seule psychose que le régime voulait nous inspirer. Peu importe ton intelligence, tout cela nous réduisait à l'instinct primaire. Manger, boire, survivre... Si le régime nous traitait comme des bêtes, c'est aussi pour nous réduire à cet instinct animal.

OSSAMA

En fait, en prison, on devient des ombres… À Hama, je faisais du sport régulièrement pour m'occuper. Ils m'ont accusé d'être suspect à cause de ça : « Pourquoi tu fais du sport ? » Et juste pour cette raison, ils m'ont battu au point de me briser une côte. Tout ce qui, dans ta vie normale, pouvait être une source de fierté devenait ici une cause de persécution. Mais tu ne pouvais rien faire, tu ne pouvais que subir, écouter, et disparaître.

TAMAM

Personnellement, après être sorti de cette prison, j'étais atteint de tuberculose et j'ai développé une phobie de tout. Si quelqu'un me regardait, je me disais immédiatement qu'il allait me dénoncer aux services de renseignement. Même ma propre mère, si elle me fixait trop longtemps, je me demandais : « Pourquoi elle m'observe ainsi ? À qui va-t-elle me dénoncer ? » Si une voiture s'arrêtait devant ma porte, je paniquais en pensant qu'ils venaient me rafler. Je n'ai même pas pu accepter ma propre fille. Je me demandais si elle ne m'était pas donnée comme un piège, pour m'attendrir et me manipuler. J'ai fini par aller voir un psychiatre à Hama, qui m'a prescrit des somnifères. Mais ces choses endorment le cerveau, et moi, je ne voulais pas sombrer ainsi. Je me suis alors tourné vers d'autres méthodes : suivre les conseils d'un psychologue, m'accrocher à la foi, me mêler aux gens et renouer avec la vie sociale. Ce que nous faisons maintenant, ensemble, les anciens de la prison, parler, dire, raconter. Peu à peu, cela m'a aidé à sortir de cet état.

OSSAMA

Mais il est tôt… Je sais qu'on portera ces traumas-là pour le reste de notre vie… Dès fois, j'ai mal d'imaginer ces peines qui ne nous quitteront pas.

TAMAM

Oui… et pourtant, tu sais, parfois je repense avec chagrin à ces gens devenus fous ou aphones sous la torture. Ils ont déjà un peu disparu, car pour eux, leur mémoire est déjà morte. Ce que je vais dire est paradoxal, mais malgré toute la peine qui me pèse encore, je remercie Dieu d'une chose : c'est justement de pouvoir encore m'en souvenir.

III

LA VIE

الحياة

Oqba Adnan al-Tamr
Mère, Faryal
Né en 1983
Disparu dans la prison de Sednaya
A partir de 2014
Contacter le 095602****

Nom du détenu : Abdul Rahman Rasim
Awaid al-Saral
Mère : Yazi Al-Suwal
Couleur du visage : Blé
Yeux : Marrons
Né à Deir ez-Zor - Al-Jurdi en 1998
Perdu sur la route Beyrouth-Damas...
Le samedi 21 septembre 2013
Il aurait été vu à la prison de Sednaya en 2014

Ahmed Ali al-Jassim
Né en 1991, à Raqqa
Disparu depuis 2012

Taha Naji al-Jassem est porté disparu dans le bâtiment rouge de Sednaya. Toute personne disposant d'informations à son sujet doit appeler le 0988*****7

Salem Abdul Latif al-Kurdi
Naissance :11/03/1966 - Al-Tall
Nom de la mère : Hiam Gharbal
Nationalité : Libanaise / Tripolitaine
Date de l'enlèvement : 15/12/1983
Tripoli, carrefour Deir Ashash
Son signe distinctif : Il a une tache de naissance circulaire sous sa poitrine vue du côté droit

Le médecin détenu
Mohammad Amin Ali al-Abdallah
originaire de ez-Zor – Al-Bassira,
arrêté le 5 octobre 2012.

Nous prions toute personne disposant de la moindre information à son sujet, quelle qu'elle soit, d'en informer sa famille

Ô mon âme, ne l'oublie pas, jusqu'à ce que je quitte cette vie et visite ma tombe. Et si ce n'était la multitude de ceux qui pleurent autour de moi leurs frères, je me serais donné la mort.

Personne disparue : Hussein Ali al-Ali, sa mère est Jawhara al-Sahn, gouvernorat de Hasaka, ville de Qamishli. Quiconque le trouve, veuillez contacter le numéro 09346****0

Fadi Ali al-Ahmad
Mère : Zamzam
Né à Hassaké en 1992
Disparu depuis 2013

Nous présentons nos condoléances aux habitants de Hasaka
pour le martyr Hafez Abdul Sattar al-Najm.
À Dieu nous appartenons et à Lui nous retournerons
Que Dieu ait pitié des martyrs de la révolution

— Extrait d'affiches exposées sur la place al-Marjeh,
Damas, Décembre 2024

CHAPITRE 8

Les membres fantômes

Rien, à cet instant, n'incarnait plus fidèlement la synthèse damascène que la place al-Marjeh. Tout juste à la lisière des murs de la vieille ville, la grande mosquée Saif al-Din Yalbugha dressait sa silhouette imposante au milieu de l'architecture disparate, déviant d'un dialogue architectural heurté allant du néo-mamelouk à l'art déco. L'ensemble était dominé par l'œil inquisiteur d'un bureau du ministère de l'Intérieur, dont les façades sévères surplombaient l'agitation des lieux. Cette place centrale, conçue pour épouser l'asymétrie d'un cours du Barada qui traverse la capitale, reflétait dans les eaux noirâtres une atmosphère cendreuse de la ville déjà baignée dans l'odeur de mazout et de pétrichor. L'écho de cette même patine ternie avait déteint sur le bronze pur de la massive colonne télégraphique perçant le cœur de la place depuis un siècle. La vie y gravitait en un flux incessant : des dizaines de taxis jaune moutarde qui haranguaient les badauds aux volées de pigeons tourbillonnant autour de la couronne sculptée de la colonne. Al-Marjeh restait cette place populaire, vibrante, à l'opposé du spectre de mort que tant d'empires ont voulu lui imposer. La place fut jadis le théâtre des exécutions ordonnées par le pouvoir ottoman, puis par l'administration mandataire française qui y conduisit la pendaison publique des indépendantistes, avant que Hafez al-Assad lui-même n'y fasse exécuter les « traîtres ». De son héritage, les habitants continuent de l'appeler « la place des Martyrs ».

Après la libération, il fallut plusieurs jours pour que la vie y reprenne. Devenue carrefour fantôme le 9 décembre, elle vit les islamistes du groupe HTS célébrer leur victoire en treillis, arpentant dans une série de cliquetis l'asphalte jonché de milliers de douilles, vestiges des rafales de joie de la veille. Curieux et téméraires s'y aventurèrent dès les premières quarante-huit heures pour prendre le pouls de la ville, de la nouvelle Syrie. Les discussions renaissaient, les restaurants rouvraient. D'anciens loyalistes, eux, maintenaient leurs rideaux de fer tirés, guettant d'un œil méfiant les nouveaux maîtres des lieux occupés à faire la circulation. D'autres prirent simplement la fuite. Il ne fallut guère plus d'une semaine pour que, peu à peu, l'instinct collectif pousse les habitants de la capitale et de sa banlieue à transformer Al-Marjeh en place du souvenir.

Le gigantesque socle de la colonne télégraphique devint l'épicentre d'un appel silencieux, recouvert de centaines d'avis de recherche qui en firent le trombinoscope urbain de la disparition. Des centaines de noms, originaires de Raqqa, Al-Bab, Deraa, Damas, Alep, Tartous… happaient les regards. Les passants, ayant croisé des égarés dans les premiers jours de la libération, scrutaient ces visages pour y reconnaître une femme, un enfant, un vieillard. Un échantillon seulement des cent trente-cinq mille victimes de disparitions forcées que compterait la Syrie depuis 2011[1]. À travers les affiches qui s'y amoncellent, la place al-Marjeh se fige dans un entre-deux suspendu, devenu mémorial par la force des choses. Ce ne fut pas l'ambition primaire des familles désespérées qui vinrent y ajouter les portraits des leurs. Tous ces appels s'y sont simplement croisés, sans vrai destinataire. S'adressaient-ils à la communauté internationale ? Aux nouvelles autorités syriennes ? Aux absents eux-mêmes, comme une conjuration ? Ou simplement aux passants ?

À Al-Marjeh, les semaines ont passé, ont emporté avec elles nombre d'affichettes où les photographies pâlissaient au soleil, déchirées par les pluies. L'indifférence des jours ordinaires a fini par croiser la permanence de l'invisible. Fondue dans le décor, la foule des anonymes devint peu à peu impassible, passa comme on contourne un obstacle incommode. Sur les murs devenus mémoriaux éphémères, il devenait trop douloureux pour les familles que les disparus disparaissent encore. Résignées, certaines se sont mises en quête autrement, ont frappé à d'autres portes et lancé d'autres appels, remontant le fil du système assadiste des disparitions. Les familles ne cherchaient alors non plus des visages, mais des vérités.

*

Ali Hamdo le noue toujours de travers autour de sa tête. Et toujours une extrémité de son keffieh s'échappe

1. Selon les chiffres du Syrian Network for Human Rights, rapport de 2025 sur les disparus et arrestations forcées en Syrie.

anarchiquement, entrecroisant la frange d'une rangée de houppes qui ceignent son crâne à la manière d'une couronne. Le jeune homme a fêté ses 27 ans il y a peu, ici même, dans le petit baraquement qui lui sert à se reposer avec ses frères et cousins, à l'entrée du cimetière de Hama. Une bouilloire est calée sur un morceau de parpaing, lui-même posé face à un vieux sommier rouillé reconverti en banquette de fortune.

« Nous travaillons ici depuis des années… Depuis que nous sommes gamins », raconte-t-il.

Tout en parlant, il se frotte les mains pour en détacher quelques volutes de poussière, lançant un regard complice à l'un de ses cadets, Zafer, occupé à manipuler un petit canif à percussion sur une chaise dépecée.

« Notre tribu, c'est celle des Beni-Khaled. À l'origine, nous venons de Homs, à quelques kilomètres au sud, raconte Ali pour se présenter, lui et les siens.

– C'est une tribu descendante de Khaled Ibn Al-Walid[1] », précise Zafer avec une fierté discrète, rompant sa réserve.

Ali a le teint pâle, imprégné du même grès qui ensable le sillon de ses paumes, après avoir passé la matinée à remuer la terre pour creuser la tombe d'un défunt de Hama. Il semble épuisé. Avec insistance, il écrase dans les mains de Zafer les clés d'une vieille camionnette au mazout, rouillée jusqu'à l'ossature, le sommant de l'accompagner pour préparer un autre trou, au fond du cimetière, en vue des prochaines funérailles. Entre eux, les deux jeunes hommes conversent dans un arabe étrange, aux sonorités grignotées, de mots à la

1. Général et compagnon du prophète dans l'islam.

musicalité abstraite, étriqués dans des voyelles trop brèves dont on peine à deviner l'origine.

« C'est un dialecte que l'on a construit dans notre famille au fil du temps, éclaire Zafer. Pour pouvoir communiquer entre nous sans être compris des autres. Nous sommes entre deux cents et trois cents à le parler, dont une cinquantaine de membres qui travaillent ici comme fossoyeurs, ou au nouveau cimetière à quelques kilomètres de là. »

Des secrets dissimulés sous cette langue familiale, les Hamdo en portent beaucoup. L'un des plus lourds se trouve justement au fond du cimetière, derrière l'impressionnante étendue vallonnée de tombes, où s'entassent des générations de défunts. Zafer et Ali s'y rendent à bord de la vieille camionnette, dont ils coupent le moteur alors que leur chemin croise le cheptel d'un éleveur du coin. Ses moutons sont en train de brouter le maigre pâturage qui s'étend sur cette partie clairsemée du cimetière, là où, dans l'espace dénudé, une doline s'est formée dans la terre.

« C'est une fosse commune, glisse Ali, fébrile. C'est moi qui l'ai creusée. »

Les deux garçons se taisent, comme happés par le souvenir. Ali donne un coup de pied dans un talus qui se désintègre dans le mètre et demi de profondeur devant lui.

« Celle-ci, on l'a creusée de nuit, en 2011, alors que la révolution battait son plein. C'était la première fois que nous recevions cet ordre des autorités… Je me souviens : des soldats étaient venus de la morgue de l'hôpital national ou des services de renseignement. “Nous avons vingt corps aujourd'hui”, disaient-ils. Ils les amenaient à l'abri des regards, dans des sacs mortuaires que nous n'étions jamais autorisés à ouvrir. Nous les enterrions ici, sans nom, sans rite, sans plaque. »

Zafer se tourne et désigne un peu plus loin une rangée de tombes blanches, alignées.

« Jusqu'en 2014, il y avait des arrivages tous les jours. Les corps étaient répertoriés sous des numéros dans nos registres. Ici, par exemple, sur cette rangée, les habitants de Hama ont installé des sépultures sans savoir précisément où se trouvaient leurs proches, juste pour avoir un endroit où se recueillir. Ces tombes ont été érigées sur une autre fosse commune… et il en existe des dizaines ici, dispersées à travers le cimetière. »

Certaines nuits, Zaref et Ali ont bien tenté d'ouvrir les sacs mortuaires pour y inspecter les corps. Seulement quand les soldats avaient le dos tourné, ou lorsqu'ils avaient affaire au conducteur d'un camion-remorque lui aussi réquisitionné par le régime pour transporter les défunts. La plupart du temps cependant, les visages étaient trop mutilés, méconnaissables.

« Parfois, je voulais juste m'assurer que je ne connaissais pas la personne, murmure Ali, comme si le secret risquait encore de s'ébruiter. Des membres de ma famille avaient été arrêtés pendant les manifestations, comme mon cousin Akram, disparu en 2011 sur la place centrale de Hama. Plus tard, nous avons appris qu'il était mort à Sednaya… Mais moi, j'ai vite compris que je serai le seul témoin de ces corps qui arrivaient ici. Même quand les visages étaient méconnaissables, j'essayais, dans l'obscurité, de distinguer un trait, un tatouage, une cicatrice, un vêtement, un grain de beauté…

– … et parce que des familles venaient parfois nous voir, l'interrompt Zaref. Elles avaient à la main la photo de leurs enfants ou de leurs frères. Elles nous suppliaient de leur dire si nous avions dû les enterrer. Et nous devions faire tous les efforts du monde pour nous en souvenir. Mais ils étaient si nombreux… des milliers. On en a peut-être enterré cinq mille, rien qu'au temps de la révolution, venant de ces morgues. »

Les deux jeunes hommes font le tour des fosses qui bordent les marges du cimetière. Ils racontent, un charnier après l'autre, les souvenirs les plus vifs des corps qu'ils ont dû ensevelir : femmes, enfants, familles entières.

« Moi, j'avais 14 ans quand j'ai commencé à aider mes oncles à creuser les fosses communes, confie Ali.

– Moi, 8 », reprend Zafer.

Les jeunes hommes gardent le silence un instant. La tâche était devenue tellement mécanique… Un coup de téléphone, un trou creusé dans la nuit, et l'ordre de ne pas souffler mot. Pourtant, à force de se rappeler les détails de chacun des corps, nombreux sont les membres de la famille Hamdo à avoir gravé en eux le traumatisme de la besogne. Nombre des frères et cousins n'osent plus en parler ; quand d'autres noient le chagrin dans ce qu'ils peuvent d'opiacés pour oublier.

« Notre famille n'était pas destinée à cela, se lamente Zaref. Nous sommes arrivés dans la région de Hama en 1930 et nous avons commencé à travailler dans le cimetière un demi-siècle plus tard… J'ai souvent interrogé mon grand-père sur notre histoire, et il m'a confié beaucoup de ses secrets sur son lit de mort. J'avais 10 ans à l'époque, je me souviens bien. Je l'assommais de questions sur le massacre de Hama, celui où le régime avait tué des dizaines de milliers de civils dans notre ville. Je savais qu'il avait vécu tout cela… Et un jour, il m'a avoué quelque chose de terrible. Lui aussi avait dû, à cette époque, creuser des fosses communes pour les victimes du massacre. Il me disait qu'environ dix mille corps reposaient dans le cimetière. Il avait dû creuser de grands charniers, les hommes furent alignés à leurs bords par des soldats, puis exécutés un à un. Certains furent même enterrés vivants. J'ai pleuré quand il m'a raconté cela… c'était une horreur absolue, j'avais peur qu'on me demande à mon tour d'accomplir cette tâche, et son souvenir m'a hanté. »

Alors qu'il raconte, son regard vif s'éteint, son sourire disparaît.

« L'un de mes aïeux, qui avait refusé de creuser la fosse, y a été jeté à son tour. Je l'ai appris alors que je commençais à travailler. Et moi, quand on m'a demandé de creuser, je savais que le même sort m'attendait si je refusais. Qu'on ne nous mente pas : les gens que je voyais dans les sacs mortuaires n'étaient pas morts de mort naturelle. Certains avaient été mutilés, brûlés ; à d'autres, il manquait des morceaux. Ma famille a tenté de mémoriser autant de visages qu'elle a pu pour se souvenir, pour ne pas laisser leur mémoire s'éteindre. Mais les disparus sont innombrables à travers la Syrie… Je ne sais pas si tous les endeuillés de cette nation parviendront un jour à retrouver ceux qu'ils aimaient. Ce dont je suis certain, c'est que tous ces traits que nous avons conservés ici, sous terre, le temps les a déjà effacés. »

*

À Hama, Iyad les voyait alignés, ces corps, avant qu'ils ne soient mis dans des sacs mortuaires dans cet endroit lugubre que les prisonniers appelaient entre eux « le dispensaire ». C'était la première fois qu'il voyait de si près, sentait la barbarie du régime. Lui avait atterri là après une vaste opération qui avait conduit en 2012 à la disparition de près de huit cents personnes que l'armée avait rassemblées dans d'anciennes écuries d'un club équestre au sud du vieux stade de la ville. Les mains attachées comme les autres, les yeux bandés, Iyad se souvient de ce bus le transportant vers les services de renseignement de l'armée de l'air, et son terrible « dispensaire ».

« Mes yeux ont été débandés par un homme imposant, arborant une cagoule qui masquait son visage. Nous étions alignés et devions passer devant lui, un par un. Il ne disait rien, bougeait à peine. Lorsqu'un de nous arrivait face à lui, il levait simplement la main. Droite : on pouvait rentrer chez soi. Gauche : cela signifiait l'exécution. Qui était-il… un bourreau ? Un général ? Un indic ? Je n'ai pas eu le temps de trouver réponses à toutes ces questions que mon tour arrivait. Le type m'a fixé à travers sa cagoule… puis il a levé la main gauche.

« J'allais être tué. Ma famille ne savait même pas où j'étais. Immédiatement, on m'a conduit dans un couloir où tous les hommes étaient nus, sans même un pagne ou un sous-vêtement pour couvrir leur intimité. Sur le sol gisaient des corps, eux aussi nus, inertes. La scène était terrifiante. Là encore, nous avons été parqués dans une pièce étroite, soixante-dix détenus entassés, interdits de dire un mot.

« Mon interrogatoire n'a commencé qu'au bout de quatre jours. Je ne peux pas vraiment dire qu'il s'agissait d'un véritable interrogatoire tant les coups ne me permirent de formuler la moindre réponse. Quand je ne criais pas, je perdais connaissance. J'étais attaché à un lit, et les geôliers plaçaient sur mon visage une serviette imbibée d'eau bouillante dont la vapeur me brûlait en plus de m'étouffer. Au-delà des tortures habituelles, il y avait cette pratique effroyable : ils enfonçaient des aiguilles sous nos ongles, une par une, jusqu'à ce qu'ils tombent. Je vous le dis… ici, il s'agissait d'un abattoir humain. On tuait les disparus, après en avoir extorqué tout ce qui pouvait être pris.

« J'ai passé soixante jours dans cette branche du renseignement, prêt à avouer tout ce qu'ils voulaient entendre. Pendant ce temps, ma famille s'était mobilisée, contactant des relations, versant de l'argent, cherchant par tous les moyens à obtenir ma libération. Après quelques semaines, mon nom a enfin été inscrit pour être relâché. Alors je suis monté dans un bus, on m'a rendu mes affaires, ma carte d'identité, tout. J'ai fait un adieu pudique à mes compagnons de cellule, heureux à l'idée de rentrer chez moi. Mais soudain, l'homme à la cagoule, celui qui avait levé la main pour me condamner, est apparu comme un éclair et a ordonné qu'on me fasse redescendre.

« "Si tu sors, je suis foutu. Je dois te faire disparaître", a-t-il dit.

« En effet, il m'était arrivé de voir son visage un jour de torture où il avait ôté sa cagoule. Je savais qui il était, j'aurais pu le dénoncer à certains hommes de mon quartier. Pour se protéger, il s'est donc assuré que je sois ramené à l'interrogatoire et que je disparaisse pour de bon. Ils ont rouvert mon dossier comme si c'était un tout nouveau cas et tout a recommencé. La faim, la mort, la torture…

« J'ai été envoyé à la prison centrale de Hama, d'où je me suis enfui en 2016, lors de la rébellion. Je n'ai jamais retrouvé cet homme cagoulé. Je ne sais même pas s'il est encore là, ou mort… Mais ce que je sais, c'est que sans ma fuite, je n'aurais été qu'un cas de plus qui aurait grossi le rang des disparus. »

*

La file s'étirait sur des kilomètres. À peine la chute du régime avait-elle été actée que la route de Sednaya était embouteillée à perte de vue. Chacun des visages que l'on y croisait portait les marques d'une fatigue singulière : celles de l'épuisement, celles de l'angoisse, celles de la peur, celles de l'urgence. Il y avait ceux qui peinaient à avancer, résolus pourtant à franchir le seuil des lieux à la recherche des leurs. D'autres précipitaient leurs pas, tentant de s'épargner des minutes devenues insupportables. Parmi eux, Philippe est peut-être le seul à esquisser un sourire dans la cohue. Très léger, bien sûr, forcé sans doute. Sa nature l'a fait ainsi, affable, même lorsqu'il s'épanche longuement sur les malheurs de sa famille. Il dissimule cette dureté sous un rictus, l'air de se convaincre que tout ira bien. C'est ce qu'il semble exprimer au jeune homme qu'il entraîne par l'épaule d'un geste protecteur. Khalil, plus chétif et égaré, se laisse guider par les pas de son oncle. À 23 ans, il est sorti la veille de la prison de Adra.

« On va le trouver, j'en suis certain », murmure Philippe en élargissant son sourire.

L'homme qu'ils partent chercher ensemble à Sednaya s'appelle Sleiman Khamis. Disparu depuis plus de dix ans, il est le frère de Philippe, le père de Khalil.

« Il a été vu pour la dernière fois en plein centre de Damas, place des Omeyyades, explique Philippe. Ensuite, des hommes du régime l'ont arrêté je ne sais pour quelle raison, et on n'a jamais eu aucune nouvelle. On m'a dit qu'il se trouverait à Sednaya. Il faut qu'on y aille… il nous attend peut-être déjà. D'anciens prisonniers sont là-bas, paraît-il, ils fouillent sous terre et ont apporté des chiens renifleurs pour essayer de retrouver les derniers rescapés. »

Khalil hoche la tête, comme porté par la ferveur de son oncle. La fatigue se lit pourtant sur son visage émacié. Accusé de dealer du haschisch par un membre de l'armée – qui avait, selon lui, besoin d'un bouc émissaire pour s'innocenter –, il vient de passer un an et demi derrière les barreaux.

« Par Dieu, mon espoir n'a jamais faibli, il reste immense, jure Khalil. J'attendais avec impatience que le régime tombe pour pouvoir retrouver mon père.

– Et on va le trouver… je le sais au fond de moi, reprend Philippe. Vous savez, avant de tuer quelqu'un, les gardiens des prisons extorquaient toujours de l'argent aux familles. Moi, on ne m'a jamais fait chanter pour Sleiman, même si j'ai dépensé toutes mes économies pour le retrouver. Et puis, il y a quelque chose en moi… Une foi intérieure qui me dit qu'il est vivant. C'est ce sentiment profond que mon frère est là, que je me rapproche de lui. Nous allons tous mourir un jour, mais Dieu va me le rendre sain et sauf, je le sais. Jamais, ces dix dernières années, je n'ai pu l'imaginer mort. Aujourd'hui encore, je continue de le voir et de lui parler. »

Plus Philippe imagine cette nouvelle vie qui les attend, plus ses mouvements se font vifs, et son regard s'égare sur le bâtiment qui se dresse au loin, où sur le toit, des silhouettes mouvantes apparaissaient.

« Si je ne le trouve pas, demain je serai là, puis après-demain, puis chaque jour jusqu'à le retrouver. »

C'est ce que Philippe a juste le temps de murmurer avant de s'engouffrer dans la foule, prêt à scruter chaque visage en espérant y reconnaître Sleiman.

*

« Laissez-moi regarder ici, encore une minute, je vous en supplie… »

Quatre mois ont passé. Le dédale de Sednaya est désormais fermé au public par les nouvelles autorités. Ne subsistent que quelques tenues orange suspendues à des barreaux, des documents froissés gisant dans les couloirs, vestiges des recherches menées à la hâte pour percer les secrets que renfermait l'architecture labyrinthique. Il n'y a que cette femme pour tromper le silence des lieux, ses sanglots résonnant alors qu'elle déambule. Elle doit sans cesse essuyer les larmes qui lui viennent à chaque porte franchie, à balayer du regard les geôles qui se succèdent sur son chemin.

« Elle cherche son frère. Le régime l'a arrêté en 2012 alors qu'il revenait de Beyrouth », confie dans un murmure Ayman, le fils qui l'accompagne.

Lui sait très bien qu'il n'y a plus rien à trouver ici. Il lui a répété pendant des semaines que tous les vivants avaient été libérés de ces lieux, qu'elle ne trouverait que des salles vides. Mais sa mère refuse de se laisser abattre, déterminée à fouiller elle-même chaque recoin du bâtiment, après avoir longuement supplié les gardiens postés à l'extérieur de la bâtisse.

« Elle veut à tout prix retrouver une trace de mon oncle. Mais on a déjà tout essayé… » soupire Ayman.

Philippe Khamis, lui aussi, a fait ce qu'il a pu. Dans son appartement de Jdaidet Artouz, en banlieue de Damas, il raconte avoir poursuivi sans relâche ce qu'il faisait déjà depuis des années : chercher la moindre trace de Sleiman. Il a écumé les branches de la sécurité, fouillé les prisons civiles, exploré les hôpitaux… Toujours aucune trace de son frère.

Dans le quartier tout autour, difficile de dire que la vie a vraiment repris depuis la libération ; disons plutôt qu'elle a continué, frappée par les mêmes préoccupations que naguère, le joug du régime en moins. La crise économique serre toujours à la gorge les habitants, étouffés par des sanctions qui peinent encore à être levées. Le sentiment d'instabilité persiste, et le paysage, lui, demeure ravagé. Dans le petit salon à la décoration chargée de croix, d'icônes, de bibelots et de meubles aux moulures sinueuses, prétendant au style rococo, Maya est assise dans un silence absolu. Tremblante, elle demande sans cesse l'aide de Philippe pour ajuster les coussins de son assise.

« Apporte-moi la photo de Sleiman », ordonne-t-elle d'une voix chevrotante.

Philippe s'exécute, lui tend la petite photo d'identité qu'il conserve dans son portefeuille. Maya la saisit avec précaution, gratifiant du bout des doigts le cliché d'une caresse légère, malgré ses mains agitées.

« Mon fils… La bonté se lit sur le visage de certaines personnes. Ne fait-il pas partie de ceux-là ? » demande-t-elle.

Maya est épuisée, usée par des années d'inquiétude, de doutes, de silence. Si fatiguée qu'elle s'égare souvent dans des phrases inachevées, où se mêlent à voix haute les interrogations qui la traversent. Et puis elle souffle, à défaut de pouvoir encore sangloter, secoue la tête et la laisse tomber. Et c'est toujours quand les mots se sont finalement égarés que Philippe reprend la parole, un large sourire aux lèvres qui voudrait effacer le chagrin de sa mère.

« Oui, il est beau… On a de belles photos de notre Sleiman », lui dit-il.

Maya demeure aphone, rivée sur le petit cliché qui leur reste.

Philippe sait que ses parents sont trop âgés pour partir à la recherche de leur fils, maintenant que le régime est tombé. La femme de Sleiman, Ibtissem, tente elle aussi de mener l'investigation, tout en portant seule la charge des trois enfants – Christina, Khalil et Michel – qui ont grandi sans leur père. Philippe aimerait leur épargner cette quête, les protéger de ces jours qui emportent un peu plus avec eux les espoirs de voir revenir Sleiman. Lui… ni effacé ni revenu, perdu dans le temps qui s'étire, hante encore la famille Khamis amputée de ce parent devenu membre fantôme.

Philippe Khamis, de Jdaidet Artouz

Récit sur Sleiman et tout ce qui n'apparaît plus

J'ai commencé par faire ce que ferait n'importe quel citoyen. Je suis allé déposer une plainte. J'y suis allé avec des pistes solides sous la main : le numéro de la plaque d'immatriculation de Sleiman, l'heure exacte, la date de sa disparition. Rien n'en est ressorti. La plainte fut reléguée. J'ai frappé à toutes les portes : commissariats, prisons… aucune réponse. Sleiman avait disparu, et nous, nous étions seuls.

– Je l'ai vu à 18 h 30, une patrouille le contrôlait place des Omeyyades.

C'est tout ce que j'avais pu recueillir, le seul témoignage, obtenu d'un homme qui se trouvait là ce 9 novembre 2013. J'avais aussi réussi à établir, avec certitude, l'heure exacte à laquelle son téléphone s'était éteint : exactement à 18 h 45. Il ne me restait donc qu'un intervalle étroit – quinze minutes à peine – comme seul indice sur cet instant où Sleiman s'était volatilisé. Quinze minutes, et pas un mot de plus permettant de savoir ce qui lui était arrivé.

Mais je détenais une autre information : ses derniers mots. Avant de quitter la maison, Sleiman nous avait dit qu'il se rendait à Damas en voiture pour y récupérer un ami soldat

– un service rendu. Ce dernier était affilié à l'association Al-Bustan, une prétendue ONG, vitrine de Rami Makhlouf[1], mais bras civil du régime, en réalité. Ils étaient liés par une ancienne amitié. L'homme, originaire de Haffé sur la côte, était connu de nous, et digne de confiance.

Le témoin qui l'avait vu pour la dernière fois fut incapable de dire à quel corps appartenait la patrouille qui l'avait interpellé. Seulement qu'ils avaient dû le considérer suspect, le voyant tourner autour du rond-point, attendant probablement son ami. Sleiman conduisait alors une Kia Rio, modèle très populaire en Syrie à cette époque. Solide, rapide, c'était aussi une voiture convoitée, souvent réquisitionnée par l'armée, sous prétexte d'opérations antiterroristes. Il faut dire qu'à cette époque où le pays était déjà en guerre, sous le poids croissant des sanctions, ce modèle de voiture valait une petite fortune[2]. Il n'était pas rare, alors, qu'un soldat arrête quelqu'un pour s'emparer de sa Kia Rio.

J'en vins à penser que Sleiman avait été arrêté pour cette raison aussi dérisoire : un simple vol de voiture, déguisé en contrôle de sécurité. Si tel était le cas, je finirais par le retrouver. Il n'avait commis aucun crime ; il devait être retenu dans un centre de détention quelconque. Il ne reverrait sans doute jamais sa voiture, mais il reverrait sa famille. Il s'en

1. Homme d'affaires le plus fortuné de Syrie et cousin de Bachar al-Assad.

2. La Kia Rio est un modèle de voiture très populaire en Syrie. Après les sanctions imposées sur le pays, son prix devient un indicateur populaire en zone régime de l'inflation sur les biens automobiles importés. Selon Al Jazeera en 2024, son prix de 3 000 dollars environ en zone rebelle pouvait grimper à 15 000 dollars en zone régime.

mordrait les doigts, je le savais. Six mois plus tôt, déjà, il avait investi dans un minibus, un autre bien que l'État lui avait confisqué. Abandonné dans un garage militaire, celui de Tadmor, le véhicule avait fini par disparaître. C'était une chose courante en Syrie, que des hommes proches du régime volent des biens, exproprient les gens de leurs terres… C'était une société de prédation. Tout appartenait à qui savait prendre. Sleiman allait donc, pensais-je, devoir ajouter une perte de plus à la liste, puis nous tournerions la page. Mais les jours passaient. Puis les semaines. Et Sleiman ne réapparaissait pas.

Peu à peu, l'angoisse s'est insinuée dans notre famille. Qu'avait-on bien pu lui faire ? Sleiman… Il était si bon. Je ne dis pas ça seulement parce qu'il était mon frère, je le dis avec sincérité. Il était de ces hommes rares, toujours prêts à aider, toujours disponibles, toujours en alerte pour les autres, sans jamais demander en retour. Il était étranger à la mauvaise intention des autres… Si le régime avait pris sa voiture, pourquoi avait-il pris Sleiman ? Pourquoi s'attaquer à une si belle personne ?

– Ce n'est sans doute pas le régime, mais peut-être des terroristes qui l'ont enlevé.

Voilà ce qu'ils ont tous commencé à me dire. Les hommes des services de sécurité. Les hommes d'Église chez qui je suis allé frapper, les uns après les autres, leur demandant d'activer leurs réseaux, de chercher. Oh bien sûr, ceux-là n'ont pas été d'une grande aide… Ils étaient tous suspendus aux faveurs du régime, qui se servait d'eux pour vendre à l'Occident son grand mensonge de la protection des minorités, mais rien n'était plus faux. Des « terroristes »… Quelle farce. La place des Omeyyades était le cœur même de la capitale ! L'endroit le plus quadrillé du pays, saturé de barrages, de checkpoints, de contrôles militaires ! Et s'il avait été possible à des terroristes de franchir tous ces barrages, que Dieu m'en soit témoin, ils auraient plutôt enlevé Bachar al-Assad que notre pauvre Sleiman…

Après avoir frappé à toutes les portes, j'ai commencé à insister, méthodiquement, presque comme une machine. Je passais d'une administration à l'autre, d'une branche du renseignement à la suivante, exigeant qu'on retrouve quelque trace du dossier de mon frère. Ce qu'il aurait pu faire. L'infraction routière qu'on lui reprochait. Une preuve, un motif, n'importe quoi.

– Oui, oui, nous allons chercher, me disait-on.

J'y suis retourné, mois après mois, sans qu'aucune réponse ne me soit jamais donnée. J'en venais à comprendre que je n'étais pas seul à errer dans ce labyrinthe administratif insoluble. Un ami, un jour, a versé des sommes astronomiques pour apprendre que son fils avait échoué à Sednaya. Lui et sa femme ont vidé leurs économies pour tenter de le sortir de là.

– Reviens demain chercher ton fils, disait-on à la pauvre mère.

Elle y est retournée, on lui a demandé de revenir le lendemain. Puis le surlendemain. Puis encore. Puis toujours. À la fin, ce n'est pas son fils qu'on lui a remis. C'était un papier. Un certificat de décès. Elle ne saura jamais comment, jamais pourquoi. Elle ne vivra qu'avec la certitude que ce régime, dans toute son horreur, ne connaissait que le contrôle et le pouvoir, et que les vies pour lui ne valaient rien, sauf à en arracher des rançons, ou une voiture. Mon frère, lui, était comme une allumette que l'on tire de sa boîte et que l'on jette quand on la craque.

Je l'ai cherchée sans relâche… cette Kia Rio. J'inspectais toutes celles que je voyais, elles devenaient une obsession maladive. Et Sleiman… mon pauvre Sleiman… Qu'avait-il fait pour mériter ainsi de disparaître ? Il n'était ni avec Bachar al-Assad ni avec l'opposition. Il n'aimait que les siens. Et pourtant soudain, il n'existait plus. Nous étions plongés dans un cauchemar absurde. Soudain, il ne restait plus de lui qu'une ou deux photos, des souvenirs impalpables, et nos appels à l'aide dans le néant. J'aurais voulu demander au monde entier s'ils l'avaient vu, mais je ne pouvais montrer son visage à personne parmi les passants. Sortir ses photos dans la rue, ç'eût été suspect, et cela aurait suffi à me faire arrêter.

Pourtant, des hommes dans l'entourage de mes parents ont appris que Sleiman avait disparu. Certains sont venus les aborder ainsi :

– Je sais où est votre fils, il est à l'hôpital militaire, et l'État refuse de lui payer son traitement.

Ma pauvre mère, elle leur a donné de l'argent. On lui faisait croire que son fils allait mourir si elle ne payait pas. Que pouvait-elle faire ? Elle n'avait pas le choix. Et les mêmes revenaient à la charge :

– On a trouvé la prison où il a été transféré. Si vous voulez qu'il mange, qu'il boive, il faudra payer.

Et mes parents payaient de nouveau. En réalité, ces hommes ne savaient pas plus que vous et moi où était Sleiman.

Mais ils ont tout pris à notre famille. Nous avons vendu notre or, les bijoux de maman, hypothéqué une maison, vendu les voitures, tout ce qui pouvait permettre de retrouver une piste. Et je les ai toutes suivies, une à une, pendant onze ans. J'ai traversé la Syrie. Je suis allé partout. Il aurait fallu me rendre en Israël, je m'y serais rendu. Sans jamais rien trouver que de la déception.

Puis vint la libération.

Je ne cacherai pas l'espérance qui m'a étreint les premiers jours. Tout ce que j'ai pu imaginer, moi retrouvant mon Sleiman parmi la foule des libérés, le ramenant à la maison après toutes ces années, ses enfants devenus de beaux et jeunes adultes… Je venais à peine de retrouver Khalil, mon neveu, libéré de Adra… Alors bien sûr, bien sûr que nous allions être réunis. Enfin. J'ai commencé par Sednaya, dès le premier jour. Sleiman n'y était pas. Je suis allé à la Branche Palestine. Sleiman n'y était pas non plus. Je suis allé à la Sécurité militaire, à Mazzeh, à Adra, dans toutes les branches possibles. Toujours rien. Mon Dieu. J'ai vu des prisonniers, ces pauvres âmes brisées, j'ai vu des corps, j'ai vu des morts. J'ai passé en revue les clichés des dépouilles alignées dans les hôpitaux, chaque visage, chaque membre, chaque reste humain. J'ai fouillé, recoupé, remonté les pistes, cherché dans les photos, dans les fichiers, dans les fragments. J'ai cherché quelque chose, tout, n'importe quoi. Mais rien, rien ne renvoyait l'écho de Sleiman. Il avait été englouti par la bête qui n'avait laissé derrière elle ni trace, ni papier, ni indice.

Et pourtant, Dieu m'est témoin, j'ai ouvert tous les registres que j'ai pu trouver. Dès le 10 décembre, après la chute du régime, je suis retourné à Sednaya, alors que tout le monde, là-bas, avait été libéré.

J'ai passé à la loupe tous les papiers que j'ai pu trouver. J'ai pris mon temps, fouillé feuille par feuille, lu page après page, regardant attentivement tous les noms… Sleiman… Khamis…

Abou Khalil… J'ai plongé dans des carnets entiers qui recensaient les prisonniers transférés vers les hôpitaux militaires, si attentif que je remarquais chaque détail, comme le fait qu'à partir de leur quatrième passage à l'hôpital, les hommes disparaissaient. J'ai passé en revue le nombre incalculable de gardiens, de militaires, de policiers, d'agents de sécurité qui se trouvaient là. Ils étaient tant… et tout ce qui se cachait dans cette prison… Toutes ces étrangetés dans les documents que je lisais. J'y lisais des transferts sans cesse, ceux qui étaient décidés pour perdre les gens comme moi et qui, même après la chute du régime, continuaient à nous promener.

Et au bout du compte, les papiers du régime ne m'ont rien livré. Sur TikTok, mes frères et sœurs à l'étranger ont parlé avec un homme. Il leur a dit que Sleiman Khalil figurait bien dans les registres de Sednaya. Je l'ai appelé. Je lui ai demandé :

– Comment pouvez-vous être sûr ?

Il s'est mis à crier dans le combiné :

– Je vous le dis, son nom était devant moi, dans les registres, je l'ai vu, je vous jure qu'il y était !

Mais je n'ai vu aucune trace de ces documents à Sednaya… Rien. Les caméras avaient disparu. Les ordinateurs aussi. Comme si tout s'était évaporé en un seul instant avec le régime.

Croyez-moi, je suis heureux que ce régime de mort soit tombé. Mais… Qui d'autre aurait pu nous rendre notre Sleiman ? Ils sont tous partis en emportant avec eux les réponses que nous cherchions tant.

Et pourtant, désormais, je n'ai plus peur de montrer le visage de mon frère à des inconnus. Ma femme a un collègue de travail qui a été enfermé dans un centre de détention, et qui jure l'avoir reconnu. La piste est fragile, mais je m'y accroche encore, il s'agit de la dernière en date. J'ai imprimé le visage de Sleiman sur des centaines de feuilles, comme tant d'autres familles l'ont fait, et je les ai collées sur les murs de la place al-Marjeh, dans les hôpitaux, à l'entrée des prisons. Nous avons ajouté nos noms, notre numéro de téléphone, et nous attendons.

J'ai tenté de joindre les autorités en allant à la police militaire à al-Qaboun, chose qu'un ami m'avait conseillée.

– Dépose une demande au parquet militaire, tout au bout de l'autoroute de Mazzeh, m'a-t-on dit.

Là-bas, on m'a renvoyé à al-Qaboun. Puis de nouveau au parquet. Puis encore ailleurs. Tout a recommencé. L'errance, les portes closes, les guichets vides. Mais dès qu'on m'ouvre un nouveau bureau, qu'on m'indique un autre endroit, je m'y rends. Pourquoi ? Parce que j'y crois encore. Je suis capable de vivre de la moindre nouvelle.

La disparition… c'est pire que la mort. Je ne suis pas tiraillé par tous les scénarios qui ont pu se produire : je les vis tous à la fois. Et chaque nouvel indice me rassure autant qu'il m'achève, et chaque nouvelle piste m'aide à supporter ce que j'ignore encore.

– Il faut attendre que les administrations rouvrent, que les structures se remettent à fonctionner, que toutes les branches de l'État reprennent du service. Là seulement, on pourra traiter ta demande.

C'est ce qu'on m'a dit hier dans un énième bureau que j'ai visité… ou peut-être me l'a-t-on dit aujourd'hui, je ne sais plus.

– Nous avons enregistré tes coordonnées, ton numéro de téléphone est avec nous. Dès que ça ouvrira, on s'occupera de ta requête pour voir exactement ce qu'on peut faire.

Mais quel État s'en chargera ? Je suis prêt à attendre, à recommencer, à marcher encore dans ce labyrinthe de bureaux. Mais rien ne se profile à l'horizon de mes recherches. Qui prendra en charge cette tâche immense, pour nous tous, les milliers de familles qui cherchent encore ? Avec quels moyens ? Nous les Syriens, nous devons savoir qui a disparu, qui a tué, qui a ordonné. Parfois, je me surprends à espérer que le hasard me jette un jour sur un dossier oublié, un quelque chose qui me donne le début du commencement des contours d'une réponse. Et vous savez quoi ? Moi, je serais même prêt à pardonner. Mais à une seule condition : que je sache ce qu'il s'est passé exactement.

Je tourne en rond. Je suis vidé. Épuisé moralement et physiquement. J'ai perdu mon argent, mon temps, mon énergie, ma maison. La femme de Sleiman et ses enfants, eux, perdent chaque jour un peu plus de lui : amputés de sa tendresse, sa présence… Ah… Épuisés, je vous dis ! Mais par quel droit ont-ils fait ça ? Pourquoi ? Pourquoi Sleiman ? Mon Dieu… Mon Dieu… Sleiman, si tu savais… Il y a peut-être encore dehors un homme qui lui a causé ce tort. Et vous savez, mon Sleiman, il lui aurait sans doute pardonné, lui aussi. C'est ça l'évidence la plus inouïe. Je me sens tellement vide d'avoir perdu une si belle âme. Il en valait un million comme ceux de cette mafia. Il n'avait pas la violence en lui. Jamais une pensée de vengeance. Jamais le réflexe de rendre coup pour coup. Les choses auraient pu être si simples.

Ces gens-là, ceux du régime… si vous saviez le monstre qu'ils portaient en eux. À l'école, il suffisait que votre enfant se dispute avec le leur pour que le père débarque et vous menace de mort, ou pire. Mais nous, nous ne sommes pas ces barbares ! Que faisions-nous, si un enfant venait pleurer après une dispute ? Nous lui disions de pardonner, et nous passions à autre chose. Et puis c'est tout ! Parce que nous sommes, au fond, un peuple tolérant par nature, et ces abruties de brutes fanatiques et enragées… Que dire de cette folie…

Et pourtant, malgré tout, je vais continuer. Continuer à chercher. Avec les mêmes questions en boucle : comment a-t-il été arrêté ? Pourquoi ? qui était là, témoin de cette arrestation ? qui a donné l'ordre ? où a-t-il été emmené ? qui l'a interrogé ? qui l'a frappé ? qui l'aura… enfin… je ne sais pas… tué ? Suis-je fou de nourrir encore de l'espoir ? Pourtant, il y a deux ou trois jours, j'ai appris qu'un autre prisonnier était rentré chez sa famille. Pourquoi pas Sleiman ? Il n'est ni vivant ni mort, après tout. Ce matin encore, j'ai croisé l'un de mes voisins, et lui comme les autres me salue toujours en me demandant :

– Des nouvelles de Sleiman ?

Même onze ans après…

– Par Dieu, rien n'a changé, il n'est pas réapparu.

C'est ce que je me suis habitué à répondre à chaque fois.

– Tu sais, Philippe, il y a un gars près de chez nous qui s'était fait passer pour mort pour fuir le régime et que les nouvelles autorités viennent de reconnaître comme bien vivant !

– Vraiment ?

– Oui, je te jure.

Je me projette dans tous ces récits que j'entends… Mais j'ai compris une chose, aussi, à force de fouiller toutes ces prisons : le régime produisait en série de faux certificats de décès. Alors même si je retrouvais un papier au nom de Sleiman, comment savoir s'il est vrai ? C'est comme si aucune vérité ne pouvait le concerner. Seulement sa disparition.

Et maintenant, je m'inquiète aussi pour Khalil. J'ai peur qu'il retourne en prison. Nous savons que les autorités actuelles cherchent à faire revenir en détention ceux qui n'ont pas purgé entièrement leur peine pour les crimes de droit commun. Il y a cette volonté de rappeler tout le monde devant les tribunaux, de rouvrir les dossiers et les examiner au cas par cas. Mais comment croire à une justice équitable, quand on sait combien de dossiers se sont joués sous le joug de l'arbitraire ? Dans cette Syrie, comment distinguer le vrai du faux, quand tant de condamnations reposaient sur le mensonge, la peur ou l'absence de preuves ? Qui va décider du vrai du faux, aujourd'hui ? Il n'y a pas eu d'amnistie claire pour les affaires du temps de Bachar al-Assad. On attend encore de voir. Et moi, j'ai encore peur qu'on le dénonce à tort, qu'il soit à nouveau recherché, qu'il se fasse arrêter en se rendant simplement dans une administration. J'ai peur que tout recommence. Le pauvre Kalil a passé onze ans sans son papa, il n'en avait que treize quand Sleiman a disparu. Et aujourd'hui, tout juste sorti de prison, il a repris ses études de commerce. Il passe déjà l'examen de deux matières, et en a validé une. Vous vous rendez compte ? *Inch'Allah* le meilleur reste à venir, et le monde qui s'ouvre à lui lui dessine un chemin plus simple et plus doux.

Je ne veux pas qu'il souffre de ce nouveau brouillard qui s'installe. Bien sûr, il ne s'agit plus de celui où l'on arrêtait arbitrairement les hommes comme Sleiman. Mais l'entre-deux dans lequel nous vivons ne répond pas à nos questions. Tout se recompose lentement, et dans l'instabilité. Nous sommes dans la République des Intermédiaires : un État flottant, où les fonctionnaires gèrent au nom d'un pouvoir abstrait, ni vraiment revenu, ni tout à fait disparu. Il est là, sans être ici.

J'attends que la Syrie se relève. Cette Syrie précieuse et belle. Cette Syrie qui ne connaissait pas ce qu'était le sectarisme et le discours confessionnel, où l'on rêvait de progrès, d'agriculture, de médecine, d'industrie, de politique… Je veux que dans cette Syrie-là Khalil trouve les réponses qu'il cherche. Que nous cherchons tous. Il ne faut pas que son père reste pour toujours une ombre qui plane, un demi-vivant qui le hante et nous obsède. Seules les réponses nous sauveront.

Quant à moi, je ne rêverais que de me retirer, partir ailleurs, loin de la Syrie, goûter un peu à la stabilité. Je n'ai jamais connu la sécurité, ni même la paix, pendant cinquante-cinq longues années… Mais je ne partirai pas tant que je n'aurai pas arraché mon droit. Même s'il faut encore cinquante-cinq longues années de plus. Je vais chercher, creuser, fouiller encore. Sans arrêt, je le jure. Je trouverai Sleiman, ou je trouverai justice.

« Du ventre de la souffrance naît la paix…
et des décombres, la nation s'élève. »

Retrouvé sur un papier largué
dans le ciel de Damas pour l'anniversaire
des quatorze ans de la révolution, mars 2025.

CHAPITRE 9

À ma fille

« *Raj'een ya hawa, rej'een…* » Dans les rues d'Alep, près de la majestueuse citadelle dont le tracé s'estompe à peine dans le mince brouillard de janvier, la chanson de Fairouz résonne. Les premiers mois qui ont suivi la libération, elle était toujours là, sans doute l'un des titres les plus populaires en Syrie parmi le répertoire de la diva libanaise, se glissant aux carrefours de Deir ez-Zor, Damas ou Homs. De ces airs dont découle un léger fredonnement, un murmure arraché aux passants, comme une prière douce.

Nous quittons un temps, pour un autre temps
Qui nous laissera sur la terre de l'oubli.
Nous disons partir, en vérité nous revenons,
Au temple de l'amour, sans que nous le sachions.

À Alep, la chanson vibrait à la terrasse d'un des rares cafés ayant échappé aux bombardements des vieux souks, réduits en ruines par le régime. Elle faisait grésiller la baffle essoufflée d'une voiture du quartier d'Al-Midan, coiffée de meubles et de matelas attachés à son toit, annonçant le ballet du retour des exilés. Ceux retrouvant leur ville et les leurs après la chute du dictateur ; des hommes et des femmes contraints à la fuite depuis plus de dix ans parfois, découvrant Alep calcifiée, grisâtre et morne… Mais vivante. La chanson glissait aussi des enceintes accrochées de guingois à ce maigre étal d'un vendeur, près de l'ancien hôpital ophtalmologique d'Alep, encore en activité. Comme si l'on avait oublié que ce lieu avait autrefois servi de geôle aux prisonniers et otages de l'État islamique. Les anciennes prisons des djihadistes à Alep ont pour la plupart été détruites ou repeintes, leur mémoire fondue dans le décor. Oubliées, diront certains.

Le succès de *Raj'een Ya Hawa* dans le monde arabe a souvent éclipsé l'œuvre dont la chanson fut issue. Comme nombre des classiques de Fairouz, elle fut écrite par les frères Assi et Mansour Rahbani[1] au tout début des années 1970. Non pour un disque, mais pour une pièce de théâtre éponyme, *Loulou*, jouée pour la première fois à Damas en 1974. Jeune femme incarnée par Fairouz, Loulou revient dans son village après avoir purgé quinze ans de prison pour un meurtre qu'elle n'a pas commis. Son innocence établie, elle est portée par un désir de vengeance contre les villageois qui l'ont abandonnée à ces années de solitude et de réclusion sans jamais

1. Bien que l'œuvre *Loulou* soit encore interprétée comme une critique de l'injustice ou de l'arbitraire, elle n'était pas conçue comme un pamphlet contre le régime syrien. Les frères Rahbani ont entretenu des liens avec le clan Assad et furent perçus comme des soutiens du régime. Fairouz, quant à elle, a toujours cultivé une image plus réservée sur le plan politique, faisant aujourd'hui consensus dans le monde arabe, même si une partie de son répertoire fut marquée par l'héritage de la gauche arabe et les engagements de son époque.

prendre sa défense. À son retour, elle confie son projet à Jurji, vieux cireur de chaussures du village, espérant faire courir la rumeur parmi les habitants. Plus encore, elle dresse une liste de noms, et décrète que celui qui s'y trouvera en tête sera tué pour obtenir justice.

Les villageois, saisis de panique, réagissent chacun à leur manière. Les plus honteux implorent le pardon de Loulou, tandis que d'autres, plus vils, tentent de la flatter en la couvrant d'éloges. Conscients que Loulou ne pardonnera à aucun d'eux et voyant la sentence approcher, un petit groupe s'emploie à la faire passer pour folle. Ils sollicitent un juge, puis un psychiatre, espérant ainsi discréditer sa parole et sauver leur peau. Une cour achève de se créer autour de la jeune femme vengeresse. Les caïds du village lui offrent leur aide ; Naïf, ancien compagnon de Loulou, lui jure encore son amour… Même un politicien local s'invite dans la tourmente, proposant de mettre un patronyme en tête de sa liste : celui de son opposant aux prochaines élections.

Courtisans, détracteurs… Loulou inscrit chacun de leur nom sur sa liste. Dos au mur et réalisant que n'importe lequel d'entre eux pourrait être la victime désignée, les habitants implorent Loulou d'abandonner sa vengeance et de tourner la page de la prison, de tout oublier. Elle leur répond en chantant :

Et ces quinze années passées en ce monde
Comme si je n'y étais pas,
Que l'été et l'hiver passaient sans moi,
Sans mon monde.
Oublier… oublier ?
Si seulement je pouvais oublier…

Et la prison,
Et les nuits blanches qui se languissaient de la lune,
Et le froid.
Et moi, incapable de dormir,
Je dessinais sur les murs
Un grand soleil dans cette nuit,
Et je m'asseyais à côté
Pour m'y réchauffer.

Oublier… Comment oublier ?

*

« Mais je vous dis qu'il avait été libéré.

– Oui… mais ce n'était pas une “décision de libération”.

– Alors de quoi il s'agit ? »

Cela fait déjà quelques minutes que l'homme agite un dossier sous le nez d'un greffier du palais de justice de Damas. Le fonctionnaire, impassible, l'écoute distraitement, répondant par des phrases laconiques aux inquiétudes de son interlocuteur. Ce dernier s'efforce d'expliquer que son fils, né dans la Ghouta, avait été libéré le 8 décembre dernier, lors de la chute de Damas et de l'ouverture des portes de la prison centrale de Mazzeh. Pourtant, il y a une semaine, en ce mois de mars 2025, les nouvelles autorités de transition viennent de le réincarcérer.

« C'est parce qu'il lui reste encore six mois à purger, précise le greffier.

– Oui mais… L'avocate nous a dit qu'il n'y retournerait pas.

– Ce que vous me montrez là, c'est une décision de justice émise par le tribunal pour qu'il effectue ses deux ans de prison au complet. S'il n'y a pas de décision de libération, il n'est pas libre, même maintenant.

– Mais… Il était mineur quand il a été incarcéré sous le régime. On nous a dit qu'il pouvait déposer une demande ! »

Le greffier s'interrompt un instant, jette cette fois un regard plus attentif au dossier du jeune homme. Autour, tout est silencieux. Le décor du palais de justice n'a guère changé depuis la chute du dictateur. À peine remarque-t-on le deuxième étage saccagé à l'arrivée des rebelles, encore jonché de gravats mêlés aux douilles de semi-automatiques. L'atmosphère demeure anxiogène.

« Bon… Descendez au rez-de-chaussée, ordonne le greffier. Allez parler au nouveau chef du palais et demandez-lui quoi faire. »

L'homme obéit, laissant derrière lui le greffier dans la salle de tribunal surannée. Sur les murs d'un blanc terne demeurent les traces rectilignes des portraits de Bachar al-Assad, aujourd'hui décrochés. Les armoiries du régime flanquées sur le banc des juges sont toujours là, dissimulées maladroitement par un bureau vétuste, faute d'avoir été arrachées. En contrebas, quelques maigres assises, semblables à des bancs de nefs, sont restées en place, jouxtant l'immense cage en fer forgé réservée aux accusés qui avale le tiers de la pièce.

« Il m'en arrive toute la journée, des cas comme ça », bougonne le greffier, las, alors que l'homme franchit la porte.

Depuis quelques semaines, le palais de justice a repris ses activités. D'après les fonctionnaires encore en poste, les nouvelles autorités de transition s'emploient à rejuger les personnes libérées lors de la chute des prisons, à l'exception des victimes des cours antiterroristes et des prisonniers d'opinion.

Chaque semaine, des séances sont organisées pour les Syriens condamnés pour meurtre, vol ou consommation de drogue.

« C'est un boulot colossal de reconvoquer tout le monde… et de retrouver leurs dossiers. Souvent, on les reconstitue à partir de pièces numérisées : le procès-verbal de la police, la décision du juge d'instruction, l'ordonnance de renvoi… On parvient aussi à récupérer des rapports rédigés par les surveillants de prison sur leur comportement là-bas, ça peut aider. »

Des éléments dont beaucoup savent pourtant qu'ils pouvaient être façonnés par le régime lui-même, avec l'incurie et la corruption qui le gangrenaient. Des accusations parfois montées de toutes pièces pour protéger des proches du pouvoir ou pour persécuter des citoyens sans passer par les tribunaux antiterroristes… Et pourtant, aujourd'hui, ces mêmes documents sont réutilisés par les mêmes tribunaux civils. Certes, la plupart des transferts vers les centres de détention comme Sednaya se décidaient autrefois devant les tribunaux militaires ou les cours antiterroristes – notamment celle du palais de justice de Mazzeh, en banlieue ouest de Damas –, mais lorsque la persécution judiciaire atteignait son paroxysme, les tribunaux civils eux-mêmes étaient parfois mobilisés pour alimenter cette machine répressive. Le greffier l'admet à demi-mot.

« Oui… c'est vrai, il nous arrivait parfois des prisonniers ayant transité par des endroits comme la Branche Palestine. Mais ils n'arrivaient pas directement ici. Nous, en tant que cour d'assises, nous ne les voyions qu'après deux ou trois mois. Donc, si vous me dites qu'ils avaient été torturés… Les traces n'étaient plus visibles quand ils arrivaient », jure le fonctionnaire.

Si incomparable soit-il avec celui du régime, le système judiciaire de la Syrie en transition conserve de nombreux travers de l'ancien pouvoir. Ici, au palais de justice, le personnel reste inchangé, à l'exception d'une demi-douzaine de juges ayant fui lors de la libération de Damas. D'autres ont été limogés par décret des nouvelles autorités, coupables de leurs anciens liens familiaux avec des hauts gradés du régime, des états-majors ou des commandants de division de l'armée d'Assad. Si les procès, selon ce que rapportent les plaignants eux-mêmes, sont désormais plus longs et les convocations plus transparentes, les anciens dossiers d'accusation et les rapports du renseignement continuent de peser sur le sort des accusés. Et ce n'est pas là le seul legs des années Assad. Certaines prisons demeurent en activité pour assurer les détentions exigées par les nouvelles autorités.

« Nos mandats de dépôt mentionnent la “prison centrale de Damas”, raconte le greffier. C'est là qu'on est censé les envoyer… Après, sont-ils vraiment transférés là-bas ? Personne ne le sait. »

Le fonctionnaire admet lui-même ne s'y être jamais rendu, ne rien savoir des conditions de détention, ni des infrastructures, ni des traitements.

« Comme avant ! » résume-t-il, laconique.

Comme un air de déjà-vu.

Les nouvelles autorités au pouvoir, issues pour la plupart de la coalition rebelle islamiste à l'origine de la chute du régime Assad, n'accordent aucun accès aux nouvelles prisons, ni, a fortiori, d'informations sur le sort des anciens membres du régime aujourd'hui incarcérés. Pourtant, une grande partie des prisons centrales de l'ancien pouvoir ont été réhabilitées en urgence pour accueillir les détenus accusés de divers larcins ou de crimes de droit commun. Aux dires de plusieurs familles autorisées à rendre visite à leurs proches, les conditions y sont plus favorables qu'à l'époque du clan Assad. La torture a disparu des prisons civiles depuis la dissolution des ailes antiterroristes[1], et la nourriture y est plus abondante, bien que les conditions sanitaires demeurent déplorables. Héritage direct de l'insalubrité des infrastructures du régime précédent, elles continuent de mettre en péril la santé des prisonniers.

Au palais de justice, certains avocats alertent également sur des détentions arbitraires orchestrées par des groupes rebelles islamistes, tels que Jaysh al-Islam, réimplantés dans la Ghouta. Entre arrestations et règlements de comptes, certains bâtiments de la banlieue serviraient encore de lieux de détention pour ces organisations, désireuses de solder leurs comptes avec d'anciens ennemis. D'autres factions djihadistes, mafieuses ou indisciplinées tirent elles aussi parti de la faiblesse des nouvelles autorités et du contrôle fragmenté qu'exerce le pouvoir de transition sur une Syrie exsangue pour affirmer leur domination dans des bastions épars à travers le territoire.

Tandis que le président de transition, Ahmad al-Charaa, peine à maintenir l'unité de ses troupes et tolère des éléments djihadistes coupables de crimes de guerre, des centres de détention clandestins continueraient d'exister dans la Syrie libérée. Cela, sans compter les prisons toujours administrées par les

1. Quant aux geôles du nouveau renseignement syrien, difficile d'en tirer de premiers témoignages solides. Le groupe Hayat Tahrir al-Sham, majoritaire dans la composition des forces de transition, a plusieurs fois été épinglé pour sa pratique de la torture dans la poche rebelle d'Idlib, notamment contre des opposants civils, comme mentionné dans le rapport de Human Rights Watch : « Syria : Arrests, Torture by Armed Group », publié le 28 janvier 2019.

milices pro-turques au nord du pays, notamment l'Armée nationale syrienne (ANS), ou les geôles kurdes dans des régions arabes occupées par les Forces démocratiques syriennes (FDS)[1]. À Raqqa, des témoignages continuent de faire état de tortures et de disparitions forcées d'activistes opposés à la présence kurde, ou de civils refusant de se plier au service militaire imposé par les FDS. Au cours des sept premiers mois de l'année 2025, 835 cas d'arrestations arbitraires et disparitions forcées ont été enregistrés en Syrie. La moitié (49,50 %) a été perpétrée par les FDS kurdes, un tiers environ (39,88 %) par les nouvelles autorités de transition[2], et le reste (10,53 %) par les pro-turques de l'ANS dans le nord du pays[3]. Par ailleurs, un nombre encore indéterminé de disparitions forcées de civils ont également été perpétrées par l'armée israélienne sur des territoires conquis depuis la chute du régime, au nord du Golan occupé.

Le pouvoir central, pour sa part, faute de permettre l'accès aux prisons civiles et a fortiori aux centres de renseignement récupérés de l'ancien régime, a déjà commencé à mettre en scène son traitement des prisonniers. Dans une vidéo publiée

1. Coalition militaire dominée par les éléments kurdes des Unités de protection du peuple (YPG) active dans le nord-est de la Syrie.

2. Synthèse des disparitions forcées qui n'inclut pas les exécutions sommaires commises sur la côte du Sahel sur les populations alaouites par des groupes djihadistes ou des unités rattachées aux nouvelles autorités de Damas.

3. Synthèses statistiques réalisées sur la base des rapports mensuels du Syrian Network for Human Rights publiés entre janvier et avril 2025. Rapports illustrant des chiffres bien en deçà des disparitions forcées perpétrées par le régime. Chiffres ne tenant pas compte des disparitions forcées perpétrées par plusieurs factions djihadistes et n'intégrant pas encore les enlèvements de plusieurs dizaines de femmes et d'enfants druzes, commis à l'été 2025 par des factions tribales ou des islamistes proches des nouvelles autorités.

le 28 avril 2025 par un relais des nouvelles autorités proches du groupe HTS[1], on voit un ancien soldat de l'armée d'Assad menotté, le visage tuméfié, vêtu d'un pyjama rayé. Le prisonnier, identifié comme Mohammad Chehadeh, est présenté comme un ancien membre de la 25e division du régime, accusé de massacres contre de nombreux civils syriens.

« Garde la tête baissée, tu es un criminel », intime l'homme dans la vidéo, qui se présente comme « journaliste ».

« Nous rappelons que la sécurité publique travaille en permanence à rechercher des preuves avant de prendre des mesures », poursuit l'homme face caméra, debout face au détenu contraint de s'expliquer devant des hommes armés.

Il faudra des années à la justice syrienne pour se reconstruire, relever le défi immense de la justice transitionnelle et repenser le système carcéral hérité du régime Assad, à la fois déshumanisant et obsolète. La fin de la terreur a cependant permis une chose : le retour timide des Syriens dans les administrations judiciaires. Au palais de justice, ils sont désormais des milliers à arpenter les couloirs chaque jour. Des citoyens autrefois recherchés, qui pour la première fois franchissent le parvis de pierre du bâtiment. Au rez-de-chaussée, la foule se presse, qui pour faire reconnaître un mariage, qui pour obtenir une tutelle, ou encore pour attester qu'ils sont bel et bien vivants après avoir échappé aux radars du régime en se faisant passer pour morts.

Certains reviennent jour après jour, ballottés d'un bureau à l'autre au sein de cette administration chaotique. Les pieds

1. Hayat Tahrir al-Sham est officiellement dissout à ce jour.

s'essuient sur le paillasson à l'effigie de Hafez al-Assad que les rebelles ont placé là, comme un pied de nez, mais l'empreinte du régime, elle, n'a pas encore quitté les esprits.

*

Il ne suffit pas de se débarrasser d'Assad pour se débarrasser de l'assadisme. Il est parfois étrange, en Syrie, d'observer ce que l'on nomme en arabe les « demi-regards ». Ces coups d'œil furtifs, lancés en coin sans vraiment se livrer. Eux n'ont pas encore disparu, ils racontent l'habitude de la peur plus que la peur elle-même. Si bien qu'il n'est pas rare de ressentir encore le poids de la grammaire du soupçon sur les rapports sociaux, l'idée intériorisée que l'ennemi est peut-être dans la pièce d'à côté. À certains égards, cela ne semble pourtant pas encore tout à fait éloigné de la réalité dans le clair-obscur de cette transition où la justice n'est pas encore passée. Oum-Fatma a encore du mal à raconter ce sentiment, qu'elle détaille les dents serrées et les poings crispés sur ses genoux joints. Elle ne se sent d'ailleurs pas à l'aise dans ce nouvel appartement où elle s'est réfugiée depuis plusieurs semaines, après avoir quitté cette résidence de Homs qu'elle ne supportait plus.

Un mois auparavant, Oum-Fatma sortait comme tous les jours, remontant la rue Al-Masoudi, s'arrêtant en chemin pour acheter quelques courses. Autour d'elle, la ville de Homs encore dévastée. Les squares qui dégagent la vue de la grande mosquée Khalid Ibn al-Walid offrent un spectacle désolant : la ville, bombardée par le régime et ses alliés russes, où les bâtiments grignotés par les balles ont l'air de monolithes dont la surface ne serait plus qu'une dentelle froissée, prête à se découdre. La vie, pourtant, s'anime à l'ordinaire. Oum-Fatma se rassure même à la vue du grand drapeau de la révolution, hissé sur la façade d'un bâtiment de la place, en contrebas duquel un groupe d'enfants chahute et s'égaie. Elle les avait attendus des années, ce triomphe de la révolution, le retour à la vie après la tyrannie du régime, la réunion de sa famille éclatée aux quatre coins de la région, accueillie sous les détonations des tirs de joie… Homs qui renaissait.

« Moi-même, j'ai rejoint des proches en Turquie pendant quelques années avant de revenir en 2022. J'avais été emprisonnée dans les geôles de la Sûreté politique, accusée d'avoir caché des membres de ma famille qui avaient déserté. Là-bas, j'ai été torturée par les gardiens… Ils me frappaient, s'amusaient à me brûler, à me dominer… Mais l'un d'eux surtout attendait de moi des faveurs et me les arrachait par la force. Au début, je ne connaissais pas son nom, ni même son visage, jusqu'à ce qu'il se sente assez en confiance pour se découvrir devant moi, alors qu'il m'infligeait ses sévices. Son visage… Il n'était ni humain ni bestial. Il était dur, froid, terrifiant. »

Oum-Fatma se crispe.

« Quand j'ai été libérée, ce gardien m'a hantée. Je l'avais tellement associé à cette prison qu'à mon sentiment de peine venaient se mêler ses traits. Je le revoyais, presque irréel, doutant qu'il ait même pu exister et pourtant comme si son ombre planait encore en moi. Comme un spectre… je comprends pourquoi on en surnommait certains ainsi[1]. Je ne

1. Référence au mot *chabiha*, « spectres » en arabe, désignant les milices informelles du régime habillées en civils.

pourrai pas oublier cet homme, et jamais je n'aurais imaginé le recroiser. Pourtant, c'est bien lui que j'ai aperçu à Homs en février 2025, ce même homme qui semblait surgir de la foule. J'ai d'abord cru à une hallucination. Pour moi, il était une goule qui appartenait à la geôle. Il ne pouvait pas se trouver là, dans la lumière et parmi les passants. Et pourtant c'était bien lui, de chair et d'os, mon bourreau.

« Qu'ai-je ressenti à cet instant ? J'étais tétanisée par la peur, une terreur que je ne peux pas vous décrire car elle débordait de tout ce que j'ai pu me rappeler de ma détention... J'ai mis quelques instants à sortir de cet état, et à finalement me sentir portée par une force qui me dépassait, qui m'a poussée à le suivre. Quelques pas seulement, m'approcher pour être sûre de bien reconnaître ce profil. En réalité, je n'en avais nullement besoin. Sa posture, sa façon de bouger... eût-il marché à une centaine de mètres de moi, je ne pouvais pas me tromper.

« La rue s'engouffrait dans une artère passante, non loin d'un parc, et ce n'était plus maintenant mes jambes mais aussi ma voix qui m'échappait. Je l'ai interpellé : "Toi, je te reconnais !" La vérité venait d'éclater... et je jure devant Dieu, l'homme s'est retourné, apeuré, comme s'il m'avait reconnue sans me voir. Rien qu'à m'entendre, j'en suis certaine, il savait. Je craignais encore de m'approcher... alors j'ai hurlé encore, à pleins poumons sur cet homme. "Criminel ! Chien !"... je l'ai accusé de tout, à un moment je ne lui disais même plus de phrases, que des mots qui m'échappaient, que je lâchais comme ces hommes nous avaient matraquées avec les leurs... J'avais l'impression qu'ils le blesseraient, ou qu'ils me protégeraient, je ne sais pas. Les regards s'étaient tournés vers nous, et lui commençait à m'insulter, me traiter de folle, à lever la voix pour couvrir la mienne. Je n'arrivais plus à avancer, je n'écoutais même pas et c'était devenu un duel ou il me fallait battre ses mots, le noyer de bruit. "MENTEUR ! Je te MAUDIS !"

« J'aurais peut-être dû lui sauter dessus, le frapper… car il s'en est allé en une fraction de seconde. J'attendais peut-être de la foule qu'elle se jette sur lui pour l'arrêter. Mais je me rendais compte que sans doute la plupart des gens autour n'avaient pas compris ce que je voulais à cet homme, ni ce que je lui cherchais. J'ai soudainement eu froid dans tout le corps, en rentrant chez moi. J'ai discuté avec mes sœurs, et nous avons convenu d'en parler aux nouvelles autorités, aux soldats qui patrouillaient dans le quartier. Ils m'ont dit qu'ils ne pouvaient rien faire, rien du tout. Je n'avais ni nom, ni preuve. Je leur ai dit que je pourrais le retrouver, les guider pour mettre la main sur cet homme qui devait habiter ici. Ma sœur avait même une piste en ce sens après avoir parlé à des témoins de la scène. Les policiers m'ont dit que l'ordre de ce genre d'arrestation devait venir d'en haut, et qu'ils avaient trop à faire à Homs avant de s'occuper de mon cas. Alors je m'en suis allée, j'ai quitté ce quartier une seconde fois, en attendant que la justice ou quelqu'un le rattrape. Car une seule chose m'effraie désormais, c'est qu'il me tue pour que je me taise. »

*

C'est la première fois qu'Abdelmonem n'a pas peur la mort. Qu'il se sent vivant, et même libre. Il lui avait fallu près de trois mois pour retrouver un visage moins creusé. Lui qui autrefois se rasait de près garde aujourd'hui ce collier de barbe qui semble lui épaissir les joues. Il paraît plus apaisé, du moins en surface. Bien qu'il soit parvenu à se défaire de la tuberculose, il reste encore légèrement replié sur lui-même, jetant des regards furtifs à gauche et à droite, par réflexe.

« J'avoue, j'ai tellement de mal à interagir avec les autres, confie-t-il. Même avec mes propres enfants. Je ne sais pas non plus comment interagir avec les gens autour de moi. Lorsque quelqu'un vient me voir, me disant qu'il est heureux de me revoir, que je lui ai manqué, je reste froid. Et je ne sais plus exprimer mes émotions. Parfois, je ne comprends même pas ce que je ressens. Je peux être assis, ne sachant pas ce que je veux, ressentir une tristesse profonde sans pouvoir en identifier la cause. Juste comme ça, elle me traverse. »

Autour de lui, quatre hommes l'écoutent, attentifs, laissant ses mots chercher leur chemin, acquiesçant avec discrétion. Hussein lui ressert un verre de thé, auquel la quantité déraisonnable de sucre a donné une teinte opaline. Le café qu'ils fréquentent dans cette partie reculée de la banlieue damascène est désert. Le petit groupe y a pris ses aises depuis plusieurs heures, étalant ses affaires sur de longues tables jointes. Un homme, au fond, pianote depuis un moment déjà sur un épais ordinateur portable.

« Il faut qu'on arrive à parler de tout ça, répond-il à Abdelmonem, et qu'on invite les autres à parler de tout ça sans qu'ils aient l'air de se victimiser. Il faut qu'ils comprennent l'intérêt. S'ils pensent qu'il s'agit juste de se raconter nos vies en se faisant souffrir, ça ne sert à rien. »

Les autres acquiescent en silence.

« Oui, il faut que ce soit une démarche constructive. Il faut que des journalistes parlent de nous comme d'une initiative qui a du sens », reprend Hussein.

Depuis deux semaines, ces quelques hommes ont créé l'Association des détenus de la révolution syrienne, un groupe qu'ils entendent former ensemble pour réunir ceux qui, comme eux, viennent de sortir de détention et découvrent la Syrie débarrassée d'Assad.

« Je n'ai pas de mot pour décrire quel bonheur a été la libération, explique Abdelmonem. Mais une fois sorti, on n'imagine pas ce que c'est d'être jeté comme ça dans le monde réel. Certains sont encore gravement malades, d'autres ont tout perdu : leur maison, leurs proches… Ils s'en veulent parfois d'avoir mis leur famille dans la misère qui a tout vendu pour les faire sortir, ils se sentent comme un poids inutile pour leurs proches. »

Les hommes autour de la table échangent un regard silencieux. Ils peinent parfois à réaliser ce qu'ils entreprennent ici, ensemble, pour tenter de se reconstruire. En Syrie, le départ d'Assad a été suivi d'une première respiration fragile pour mesurer l'étendue des dégâts causés par l'enfer du régime. La réconciliation fait figure de chantier impossible, tant les décennies d'assadisme ont cisaillé l'intime, divisant les familles, accoutumant les individus à n'être rien de plus qu'une fraction indistincte des masses. Celles des massacres, des bilans humains, des sans-voix de l'univers concentrationnaire… Une déshumanisation si profonde que se repenser en tant qu'individu paraît parfois un défi plus vaste encore que la reconstruction d'une nation en ruines.

« On essaie de mener ce chantier ensemble, explique Hussein… On n'est pas encore remis sur pied mais on a besoin de se battre pour quelque chose, pour ne pas s'effondrer après la prison. Et puis on a besoin de parler aussi, entre nous, savoir qu'on n'était pas seuls à avoir vécu tout ça. »

Ce jour-là, Abdelmonem raconte à ses amis la dernière nouvelle qui pèse justement sur son esprit depuis sa libération. Un ancien ami proche essaie de reprendre contact avec lui.

« Le problème, explique Abdelmonem, c'est que c'est lui qui m'a dénoncé aux autorités et envoyé à Sednaya... J'avais confiance en lui, et alors que je comptais quitter la capitale clandestinement, il a prévenu des chabiha au poste de contrôle de Mankat. Il était avec moi dans la voiture... C'était un cauchemar éveillé. Il les a à peine regardés m'arrêter sans dire un mot, et au moment où ils m'ont mis de force dans une bagnole aux vitres teintées, il m'a lâché : "Il n'y a de force et de puissance qu'en Dieu", avant de tourner définitivement le regard, de fuir. Comment peut-il oser vouloir renouer contact ? Je vous jure... Moi j'attends de le revoir devant un tribunal. Ce jour-là, je le regarderai dans les yeux, bien droit, et je lui dirai : "Tu te souviens, ce jour-là quand tu m'as dévisagé ? Moi, c'est ce regard que je t'ai lancé." »

Abdelmonem passe la main sur ses cheveux. Ils ont commencé à repousser. À Sednaya, tout le monde devait être systématiquement tondu dès l'arrivée. Lui-même se portait souvent volontaire pour raser les nouveaux venus, espérant échanger quelques mots sous le ronronnement des machines, grappiller des nouvelles du dehors, des rumeurs d'amnistie, des bribes d'informations sur les familles des détenus...

« Des fois, on ne réalise pas que nous sommes sortis de la prison, reprend Abdelmonem. Moi, je m'étais préparé à mourir, vous savez. Parmi mes proches, mon cousin avait été exécuté à Sednaya. Mon oncle avait été exécuté dans la Branche 215. Le fils de ma tante, mon voisin, mon ami d'enfance... avaient été exécutés à Sednaya. Quand nous sommes entrés pour la première fois dans la prison, on nous disait : “Tu es venu ici pour mourir. Ici, on vient pour mourir.” Alors quand nous en sommes sortis… »

Sa voix se brise à cet instant précis.

« … Je veux dire… Pour la première fois depuis des années, j’ai eu l’impression d’être parmi les miens. Les habitants du quartier m’accueillaient tout autour, m’enveloppaient. J’avais laissé derrière moi un fils de 3 jours, Zeineddine. Quand je suis rentré chez moi, il marchait et parlait. Mais il ne me reconnaissait pas. Quand ma fille de 9 ans m’a vu pour la première fois, elle ne m’a pas adressé la parole. Elle était figée. Elle ne m’a même pas salué. Elle a reculé. Je lui ai demandé pourquoi elle ne disait rien, et elle m’a répondu : “J’ai eu peur. J’ai eu tellement peur.”

– Les enfants des détenus grandissent dans la terreur, intervient l’homme à l’ordinateur, cherchant à consoler Abdelmonem. Nos familles leur interdisaient de poser des questions, de parler de leur père à l’école… pour les protéger.

– Mais ils comprennent tout, les enfants, reprend Abdelmonem. Ma petite, Jana… elle est si brillante. Elle a écouté les adultes pendant des années. Elle a senti ce qu’il se passait. Elle m’a demandé le premier jour de mon retour : “Papa, est-ce qu’ils tuaient des gens dans la prison ?” Moi je lui ai répondu : “Non, non ma chérie.” Mais en vérité, oui, ils tuent les gens. J’y pense encore, j’en rêve encore… Mais je ne peux pas me résoudre à lui dire, ni trouver les mots pour lui expliquer. Il y a encore des questions que je me pose moi-même, qui se bousculent dans mon esprit… alors comment répondre à celles d’une petite fille ? »

Autour de la table, tous se heurtent aux mêmes incertitudes.

« C'est pour ça qu'on a besoin de cette association, reprend Hussein. Pour le moment, on fait avec nos moyens, c'est-à-dire pas grand-chose car on vient à peine de sortir des geôles, on cherche des aides, à produire des petites vidéos pour témoigner sur les réseaux sociaux. »

Mais le groupe a bien du mal à structurer son organisation. Les nouvelles autorités de transition ont d'autres priorités que la réinsertion des anciens détenus. Livrés à eux-mêmes, les anciens de Sednaya redoutent avant tout que leur mémoire ne s'efface. Que deviendront ainsi, dans quelques années, les bâtiments abandonnés de Sednaya ? Leur devenir en dira long sur la trajectoire mémorielle que prendra la Syrie. Seront-ils réutilisés, comme le furent en Irak nombre de prisons de Saddam Hussein après sa chute ? Détruits, à l'image de nombreuses geôles franquistes dans l'Espagne amnistiée ? Ou bien transformés en musées, comme la plupart des camps d'extermination européens ? En février, peu après leur réunion, lorsque les rescapés ont voulu officialiser la création de leur association sur les lieux mêmes de Sednaya, à l'invitation des ministères de l'Information et des Affaires sociales, l'événement a suscité un tollé. Des marques de confiseries syriennes avaient installé de petits stands devant les bâtiments de la prison, tirant profit du va-et-vient des familles, tandis que des chanteurs de musique folklorique avaient été conviés pour jouer. Une marque d'irrespect que de nombreuses familles ont eu du mal à supporter. Les anciens détenus de l'association naviguaient encore dans le flou de la libération, désorientés, se retrouvaient dépassés par le spectacle qui se jouait devant eux. Sur leurs épaules, en plus du poids de leur propre détention, s'ajoutait celui d'un chantier mémoriel vertigineux ou tout est à penser… À commencer par les mots eux-mêmes devenus un terrain de bataille pour nommer l'univers concentrationnaire, longtemps nié par le régime et ses soutiens. Faudra-t-il parler de camps ? d'abattoirs humains ? d'extermination[1], comme l'ONU l'avait évoqué dès 2016 ? Le tout alors qu'au même moment les discours sectaires hérités du régime s'infiltrent dans les prémices de ce chantier mémoriel. La persécution des sunnites – majoritaires en Syrie – sous le régime Assad a laissé croire à certains que nul autre groupe confessionnel n'eut à souffrir de la tyrannie. Le système sectaire instauré par le régime, qui octroyait des privilèges confessionnels à certaines communautés lorsque les détenus n'étaient pas des opposants politiques, a profondément ancré cette perception. L'isolement des prisonniers selon leur religion ou leur origine ethnique a renforcé cette division dans les esprits de nombreux rescapés. Le legs d'un poison qui continue d'envenimer tout le pays.

« À mon avis, il ne faut pas faire de Sednaya une attraction, ni la détruire, insiste Abdelmonem autour de la table du café. Moi je suis pour qu'on la transforme en musée, un lieu où les gens viendront voir ce qu'il s'est passé, pour que cela ne se reproduise jamais. C'est à cela que nous travaillons, nous. Ce qui s'est passé ne doit jamais être oublié. Jamais. C'est une lettre à envoyer aux générations à venir. En attendant, on s'organise comme on peut, on prévoit des sorties collectives pour les enfants des détenus. Nous les emmenons dans des cafétérias, des jardins, des zoos, des parcs d'attractions…

1. Mentionné dans le rapport « Out of Sight, Out of Mind : Deaths in Detention in the Syrian Arab Republic », publié le 8 février 2016.

Nous leur offrons du loisir, quelque chose dont ils ont été privés pendant tant d'années. C'est sur ces projets que nous devons nous concentrer, parce qu'ils permettent de créer un lien entre les gens. Quand les gens s'aiment dans ce pays, il est impossible que cela se reproduise. »

*

« Lorsque j'ai appris que papa allait être transféré à Sednaya, j'ai eu très peur et je me suis mise à pleurer. »

Jana s'efforce de rester calme en évoquant ce souvenir, exprimant du mieux qu'elle peut ce que, plus jeune encore, elle avait sur le cœur. Assise sur ses talons, mains sur les genoux, elle veille à tenir la même posture que son père. Dans leur salon de la banlieue d'Al-Kiswa, Abdelmonem tient dans son bras droit le petit Zeineddine, qui s'est précipité dans la pièce en même temps que sa grande sœur, qu'il suit sans cesse à la trace. Jana a ce regard profond, perçant, fixe et alerte, comme le sont les regards d'adultes. Pour accueillir les invités, la petite a dégagé son front, maintenant ses cheveux d'une jolie fleur en tulle jaune. Elle reste droite, sous le regard protecteur de son père. Depuis une semaine, Jana n'a toujours pas cessé de poser les questions qu'Abdelmonem évoquait… « Où allaient les corps ? Où mettaient-ils les morts ? Est-il vrai qu'ils découpaient les corps à Sednaya ? »…

Abdelmonem, conscient que la petite a commencé à entendre des témoignages à la télévision, éprouve de plus en plus de mal à lui cacher la vérité. Face à elle, il est parvenu parfois à évoquer quelques épisodes : son arrestation par exemple, son passage devant le tribunal militaire…

« Devant le juge, mon audience a duré cinq minutes. J'avais des centaines d'accusations portées contre moi... C'était très injuste. Avant que je ne sorte, je me souviens, un policier m'a emmené et m'a dit : "Tu vois cette table devant toi ? Si elle était envoyée là où on va t'envoyer, elle se ferait tabasser et même elle reviendrait en disant qu'elle était terroriste." Le policier avait ajouté : "Alors si tu es battu à mort, peu importe." »

Jana reste stoïque, attentive. Elle voudrait que son père lui parle de Sednaya, de ce qu'il a vécu là-bas. À 9 ans, Jana l'avait déjà vue, cette prison. À cette époque, en 2023, les visites familiales étaient parfois autorisées : quelques minutes seulement, une fois par mois ou par trimestre, selon l'humeur de l'administration, et après paiement doublé d'une demande officielle. Les rencontres avaient lieu au bâtiment rouge, dans une pièce lugubre où les familles ne pouvaient ni se toucher ni rien échanger. Le détenu, menotté, était séparé de ses proches par une double grille noire imposante, entouré de quatre gardiens qui, de part et d'autre, écoutaient et pouvaient mettre fin à la visite à tout instant.

« C'était le seul moyen pour Jana de me voir, dit Abdelmonem. Un jour elle m'a dit : "Quand je viens en prison, j'ai peur. Quand j'en ressors, j'ai encore plus peur." Hein, ma chérie ? »

La petite hoche la tête.

« Quand la visite a commencé la première fois et que mon père est arrivé, il avait les mains derrière le dos, j'ai plongé mon regard dans le sien et j'ai éclaté en pleurs. Mon père était très maigre, la tête rasée à zéro, et ses yeux étaient pleins de larmes aussi. Je n'ai pas pu lui poser de questions car le gardien nous avait interdit de le faire. »

Elle reprend sa respiration, sans perdre son air assuré.

« Je lui ai demandé de ne plus jamais nous quitter. Moi, j'espère que cette prison disparaîtra un jour de la surface de la terre, car elle me fait trop peur. »

Abdelmonem la prend dans ses bras et lui demande d'aller se coucher. La petite obéit, non sans lancer un dernier regard à la guirlande de lumières vertes, rouges et bleues accrochée au mur du salon. Les motifs et figures, lanternes, lunes et étoiles, ont été suspendus par ses parents pour célébrer l'arrivée du ramadan.

« Jana aime beaucoup cette guirlande, sourit Abdelmonem avec une voix douce. En ce moment, elle aime bien dormir dans le salon, car il y a des bombardements israéliens et la lumière la rassure beaucoup. »

Il s'arrête un instant, tend l'oreille pour vérifier que la petite est bien couchée.

« Des fois, j'ai peur qu'elle ne m'accepte pas. La première fois que je suis revenu, elle n'a même pas osé me parler. Elle m'a dit : "J'ai eu peur. Je n'ai même pas osé te dire bonjour. J'ai eu peur de la police." Pauvre petite… Tous nos enfants à nous, les prisonniers, avaient appris à se taire pour leur sécurité. Mais Jana comprend tout, pendant des années elle a écouté ses proches, elle sait ce que sont des dossiers César, elle a entendu parler des numéros qu'on nous donnait dans la prison. Elle sait qu'il y avait des corps, et elle demande toujours "où sont passés les corps". Elle veut savoir quels étaient les cris et les gémissements qu'elle avait entendus pendant la visite, et honnêtement, elle sait de quoi il s'agissait… Mais moi… Moi j'essaie mais je n'arrive toujours pas à lui répondre. C'est une enfant… Je ne peux pas lui imposer ces images, mais je ne peux pas non plus lui mentir. Je ne sais pas combien de temps je pourrai esquiver, ni comment. Pourtant, souvent, avec notre association, on se dit que notre objectif est que plus aucun enfant n'ait à se poser des questions comme : "Où est mon père ?" Je n'arrête pas de dire que je ne veux pas que nos petits passent leurs vies à attendre des réponses qui ne viendront jamais. Je veux qu'on puisse leur parler. Je sais qu'un jour, certains voudront laver l'image de l'ancien régime, nier qu'il y a eu des crimes. Il faudra que nous soyons là pour leur répondre, pour affirmer la vérité haut et fort. Mais le dire à Jana, ma petite, je n'y arrive pas encore. »

*

« Il y a les portraits des martyrs, aussi ?

– Non, on a eu la place de n'imprimer que ceux des disparus. »

Soha esquisse une légère moue de déception, mais elle s'y attendait. Il lui a fallu déjà passer deux heures dans le bus affrété par Abdelmonem pour rejoindre Deraa. Sur la place du 18-Mars, ils sont quelques dizaines de familles à s'être rassemblées à l'appel de l'association des anciens de Sednaya. Certaines sont arrivées un peu plus tôt pour installer des tonnelles sous lesquelles un groupe de femmes cherche à échapper à la clarté du zénith. Plus loin, un autre groupe, aidé par Abdelmonem, s'affaire à glisser une série de portraits à l'intérieur de cadres noirs.

Soha a apporté la photo de son mari, disparu depuis plusieurs années dans les geôles du régime. C'est sa petite fille qui tient le portrait. Tout sourire, elle fait virevolter sa natte en naviguant d'un groupe à l'autre, observant les adultes qui s'activent. À quelques mètres, des femmes déploient une banderole jaune et blanche où s'enchaînent les slogans et les noms des disparus des prisons : Dureid Falouh, Ebrahim al-Hamid, Faice Amier, Ali Mustafa, Wissam Kassim... D'autres encore accrochent une banderole JUSTICE sur le monument central de la place, sous le regard d'un groupe d'hommes qui les observent travailler. La petite fille écoute avec attention une activiste locale prendre la parole au micro, près du parvis : il est question de justice transitionnelle, d'alerter les nouvelles autorités, de mémoire, de l'oubli... Des applaudissements éclatent ; elle les imite spontanément avant de filer vers sa mère, en pleine discussion avec d'autres femmes venues de Damas. Curieuse, elle prête l'oreille.

« Certaines familles ont reçu des menaces, explique Ghina, une femme au hijab noir qui s'adresse à Soha sous une des tentes en toile rayée.

– Ah bon ? s'étonne la mère.

– Oui... des hommes essaient de leur extorquer de l'argent en les contactant sur les réseaux sociaux. Ils disent qu'ils détiennent leurs fils disparus et qu'ils sont prêts à vendre leurs organes s'ils ne paient pas 10 000 dollars ! »

Soha écarquille les yeux, serrant le bras de sa fille qui vient de s'approcher. Mais avant d'avoir eu le temps de répondre à Ghina, elle se tourne brusquement. Un homme vient d'attirer son attention. Quarantenaire au teint hâlé, coiffé d'une *taqiyah* blanche vissée sur le crâne, il est en train de donner un entretien à un journaliste qui le filme avec son téléphone portable.

« T'as dis quoi, toi ? » lui lance la mère.

Elle vient d'entendre un propos qui l'a fait bondir.

« J'ai dit qu'eux tous, là, n'étaient pas disparus, qu'ils étaient morts », répond l'homme en désignant les portraits tout autour.

Soha se lève.

« Vas-y, répète ça devant ma fille ! Ose ! Tu dis que mon mari est mort ? C'est toi qui l'as tué alors, c'est comme ça que tu as eu l'information, j'imagine ?

– Calme-toi. Oui, ils sont morts ! Les gens qui devaient revenir sont revenus, il faut arrêter de faire croire des chimères à ta fille. »

Instantanément, une série d'index se dressent pour le désigner, comme autant de canons le mettant en joue. Les femmes alentour s'indignent, prennent la défense de Soha, se mettent à hurler en se tournant vers l'homme, jurant qu'il n'aura aucun droit de parler en leur nom devant un journaliste.

« Imbécile ! reprend la mère. Tu comprends ce que ça veut dire, disparu ? Ça veut dire qu'on doit nous les rendre et qu'on cherche ce qu'il leur est arrivé. Ça veut dire qu'on se bat pour les retrouver, pour la vérité. Alors si tu recommences à dire qu'il n'y a rien à chercher pour trouver justice et réponses, je t'éclate le portrait de mon mari sur la tête, compris ?

– Elle le ferait... »

La petite fille de Soha murmure ces mots en toisant fièrement l'homme du regard, comme les autres femmes.

Quelques membres du groupe sortent s'expliquer sur la place, Soha en tête, tenant à crier plus fort et plus longtemps que l'homme devant elle, fronçant ses sourcils dessinés avec finesse, plus acerbes encore les éclairs qu'elle lui lance.

« Ça se fait dans les cris... mais on commence à se parler, et à aborder les vrais problèmes », commente une autre femme dans la foule, l'air de se satisfaire de la scène et de l'événement qui s'est organisé malgré tout avec succès selon toutes les familles. Tous savent ici que de nombreuses rencontres de cette nature seront nécessaires, qu'il faudra apprendre à organiser ces actions et ces échanges, à porter leur voix dans une société où tout ce pan du politique leur était jusqu'alors interdit.

L'après-midi, lui, touche à sa fin, et les familles descendues de Damas rejoignent le bus du retour. Soha et sa fille sont épuisées de leur journée, de cette confrontation, de ces souvenirs qui émergent sans cesse dans cette nouvelle lutte qui s'esquisse. Abdelmonem vérifie que tout le monde est bien installé, prêt à prendre la route vers la capitale. Soha s'assied aux côtés de sa fille, tire le rideau à demi pour tamiser la lumière du soir qui s'infiltre dans l'habitacle.

La petite, elle, a posé la tête sur les genoux de sa mère, trouvant dans ces rondeurs le réconfort de celle qui l'enveloppe doucement du galbe de son buste. Soha passe instinctivement les bras autour d'elle, qui a son tour l'enlace des siens, comme un chaînon fermant leur cercle tendre. Les petites menottes se serrent sur le coton de ses manches, la tirent à elle, si bien que la mère s'enroule un peu plus, glissant une paume délicate à l'arrière de sa tête pour s'assurer qu'elle demeure contre elle, en sécurité. Sa main descend pour envelopper ses épaules menues, et d'un instant le mouvement de leur souffle s'accorde. La route peut s'étirer dans son long gémissement de rocaille, dans leur recoin du bus, la petite ne voit plus rien qu'elles deux. Ni le paysage de terre retourné, ni celui des villages écorchés, ni la poussière, ni la fumée. Il n'y a plus que cette étreinte, offerte à son sommeil. Tendrement, Soha formule des mots sans suite, dont elle ne laisse échapper aucun son, si ce n'est pour les derniers qui se laissent saisir.

« Je l'aime, je l'aime, je l'aime… »

*

Le dernier acte de la pièce *Loulou* marqua profondément le public syrien lors de sa première représentation. Il se déroule alors que tous les villageois sont rassemblés au milieu de la bourgade. Toutes leurs tentatives de convaincre la jeune femme d'abandonner ses projets de vengeance et de renoncer à sa liste de noms ont lamentablement échoué. Loulou y a même inscrit celui de Jurji, le cireur de chaussures qui l'avait pourtant aidée dans sa quête de justice… Après tout, consacrer tant d'énergie à l'accompagner dans son projet de tuer semblait bien suffisant pour mériter de compter parmi les suspects.

Les dernières minutes de la pièce se déroulent alors que les notables, désespérés, tentent de convaincre le fou du village d'assassiner Loulou pendant la grande fête organisée sur la place. Mais la jeune femme parvient à déjouer ses intentions par la force du verbe. Les habitants se rejettent alors la responsabilité de la tentative, s'accusant les uns les autres, si bien que la perfidie de tous éclate au grand jour. Finalement, chacun quitte les planches dans un tumulte d'injures et d'accusations, et Loulou se retrouve seule. C'est étrange, comme elle ressemble à tant d'autres que l'on croise aujourd'hui en Syrie. Figures isolées de vies brisées, libérées des geôles mais abandonnées à un monde qui demeure encore si dur. Livrées à la cohorte des coupables en liberté, où règne la suspicion entre les habitants du royaume de ruines laissé par le régime…

Autour, le monde s'est habitué à considérer la vie d'un Syrien comme il considérait sa mort : une donnée. Un chiffre parmi tant d'autres, dans la longue liste des bilans qui se sont accumulés – ceux laissés par le régime et tous les groupes fanatiques ayant proliféré dans le chaos qu'il eut engendré. La Syrie n'a pourtant jamais connu plus grand espoir de renaître, plus grande opportunité de faire nation autrement, débarrassée du tyran et offerte aux années de reconstruction et de transition. Mais les rescapés de l'enfer concentrationnaire croient-ils encore que la justice puisse un jour les réparer ? Bien peu d'entre eux, en réalité. Son temps est trop long, alors que les survivants vivent dans l'immédiateté du traumatisme perpétué ; son arrivée trop tardive, à peine capable d'apaiser les consciences collectives. Et si elle demeure l'élément le plus essentiel à l'avènement d'une nation syrienne libre, rien ne lui permettra de cicatriser les chairs. À vrai dire, il n'existe pas de remède pour soigner les victimes des crimes contre l'humanité. Certes, l'effacement de l'humain par la tyrannie est un projet toujours inabouti, mais réparer les survivants en est l'impossible contraire. Les blessures du crime d'extermination sont trop profondes. Comme si l'on n'échappait jamais totalement à la barbarie, même une fois la barbarie tombée ; jamais à la prison, même une fois les geôles libérées ; jamais à la plaie, même une fois le sang tari.

Loin des vœux pieux de réparation, le crime contre l'humanité ne tolère aucun retour en arrière pour ses victimes : il n'existe que leur lutte pour stopper l'hémorragie. Une mémoire qui oblige, seule capable d'empêcher le crime de se poursuivre là où le reste du monde a échoué. Une mémoire qui prolonge, en réalité, la révolution des Syriens. Car le déshumanisé ne reprend jamais ce qui lui a été arraché, et ne trouve sa survivance qu'en réinventant une nouvelle humanité dans un monde qui a toléré son anéantissement. Il poursuit une mémoire fondamentalement en lutte, forcée d'être résistante radicale et permanente à la barbarie, là où les mémoires résilientes s'éteignent ; car aucun d'eux n'a le choix, ni l'option confortable de l'oubli. Certains ne pourront pourtant plus parler ni se battre ; mais pour tous, après la chute d'Assad, il s'agit de survivre encore. Les rescapés de l'enfer concentrationnaire ayant encore la force de faire mémoire se battent déjà pour déranger le relativisme, accuser, indigner, politiser, nommer, arracher justice dans la violence de la vérité… révolutionner toujours. Car si la mémoire est en paix, c'est qu'elle a déjà trahi.

Dans sa dernière tirade, monologue esseulé face au village désert où la vie s'habille d'un autre chaos après la détention, Loulou, éprise de liberté, déclare :

Le fou prit le droit de gouverner,
Des avions gris pareils aux tourterelles,
Des explosions pareilles au soleil d'argent scintillé
Des gens dans les tranchées… d'autres dans les bars
La justice : un décor en carton
La liberté : rien qu'un mensonge
La prison devenue immense,
Et tout pouvoir illégitime,

Qu'il serait beau que la lumière se lève enfin…

Abdelmonem al-Kaid, d'Al-Kiswa

Lettre à ma fille, et pour plus tard

À ma fille,

Jana, lorsqu'on m'a emprisonné en 2022, j'ai laissé derrière moi des enfants vers qui allaient d'abord mes inquiétudes. La situation en Syrie était complexe et effrayante, les conditions de vie si difficiles… Si tu te souviens, à cette époque, nous vivions dans cette maison louée dans la région d'Al-Kiswa, et d'un coup d'un seul, je n'ai plus eu aucune nouvelle de vous. Je ne pensais pas à moi-même ni à mon sort ; mes pensées s'obsédaient de vous, de ta mère et de nos proches.

Quand je suis arrivé à la prison de Sednaya et que vous avez commencé à pouvoir me rendre visite, ma fille, Jana, tu es venue. Tu étais alors en quatrième année d'école et avais fêté tes 9 ans. Je me souviens de ton regard, mélange d'étonnement et de peur, et de ton mutisme. Tu n'as même pas réussi à demander comme les autres : « Comment vas-tu, papa ? », tu es restée sous le choc de ce que tu avais sous les yeux. Comment pourrait-il en être autrement, alors que tu n'étais qu'une enfant visitant son père dans l'une des prisons les plus terrifiantes de l'histoire humaine ? Un endroit si effrayant que rien que son nom suffisait à tous nous faire trembler.

Jana, tu m'as rendu visite six fois alors que j'étais dans le bâtiment rouge de Sednaya. Lorsque je suis sorti, grâce à Dieu, et que je suis rentré à la maison, je t'ai vue pour moi, je t'ai prise dans mes bras, et tu pleurais, comme si tu ne pouvais pas croire que je sois vraiment revenu à tes côtés. Deux jours après mon retour, je me souviens, tu t'es assise face à moi et tu as commencé à me poser toutes tes questions sur la vie dans la prison : « Comment mangiez-vous ? Où dormiez-vous ? Comment vous traitaient-ils ? » Et tu as même demandé : « Est-ce qu'ils te torturaient ? »

J'essayais d'esquiver, de te répondre brièvement et avec simplicité. Mais tu as insisté : « Est-ce que quelqu'un est mort avec toi ? As-tu vu quelqu'un mourir devant toi ? » Je n'ai pas pu te le dire, Jana. Et toi tu as répondu : « J'ai entendu mes oncles et maman dire qu'à Sednaya, ils ne nourrissaient les prisonniers que juste assez pour les garder en vie et qu'ils souffraient de la faim. » Là encore, toujours, je n'ai pas eu les mots pour répondre non plus, car à mes yeux quoi que je puisse te dire, tu ne devais ni ne pouvais comprendre l'ampleur des meurtres, de la torture et de la souffrance.

C'est pourquoi j'ai décidé d'écrire ces mots pour toi, ma chère fille, pour plus tard, et te répondre enfin.

Oui, quand je suis entré à la prison de Sednaya, j'étais persuadé que je n'en sortirais pas vivant. Je pensais ne plus jamais te revoir. Ce qui me faisait le plus peur, ce n'était pas la mort elle-même, mais l'idée de ne plus jamais être avec vous. Je veux que tu saches, ma fille, que oui, j'ai subi toutes sortes d'horreurs, de violences physiques et verbales. Oui, les geôliers prenaient plaisir à nous torturer et nous insulter avec d'horribles propos sectaires. Oui, ils nous accablaient de sévices méthodiquement, nous affamant, nous privant d'eau potable, nous frappant. Ils allaient même jusqu'à nous priver de sel pour que nous n'ayons plus la force de nous tenir debout. Oui, les exécutions étaient régulières et massives : chaque mois, et parfois moins, ils tuaient entre cinquante et soixante-dix d'entre nous. Avant la pendaison, nos amis étaient battus pendant deux ou trois jours, privés de nourriture et d'eau, jusqu'à ce qu'ils souhaitent la mort et ne cherchent plus à la fuir. Oui, j'entendais leurs cris et leurs gémissements, en attendant que ce soit mon tour d'être emmené. Oui, je souffrais : de douleurs à la colonne, d'inflammation intestinale et de fortes fièvres… Essayant pourtant lors de vos visites de paraître en bonne santé, même si j'étais dans un état extrême de faiblesse.

Cette prison que tu m'as tant demandé de te décrire, ma fille, est la plus immonde et la plus effrayante du monde. C'est un lieu imprégné de la haine de tout ce qui s'opposait au tyran Bachar et à ses alliés. Ils nous haïssaient soit parce que nous étions sunnites, soit parce que nous avions seulement réclamé la liberté. J'avais l'impression de ne plus appartenir à rien, ni à ce pays, comme si j'étais devenu un ennemi dans ma propre patrie. Jamais je n'aurais pensé que ce pays, que j'avais cru protecteur, nous ferait subir de telles épreuves, me séparerait de ma famille, de vous que j'aimais tant. La mort m'a effleuré de près, et si Dieu ne m'avait pas sauvé, j'aurais été exécuté et compté parmi la masse des disparus.

Mais ce régime injuste et cruel est tombé, et je suis sorti vivant pour te dire combien j'avais peur pour vous, mes enfants. Il m'est impossible de te parler ainsi de cette douleur alors que tu es encore petite. Je ne peux me résoudre à te raconter toutes ces vies qui se sont éteintes autour de moi dans ce lieu maudit…

Et ce que tu viens de lire, Jana, effleure à peine le résumé de ce que tu devras savoir maintenant que tu as grandi. Jana, désolé de ne pas avoir pu commencer à te répondre plus tôt. S'il fallait retenir une chose, c'est que pendant ces années de silence, il m'a fallu toujours rester près de vous, vous élever dans la droiture en vous protégeant du mal et du danger. J'espère qu'un jour, quand tu seras grande, tu comprendras ces réponses, et ce devoir : que cette prison ne reste à jamais rien d'autre que le témoin des crimes commis par le régime déchu de Bachar et ses complices.

Afin que le monde n'oublie jamais.

Papa

NOTE FINALE

À propos des temps présents

Le drame syrien n'offre de leçon à personne, mais sa mémoire nous oblige. Ces lignes ont vu le jour entre Damas et Beyrouth, alors qu'Israël bombardait le Liban. Elles s'achèvent sous le feu croisé de l'Iran et d'Israël. Cherchant les mots à mesure que les bilans dans la région s'alourdissent, il apparaît que le boucher de Damas lègue, ailleurs encore qu'en Syrie, quelque chose à ceux de Tel-Aviv ou de Téhéran. Une sorte de matrice, langue commune d'une convergence destructrice que la raison d'État rationalise. En somme, une même entreprise de décivilisation par le fanatisme, menée par les massacres, la répression, sinon le discours génocidaire. Une certaine idée de l'assadisme trouve son écho dans tout ce qui arrache les vies arabes – et toutes les autres que l'on y rattache. Aujourd'hui encore, les compromissions des observateurs, des experts-commentateurs, rejouent sans fin l'humanité borgne de ceux qui hiérarchisent les pertes, pondèrent les cadavres, relativisent avec politesse. Comme une rengaine. Reportages et témoignages s'égarent dans un univers médiatique qui ne traite plus que des horreurs statistiques et gomme la ligne entre le crime et le récit stratégique.

Les mots eux-mêmes se trouvent pris dans cette compromission : lorsque certains tracent, comme hier en Syrie, des traits d'union entre les civils et les coupables, les massacres et les « dommages collatéraux », les bombes et la « libération ».

Dans la prison, la tyrannie se concentre. Mais elle ne s'y limite jamais. Dehors, dans le vacarme, la quête des mots n'a de cesse de se poursuivre dans ces luttes pour survivre et revivre. Car seuls les printemps peuvent quelque chose au paysage mortifère ; seuls à délivrer des tyrans. Justes. Inévitables.

ANNEXES

Chronologie

De l'indépendance à la dictature

Octobre 1918 – Britanniques et Arabes participent à la prise de Damas, fin de l'ère ottomane et gouvernement arabe du prince Fayçal en Syrie.

Juillet 1920 – La conquête de Damas par les Français met fin au projet nationaliste grand-syrien. Établissement du mandat.

Juillet 1925 – Début de la grande révolte syrienne contre la puissance mandataire française.

Avril 1946 – Proclamation de l'indépendance syrienne.

Avril 1947 – Création du parti Baath.

Mai 1948 – Proclamation par Ben Gourion de l'indépendance d'Israël et première guerre israélo-arabe.

Mars 1949 – Coup d'État militaire de Housni al-Zaïm en Syrie, le premier du monde arabe. Les partis politiques sont interdits.

Août 1949 – Coup d'État de Sami al-Hinnaoui.

Septembre 1949 – Coup d'État d'Adib al-Chichakli.

Février 1954 – Coup d'État et retour d'une république parlementaire en Syrie.

Février 1958 – Union avec l'Égypte de Nasser pour créer une République arabe unie. Un appareil militaire répressif inédit se développe en Syrie.

Septembre 1961 – Un nouveau coup d'État mené par des conservateurs met fin à l'union avec l'Égypte.

Mars 1963 – Coup d'État militaire du parti Baath et mise en place de l'état d'urgence. Hafez al-Assad devient ministre de la Défense.

Juin 1967 – Guerre des Six Jours. Israël conquiert le Golan.

Novembre 1970 – Hafez al-Assad prend le pouvoir en Syrie par un coup d'État militaire.

La Syrie sous Hafez al-Assad

Mai 1973 – Nouvelle constitution et libéralisation progressive de l'économie syrienne.

Octobre 1973 – Guerre du Kippour.

Avril 1975 – Début de la guerre civile libanaise.

Juin 1976 – Incursion des troupes syriennes au Liban.

Février 1979 – Révolution islamique en Iran, fin de la dictature du Chah et début d'un régime islamiste.

Décembre 1979 – Premières insurrections des Frères musulmans en Syrie contre le pouvoir de Hafez al-Assad.

Juin 1980 – Tentative d'assassinat de Hafez al-Assad et massacre de la prison de Tadmor.

Septembre 1980 – Début de la guerre Iran-Irak, la Syrie soutient l'Iran.

Février 1982 – Massacre de Hama par le régime syrien.

Septembre 1987 – Mise en fonction de la prison de Sednaya.

Octobre 1989 – Les accords de Taëf mettent fin à la guerre civile libanaise. Les troupes syriennes occupent le territoire.

Janvier 1994 – Mort de Bassel al-Assad dans un accident de voiture, il devait succéder à Hafez al-Assad.

Juin 2000 – Mort de Hafez al-Assad.

La Syrie sous Bachar al-Assad

Juillet 2000 – Amendement de la Constitution pour permettre à Bachar al-Assad de devenir président.

Septembre 2000 – Événement dit du « printemps de Damas ».

Février 2001 – Arrestations de nombreux activistes et militants des droits de l'homme syriens.

Septembre 2001 – Attentats terroristes à New York. George W. Bush place la Syrie dans « l'axe du Mal ».

Mars 2003 – Invasion américaine de l'Irak.

Mai 2004 – Sanctions américaines contre Damas, accusé de soutenir le terrorisme.

Février 2005 – Assassinat du Premier ministre libanais Rafiq al-Hariri, le régime Assad est accusé de l'avoir fomenté.

Mars 2005 – Soulèvement des Libanais contre l'occupation syrienne du Liban.

Avril 2005 – Les troupes syriennes quittent le Liban.

Octobre 2005 – L'opposition au régime lance la « déclaration de Damas » et appelle à un « changement démocratique et radical ».

Juillet 2006 – Début de la guerre des Trente-Trois Jours entre Israël et le Liban.

Décembre 2007 – Nouvelle vague d'arrestations d'opposants laïcs pro-démocratie en Syrie.

Juin 2008 – Début du massacre de la prison de Sednaya.

Juillet 2008 – Invitation de Bachar al-Assad à la parade du 14 juillet à l'invitation de Nicolas Sarkozy.

Mars 2011 – Début de la révolution syrienne à Deraa.

Mars 2011 – Libération par le régime des détenus islamistes de la prison de Sednaya.

Avril 2011 – Premiers faits de répressions massives par le régime Assad.

Juillet 2011 – Formation de l'Armée syrienne libre, l'opposition politique en exil forme le Conseil national syrien.

Avril 2013 – En plus du soutien financier iranien, le Hezbollah libanais intervient officiellement en soutien au régime.

Août 2013 – Massacre de plus de mille quatre cents civils dans la Ghouta à l'aide d'armes chimiques utilisées par le régime Assad.

Janvier 2014 – Daech s'empare de Raqqa, puis de Palmyre l'année suivante.

Janvier 2014 – Le rapport César révèle un nombre inédit de tortures et d'exécutions de prisonniers syriens par le régime.

Juin 2014 – Formation d'une coalition internationale contre Daech en Syrie.

Septembre 2014 – Premiers bombardements américains.

Mars 2015 – L'opposition syrienne pend le contrôle d'Idlib.

Juillet 2015 – Premiers bombardements turcs en Syrie.

Septembre 2015 – Intervention russe en Syrie en soutien au régime de Bachar al-Assad.

Mars 2016 – Reprise de Palmyre par le régime.

Mai 2016 – Mutinerie dans la prison de Hama et dans d'autres prisons syriennes, comme celle de Sweida.

Juillet 2016 – Début du siège d'Alep par le régime.

Septembre 2016 – Accords de cessez-le-feu entre le gouvernement et une partie de l'opposition armée.

Décembre 2016 – Le régime reprend la ville d'Alep.

Janvier 2017 – Création de Hayat Tahrir al-Sham (HTS), fusion de six groupes rebelles dont le Fatah al-Cham.

Avril 2017 – Une nouvelle attaque chimique du régime à Khan Cheikhoun tue des dizaines de civils.

Octobre 2017 – Les Forces démocratiques syriennes (à majorité kurde) reprennent Raqqa à l'État islamique.

Décembre 2017 – Création de l'Armée nationale syrienne (ANS), rassemblant des groupes et milices pro-turques.

Mars 2018 – La Turquie s'empare de la ville d'Afrine.

Avril 2018 – Le régime reprend le contrôle de la Ghouta aux rebelles après une attaque chimique à Douma.

Décembre 2018 – Trump annonce le retrait des forces américaines de Syrie.

Mars 2019 – Fin du « califat islamique » et mort du chef de l'État islamique, Abou-Bakr al-Baghdadi, en octobre.

Octobre 2019 – Offensive turque contre les FDS kurdes.

Février 2022 – Début de l'invasion russe de l'Ukraine.

Mai 2023 – Réintégration de la Syrie dans la Ligue arabe, Bachar al-Assad participe à son premier sommet de la Ligue.

Octobre 2023 – Massacre de mille deux cents Israéliens par le Hamas, Tel-Aviv attaque Gaza, et début d'un conflit entre Israël et le Hezbollah au Liban.

Novembre 2023 – La justice française émet un mandat d'arrêt international à l'encontre de Bachar al-Assad.

Septembre 2024 – Assassinat de Hassan Nasrallah, leader du Hezbollah, alors que l'armée israélienne attaque le Liban.

Novembre 2024 – Cessez-le-feu au Liban, le groupe Hayat Tahrir al-Sham opère une offensive contre le régime Assad. Les rebelles approchent peu à peu la capitale.

Décembre 2024 – Fin de la dynastie Assad, chute de la dictature, toutes les prisons ouvrent leurs portes.

Bibliographie

ONG et rapports d'enquête (français, anglais, arabe)

Amnesty International, « Human Slaughterhouse : Mass Hangings and Extermination at Saydnaya Prison, Syria » [Abattoir humain : pendaisons massives et extermination à la prison de Sednaya, Syrie], 2017.

Amnesty International, « Cas de mort en détention sur fond de protestations populaires en Syrie », 2011.

Amnesty International, « “Votre fils n'est pas ici” : disparitions de détenus dans la prison militaire de Saidnaya en Syrie », 2010.

Association of Detainees and the Missing in Sednaya Prison (ADMSP), « Sednaya Prison : Factory of Death and Enforced Disappearances in Syria » [Prison de Sednaya : usine de mort et de disparitions forcées en Syrie], 12 novembre 2019.

Association of Detainees and the Missing in Sednaya Prison (ADMSP), « The Administrative Structure and Organizational Ties of Sednaya Prison » [La structure administrative et les liens organisationnels de la prison de Sednaya], septembre 2022.

CAGE international, « Fara' Falastin – Syria's proxy-US prison » [Branche Palestine – La prison syro-américaine par procuration], par Asim Qureshi, 28 décembre 2013.

Human Rights Watch, « Syria : Sexual Assault in Detention » [Syrie : violences sexuelles en détention], 15 juin 2012.

Human Rights Watch, « Syria : Investigate Sednaya Prison Deaths » [Syrie : enquêter sur les morts à la prison de Sednaya], 21 juillet 2008.

Human Rights Watch, « Syria : Arrests, Torture by Armed Group » [Syrie : arrestations et torture par un groupe armé], 28 janvier 2019.

Institut international d'études sur le Moyen-Orient et les Balkans, « Syria : Between Oppression and Freedom » [Syrie : entre oppression et liberté], 11 avril 2011.

OHCHR, « Out of Sight, Out of Mind : Deaths in Detention in the Syrian Arab Republic » [Loin des yeux, loin des mémoires : morts en détention en République arabe syrienne], 8 février 2016.

ONU Info, « En Syrie, la lente quête de vérité pour les familles des disparus », 7 mai 2025.

PRO-JUSTICE, « Branch 215. A Slaughterhouse in Syria » [Branche 215. Un abattoir en Syrie], *The Syrian Observer*, 3 janvier 2020.

SNHR, « At least 2,623 Arbitrary Detentions Documented in 2024, Including 349 in December » [Au moins 2 623 détentions arbitraires documentées en 2024, dont 349 en décembre], 4 janvier 2025.

SNHR, « Documentation of 72 Torture Methods the Syrian Regime Continues to Practice in Its Detention Centers and Military Hospitals » [Documentation de 72 méthodes de torture que le régime syrien continue de pratiquer dans ses centres de détention et hôpitaux militaires], 21 octobre 2019.

Syria Justice and Accountability Center, « Breaking the Cycle of Enforced Disappearances » [Briser le cycle des disparitions forcées], 29 août 2019.

Syrian Human Rights Committee, « Tadmur Prison : A Special Report » [Prison de Tadmor : rapport spécial], 27 mai 2015.

Syrian Human Rights Committee, « التقرير السنوي للجنة السورية لحقوق الإنسان لعام 2002 » [Rapport annuel de la Commission syrienne des droits de l'homme pour l'année 2002], 2002.

Syrian Human Rights Committee, « شاهد على مجازر سجن صيدنايا 2008 » [Témoins des massacres de la prison de Sednaya en 2008], 2009.

Syrians for Truth and Justice, « Syria : The Legacy of Fayez al-Nouri–Thousands of Unjust Verdicts against Ba'athist Agenda Opponents » [Syrie : l'héritage de Fayez al-Nouri – des milliers de verdicts iniques contre des opposants au baathisme], 17 mars 2022.

Truth and Justice Charter, « A Common Vision on the Question of Enforced Disappearance and Arbitrary Detention in Syria » [Une vision commune sur la question des disparitions forcées et de la détention arbitraire en Syrie], par des organisations de victimes et de familles syriennes, date inconnue.

Amnesty International et Forensic Architecture, *The Saydnaya Project* [*Le Projet Sednaya*], modélisation 3D.

Livres

Collectif, *Syrie, le pays brûlé (1970-2021). Le livre noir des Assad*, Seuil, 2022.

Hamit Bozarslan, *Écrits libres de Syrie. De la révolution à la guerre*, Classiques Garnier, 2018.

Sam Dagher, *Assad or We Burn the Country : How One Family's Lust for Power Destroyed Syria* [*Assad ou Nous brûlons le pays : comment la soif de pouvoir d'une famille a détruit la Syrie*], Hachette UK, 2019.

Yassin Al Haj Saleh, *Récits d'une Syrie oubliée : Sortir la mémoire des prisons*, Les Prairies ordinaires, 2015.

Mohammed Salim Hammad, تدمر شاهد و مشهود [*Tadmor, témoin et martyr*], *1998*.

Moustafa Khalifé, *La Coquille. Prisonnier politique en Syrie*, Actes Sud, 2012.

Firas Kontar, *Syrie, la Révolution impossible*, Aldeia, 2023.

Garance Le Caisne, *Opération César*, Stock, 2015.

Primo Levi, *Si c'est un homme* [*Se questo è un uomo*], traduit de l'italien par Martine Schruffeneger, Julliard, 1987.

Ziad Majed, *Syrie, la révolution orpheline*, Actes Sud, 2018.

Farouk Mardam-Bey, Subhi Hadidi et Ziad Majed, *Dans la tête de Bachar al-Assad*, Actes Sud, 2018.

Delphine Minoui, *Les Passeurs de livres de Daraya. Une bibliothèque secrète en Syrie*, Seuil, 2017.

Montassir Sakhi, *La Révolution et le djihad. Syrie, France, Belgique*, La Découverte, 2023.

Ernst Von Salomon, *Le Questionnaire* [*Der Fragebogen*], traduit de l'allemand par Guido Meister, Gallimard, 1953.

Volney, *Les Ruines, ou Méditations sur les révolutions des empires*, Baudouin frères, 1826.

Articles et recherches universitaires

Sources francophones

Raul Caplan, « Sortir de prison (notes sur la littérature uruguayenne post-carcérale) », dans Christophe Dumas et Erich Fisbach (dir.), *Récits de prison et d'enfermement*, Presses universitaires d'Angers, 2010.

Jonathan Chalier, « L'Abattoir de Saidnaya », *Esprit*, 2017.

Catherine Coquio, « L'émergence d'une “littérature” de non-écrivains : les témoignages de catastrophes historiques », *Revue d'histoire littéraire de la France*, 2003.

Jean-Pierre Filiu, « Le mythe de la “Laïcité” des Assad », Association Syrie moderne démocratique laïque, 2014.

Yassin al-Haj Saleh, « L'univers des anciens prisonniers politiques en Syrie », *Revue des mondes musulmans et de la Méditerranée*, 2006.

Isabelle Hausser, « Le clan Assad à l'épreuve du feu », *Revue des Deux Mondes*, 2016.

Ziad Majed, « Syrie : révolution, barbarie et occupations », *Révolutions et contre-révolutions dans le monde arabe*, *Confluences Méditerranée*, n° 115, avril 2020.

Benjamin Peltier, « Syrie : le trou noir des disparitions forcées », *La Revue nouvelle*, 2017.

Frédéric Pichon, « Bachar, l'héritier par défaut », *Conflits*, n° 8, janvier-mars 2016.

Sources anglophones

David Adesnik, « UN Has Now Spent Over $70 Million at the Four Seasons Damascus » [L'ONU a déjà dépensé plus de 70 millions de dollars au Four Seasons de Damas], Foundation for Defense of Democracies, 22 juillet 2021.

Miriam Cooke, « The Cell Story : Syrian Prison Stories after Hafiz Asad » [L'histoire de la cellule : récits de prisons syriennes après Hafez al-Assad], *Middle East Critique*, 2011.

Barbara Geddes, Joseph Wright et Erica Frantz, *How Dictatorships Work* [*Comment fonctionnent les dictatures*], Cambridge University Press, 2018.

David W. Lesch, *The New Lion of Damascus : Bashar al-Asad and Modern Syria* [*Le Nouveau Lion de Damas : Bachar al-Assad et la Syrie moderne*], Yale University Press, 2005.

Abdulhay Sayed, « In the Syrian Prison : Disconnected and Desubjectified » [Dans la prison syrienne : déconnexion et désubjectivation], *The Global Dialogue*, 17 mai 2014.

R. Shareah Taleghani, « Breaking the Silence of Tadmor Military Prison » [Briser le silence de la prison militaire de Tadmor], Middle East Report, été 2015.

Nigel Walker, *Syria : 2021 Presidential Election and Future Prospects* [*Syrie : élection présidentielle de 2021 et perspectives d'avenir*], House of Commons Library, 9 juin 2021.

Ziad Awad, *The 2022 Syrian Local Elections : A Leadership Rooted in Regime Networks* [*Les Élections locales syriennes de 2022 : un pouvoir enraciné dans les réseaux du régime*], European University Institute, 2023.

Presse

Articles de presse en français

Nour Braidy, « "La liberté ou la mort" : un mutin de la prison de Hama livre son témoignage », *L'Orient-Le Jour*, 8 mai 2016.

Hala Kodmani, « Procès historique en Allemagne de deux tortionnaires du régime syrien », *Libération*, 22 avril 2020.

Luc Mathieu et Hala Kodmani, « Torture en Syrie : la mort pour dessein », *Libération*, le 12 août 2018.

Caroline Michel-Aguirre, « L'insondable fortune de l'oncle de Bachar al-Assad, "le boucher de Hama" », *Le Nouvel Observateur*, 9 décembre 2019.

Jean-Pierre Perrin, « Des massacres à faire pleurer les pierres », *Libération*, 7 juillet 2000.

Hélène Sallon, « Bachar al-Assad et la crise syrienne en six discours », *Le Monde*, 7 janvier 2013.

L'Orient-Le Jour avec AFP, « L'aéroport militaire de Hama est devenu la prison la plus redoutée », 1er novembre 2012.

Le Monde avec AFP, « L'ONU accuse le régime de Bachar Al-Assad d'"exterminer" ses détenus », 8 février 2016.

L'Orient-Le Jour, « Proche-Orient – La Syrie en deuil, la Constitution amendée : Hafez el-Assad est mort, son fils Bachar en passe de lui succéder », 11 juin 2000.

Articles de presse en anglais

Belal Khaled, « Inside Syria's notorious Palestine Branch : Tales of torture and fear » [À l'intérieur de la célèbre Branche Palestine en Syrie : récits de torture et de peur], *Al Jazeera*, 6 janvier 2025.

Danylo Hawaleshka, « Alois Brunner, the Nazi 'butcher' who trained Syrian security » [Alois Brunner, le « boucher » nazi qui forma les services de sécurité syriens], Al Jazeera, 8 janvier 2025.

Mick Krever et Schams Elwazer, « Exclusive : Gruesome Syria photos may prove torture by Assad regime » [Exclusif : d'horribles photos de Syrie prouveraient la torture par le régime Assad], CNN, 3 février 2015.

Alex Rowell, « Managing the crackdown : 'The solution doesn't come with romance' » [Gérer la répression : « La solution ne vient pas avec de bons sentiments], *NOW*, 18 mai 2015.

Sonia Verma, « How a 13-year-old became a symbol of Syrian revolution » [Comment un enfant de 13 ans est devenu un symbole de la révolution syrienne], *The Globe and Mail*, 1er juin 2011.

Oliver Wainwright, « 'The worst place on earth' : inside Assad's brutal Saydnaya prison » [« Le pire endroit sur terre » : à l'intérieur de la violente prison Sednaya d'Assad], *The Guardian*, 18 août 2016.

Al Arabiya English avec AFP, « Lebanon indicts Syria intel officers over 2013 blast » [Le Liban inculpe des officiers du renseignement syriens pour l'attentat de 2013], 2 septembre 2016.

BBC News, « Inside Tadmur : The worst prison in the world ? » [À l'intérieur de Tadmor : la pire prison au monde ?], 20 juin 2015.

The Economist, « Stones that speak » [Des pierres qui parlent], 30 mai 2015.

The Times, « Syrian President's brother 'shown in film of jail riot carnage' » [Le frère du président syrien « aperçu dans une vidéo du carnage lors d'une émeute en prison »], 30 mars 2011.

Articles de presse en arabe

Alaa Rachidi, « الفن المسرحي بين العتمة الإبداعية والعتمة القمعية » [L'art dramatique entre l'obscurité créative et répressive], Syria TV, 8 janvier 2021.

Al-Modon, « سوريا: قرار بإعادة المحكومين جنائياً إلى السجون بعد فرارهم » [Syrie : décision de renvoyer les condamnés de droit commun en prison après leur fuite], 8 janvier 2025.

Bara'a Moussa, « أخي الذي قتلني في مذبحة بالميرا تدمر عام 1980 » [Mon frère qui m'a tué lors du massacre de Palmyre en 1980], Daraj Media, 26 juin 2020.

Hossam Jazamati, « مديرو سجن تدمر.. غازي ديوب » [Les directeurs de la prison de Palmyre : Ghazi Dioub], Syria TV, 6 avril 2020.

Hossam Jazamati, « مديرو سجن تدمر: طلعت محفوض » [Les directeurs de la prison de Palmyre : Talaat Mahfoud], Syria TV, 13 avril 2020.

Hossam Jazamati, « الرجل الذي تسبب في استعصاء سجن صيدنايا » [L'homme à l'origine de la mutinerie de la prison de Sednaya], Syria TV, 10 juillet 2023.

Mohammad Shaaban Ayoub, « مصطفى طلاس.. وزير الدفاع المرعب الذي أهدى سوريا لبشار الأسد » (Mustafa Tlass, le terrifiant ministre de la Défense qui a offert la Syrie à Bachar al-Assad), Al Jazeera, 14 mars 2025.

Raad Atli, « ما هو حافظ الأسد؟ » [Qui est Hafez al-Assad ?], Syria TV, 17 septembre 2022.

Syria TV, « الذكرى الأربعون لمجزرة تدمر بعد محاولة اغتيال حافظ الأسد (فيديو) » [Le 40e anniversaire du massacre de Palmyre après la tentative d'assassinat de Hafez al-Assad], 27 juin 2020.

Zaman Al-Wasl, « صور جثث لسجناء تحت التعذيب كشفها 'منشق' تنكأ جروح 'ملف قيصر' ... سجن حلب » [Photos de cadavres de prisonniers torturés révélées par un « défecteur » ravivent les plaies du dossier « César »… prison d'Alep], 11 septembre 2022.

Remerciements

Ce livre n'aurait pas été possible sans mon éditrice, Nathalie Fiszman, sa patience et sa confiance. Je remercie également tous ceux qui y ont contribué, de près ou de loin. Ma famille et ma mère, pour leur amour inconditionnel et leur soutien indéfectible durant la guerre. Mes confrères et consœurs, pour leur aide précieuse et leur présence, partagée au fil de terrains interminables : Céline, Noé, Édouard, Abdoul… Et tous ceux qui m'ont permis d'approcher avec plus de finesse la complexité des dialectes syriens : Ali, Aya, Bushra, Abdelmajed, Hossam et toute l'équipe de Raqqa. À tous ceux qui, à un moment ou un autre, ont su m'expliquer ce millier de choses qui m'échappaient. Mon travail en Syrie n'aurait pas non plus été possible sans la confiance renouvelée de mes rédactions ; *Libération*, LCI et Radio France qui, chacune à leur manière, m'ont aidé à avancer.

Et au-dessus de tout, rien n'aurait été possible sans la force de celles et ceux dont les témoignages composent ce livre, qui ont réussi à trouver et partager des mots dont le courage et la justesse me dépassent encore.

Table

II

LES MOTS

III

LA VIE

ANNEXES

Certifié PEFC
Ce produit est issu de forêts gérées durablement et de sources contrôlées
PEFC
PEFC/18-32-94
www.pefc-france.org

RÉALISATION : NORD COMPO À VILLENEUVE-D'ASCQ
ACHEVE D'IMPRIMER EN OCTOBRE 2025
SUR LES PRESSES DE ROTOLITO EN ITALIE
CHRONO : 160464
DÉPÔT LÉGAL : OCTOBRE 2025